Agapi

Ölümsüz Aşk

ÖZGÜN ADI: The Look of Love
Plume, Penguin Group (ABD) LLC, 2014
KİTABIN ADI: Agapi
YAZAR: Sarah Jio
ÇEVİREN: Fatma Zeynep Öztürk
EDİTÖR: Zeynep Küçük
KAPAK TASARIM: Karen Yardımlı
BASKI VE CİLT: Kitap Matbaacılık San. Tic. Ltd. Şti.
Merk. Efendi Mah. Davutpaşa Cad. No: 123 Kat: 1
Topkapı/Zeytinburnu/İstanbul
Sertifika No: 16053

1. Baskı: Şubat 2015, 40.000 adet
5. Baskı: Ekim 2015, 5.000 adet

ISBN: 978-605-5057-90-9

PENA YAYINLARI A.Ş.
Halaskargazi Caddesi No: 51 Şişli-İstanbul
Tel: +90 212 368 8300
Faks: +90 212 381 7648
eposta: info@penayayinlari.com
www.penayayinlari.com

Yayıncı Sertifika No: 27481

SARAH JIO

Agapi

Ölümsüz Aşk

İngilizceden Çeviren:
Fatma Zeynep Öztürk

PENA

En karanlık saatlerimde benimle birlikte yürüyen ve
elimi bir kez olsun bırakmayan sevgili arkadaşlarıma,
özellikle de Wendi Parriera, Natalie Quick ve
Claire Bidwell Smith'e. İşte bu *gerçek sevgi.*

Sevmiyorsan hiçbir şeyin anlamı yoktur.
—E. E. Cummings

Giriş

Paris
1893

Seine Nehri boyunca uzanan şık beşinci bölgede, Elodie çiçek tezgâhının yanında dikiliyor ve çiftlerin kol kola yürüyüşünü izliyordu. Aşkın kendine göre olmadığını düşünüyordu. Evet, bir erkeği olabilirdi belki. Belki bir dondurmacı. Köyden bir çiftçi. Baca temizleyicisi. Dükkânın önünde zengin adamların ayakkabılarını parlatanlardan bir tanesi. Ama hayır. Derin bir nefes aldı ve suyun içindeki şakayıkların sararmış yapraklarından birini kopardı. Kafasını kaldırıp baktığında Auvergne Kontu Luc Dumond'u gördü. Şapkası, caddedeki kalabalığın arasında kendini gösteriyordu. Kont, bakışlarını Elodie'ye kilitlemiş bir halde arnavutkaldırımlı sokakta ilerliyordu. Geçen bir at ve arabasından güçbela sıyrıldı.

Kont, karısı Marceline'e çiçek almak için sık sık Elodie'ye uğrardı. Ciddiyeti, sıska yüzü ve fırtınalı gözleri nezaketiyle uyuşmazdı. Elodie bazen bir kontes olmanın, bu kontun kontesi olmanın nasıl bir şey olacağını hayal ederdi. Onun şık evinin pencerelerine bakar ve o duvarların içinde olmak nasıl olurdu diye düşürdü.

Luc şapkasını çıkararak, "Merhaba," dedi.

Luc'un gelişiyle biraz telaşlanan Elodie, "Merhaba," diye yanıt verdi. "Kontes için her zamanki seçiminizden mi olsun?"

Bir çaycının nasıl özel bir karışımı veya bir aşçının nasıl onu tanımlayan özel bir yemeği olursa, Elodie'nin de imza niteliğinde bir demeti vardı. Bu demet, yeşil çiçeklerden, zinyalardan, krizantemlerden, ıhlamurların gölgesinde açan, zor bulunan ancak nefes kesen güllerden oluşurdu. Bu imza niteliğindeki demet günde bir kez hazırlanırdı. Elodie bu demeti tezgâhın arkasında Luc için saklardı.

Luc hemen cevap vermedi. Elodie'nin gözlerinde kendini kaybetmişti. Birdenbire, "Yeşiller," dedi.

Elodie şaşırarak kafasını salladı.

"Gözleriniz."

Elodie gülümsedi. "Evet."

"Çok güzeller."

"Teşekkür ederim, efendim."

"Adım Luc." Duraksadı. "Adınızı öğrenebilir miyim?"

"Elodie." Luc önündeki çiçekleri inceleyerek, "Elodie," diye tekrarladı. Sonra tezgâhın kenarındaki yazıyı görünce duraksadı.

Yazıyı göstererek, "Bunun anlamı nedir?" diye sordu. "Amour vit en avant."

Aşk hep vardır. Bunlar, annesinin ölüm döşeğinde ona söylediği sözlerdi. Gözyaşlarının arasından, "Aşkından vazgeçme benim tatlı Elodie'm," demişti. "Benim yaptığım gibi kalbini taşlaştırma. Aşkını kalbinde sakla. Koşullar imkânsız gibi görünse de aşk seni bulduğunda ona açık ol. Ona güven. Başarısız olmaktan korkma. Çünkü başarısız olsan bile aşkın varlığını sürdürecektir." Elini zayıf kalbinin üstüne koydu. "Burada yaşar. Aşk ölmez. Yaşar."

Elodie, "Annemin sözleri benim için bir teselli," dedi. "Bana rehberlik ediyor."

Luc gülümsedi. "Çiçek almak istiyorum."

Elodie başını salladı. "Küçük bir demet olur mu? İçinde..."

"Tezgâhtaki bütün çiçekleri almak istiyorum."

Elodie kafasını salladı. "Ciddi olamazsınız."

"Ciddiyim."

"İyi de o kadar çiçekle ne yapacaksınız?" diyerek sırıttı. Bugünkü tezgâhında yüzlerce demet vardı. Sümbüller, güller, şebboylar, yazın en güzel şakayıkları.

"Bunları sizin için almak istiyorum."

Elodie şaşkın bir şekilde, "Benim için mi?" diye sordu.

"Sizin için," diye cevap verdi. "Bugün çalışmak zorunda kalmayasınız diye. Paris güneşi altında istediğiniz gibi dolaşabilin diye." Eline bir koçan para tutuşturdu. "Benimle gelir misiniz?"

Elodie'nin arkadaşı olan diğer tezgâhtaki çiçekçi kız Genevieve konuşmaya uzaktan şahit olmuştu. Gülümseyerek, "Git," dedi. "Ben tezgâhına bakarım."

Luc elini uzatarak, "Gidelim mi?" diye sordu.

Elodie başka seçeneği olmadığını biliyordu: O eli tuttu.

Birinci Bölüm

2021 Pike Caddesi, 602 numaralı apartman, Seattle
24 Aralık 2012

Golden Retriever cinsi köpeğim Sam'i sakinleştirdim ve anahtarı posta kutumun deliğine soktum. Apartmanımızın kapıcısı Bernard ayırdığı paketlerden kafasını kaldırdı ve Sam'in yanına diz çökerek kulaklarını okşadı. Kafasını kaldırıp gülümseyerek, "Günaydın Jane," dedi. "Duydun mu? Bu akşam kar yağacak diyorlar. En az on santim."

İç geçirdim. Yollar buzlu olursa çiçek teslimatları zamanında yapılamazdı. Posta kutusunun içindeki zarfları ve tebrik kartlarını aldım, lobiyi geçerek renkli ışıklarla süslenen ön cama gittim. Ben dışarıya bakarken Sam de köşedeki yılbaşı ağacını kokluyordu. Pike Place daha yeni yeni uyanıyordu. Mahallenin aşağısındaki Meriwether Fırını'nın tentesinden buhar çıkıyordu. Balıkçılar, tezgâhlarının önündeki arnavutkaldırımları süpürüyordu. Ellerinde şemsiyeler olan bir grup hevesli turist (turistlerin elinde her zaman şemsiye olurdu) sokakta fotoğraf çekmek için durunca sokak tabelasının üstüne tüneyen bir martıyı rahatsız ettiler. Martı sinirli bir şekilde ciyakladı ve uçup gitti.

Bernard pencereden dışarıyı göstererek, "Evet, bak kar bulutları," dedi.

"Nereden biliyorsun?"

"Gel," dedi. Çift kanatlı kapıdan geçti. Onu takip ederek sokağa çıktım. "Sana bulutlar konusunda küçük bir ders vereyim."

Buz gibi havayı içime çekerken keskin soğuğu yüzümde hissettim. Havada, öğütülmüş kahve ve deniz suyu kokusu vardı. Hem aromalı hem tuzluydu. Seattle böyleydi işte. Yoldan geçen biri onu sevmek için elini uzatırken Sam umutlu bir şekilde kuyruğunu salladı.

Bernard gökyüzünü gösterdi. "Gördün mü? Sirrostratüs bulutları."

"Sirro-ne?"

Sırıttı. "Yani bir kar fırtınasından önce görebileceğin ilk bulut kümeleri. Ne kadar ince ve dağınık olduklarına bak. Düşen kar taneleri gibi."

Sanki meteorolojik hiyerogliflerle bir mesaj içerebilirlermiş gibi bulutları meraklı bir şekilde inceledim. Yeterince uzun süre bakarsam çözebileceğim bir tür bulut diliydi bu sanki.

Elliott Körfezi civarında toparlanan bulutları göstererek, "Şimdi şu tarafa doğru bak. Kar bulutları. Daha ağır, daha koyu renk olurlar." Duraksadı ve elini kulağına dayadı. "Dinle. Duyuyor musun?"

Kafamı salladım. "Neyi?"

"Havanın çıkardığı sesi." Başını salladı. "Kar fırtınalarından önce her zaman açıklanamayan bir sessizlik olur."

Sam kaldırımda ayağımın dibine oturdu. "Sanırım haklısın. Bu sabah havada gerçekten garip bir sessizlik var." Tekrar gökyüzüne baktım. Ama bu kez biraz daha uzun tutmuştum. "Bulutlara baktığında ne görürsün? Resimler? Yüzler?"

Sırıttı. "Bir şeyler görürüm. Ama benim gördüklerim seninkilerden farklı olabilir. Bulutlar aldatıcıdır." Uzun bir an duraksadı. "Sanırım bulutlar biz ne görmek *istiyorsak* onu gösteriyor."

Haklıydı. Sonra bulutlarda bir şey gördüm ve biraz şaşırdım. Hemen kafamı salladım. "Ne gördüğümü söylemeyeyim o zaman, yoksa bana gülersin."

Bernard kendi kendine gülümsedi.

"Sen ne *görüyorsun?"* diye sordum.

Sırıtarak, "Biftekli sandviç," dedi. Sonra elini cebine attı. "Neredeyse unutuyordum. Bu sana geldi." Pembe bir zarf uzattı. "Postacı yanlışlıkla Bayan Klein'ın posta kutusuna bırakmış."

"Teşekkürler," dedim ve zarfı çabucak diğer zarflarla birlikte çantama attım. İstenmeyen yılbaşı kartlarından oluşan bir yığındı. Kameraya poz veren harika, mutlu, gülümseyen aileler. Hayallerden konuşan aileler.

Sam tasmasını çekiştirmeye başlayınca Bernard, "Mutlu Noeller," dedi.

"Sana da Mutlu Noeller," diye yanıt verdim. Köşeden dönerken sözcükler kafamda yankılandı. *Mutlu Noeller.* Ben kendimi mutlu hissetmiyordum ki. Yılın bu zamanı hiç mutlu olmuyordum.

Köşeyi döndüm ve Pike Place'deki gazete büfesinin sahibi Mel'i başımla selamladım. Bana göz kırptı ve tenteden sarkan ökseotunu gösterdi. "Mel'e bir öpücük verir misin?"

Nazlanıp sırıttım. Mel kaşlarını çattı. "Yılbaşında bile mi, Janey?"

Eğildim ve çabucak yanağına bir öpücük kondurdum. "Al bakalım." Gülümsedim. "Şimdi mutlu musun?"

Yanağını tuttu ve felç inmiş numarası yaptı. "Hayatımın en güzel günü," dedi. Mel en az yetmiş yaşındaydı. Bu gazete bayiini kırk yıldır o işletiyordu. Hatta belki daha bile fazla süreden beri. Kısa, kel ve göbekli bir adamdı. Gelen her kadınla flört eder, sonra da iki sokak yukarıdaki yalnız yaşadığı evine giderdi.

"Adele'im Noel arifelerini çok severdi," dedi. "Ökseotunu çok severdi. Kocaman bir rosto pişirirdi. Ağacı ışıklarla süslerdi."

Elimi koluna koydum. Karısı sekiz yıl önce ölmüş olmasına rağmen sanki daha sabah birliktelermiş gibi konuşurdu. "Onu çok özlediğini biliyorum."

Bulutlara baktı. Ne gördüğünü merak ettim. "Her gün," dedi. Bakışlarındaki kederi görmüştüm ama yetmiş yaşlarında bir kadın büfeye doğru yaklaşınca yüz ifadesi değişti. Kadın uzundu. Kısa Fourth and Pike Binası'nın yanında yükselen Columbia Center gibi Mel'in tepesinde dikilmişti. Kırlaşmış saçları ve keskin yüz hatları vardı. Boynundaki bir sıra inciyle oldukça şıktı ve gençliğinde güzel olduğuna şüphe yoktu.

Hayal kırıklığını ortaya koyan bir sesle, "*Times,* Londra *Times* var mı?" diye sordu.

Sesi keskindi, emrediciydi. İngiliz aksanı belli oluyordu.

İki yüzün karşı karşıya gelişini izledim ve bakışlarım her zamanki gibi bulutlandı. Mel dikkatli ve titiz müşterisine sırıtırken gözlerimi ovuşturdum. "*Times* mı?" dedi. "Han'fendi, kusura bakmayın ama burası Seattle, eski İngiltere değil."

Kadının gözleri kısıldı. "Her düzgün gazete büfesinde bulunuyor. Okunmaya değer tek yayın o." Gazete ve dergileri taradı. "Bu günlerde raflarda çok fazla saçmalık var."

Kadın montunun yakasını düzeltip yanımızdan geçip giderken Mel bana bir kaşını kaldırarak baktı.

Bir anlığına şaşkın bir şekilde durdu ve sonra gülümsedi. "Züppeler!" dedi. "Zenginler kendilerini dünyanın sahibi sanıyor."

Omzumun üstünden baktım ve gözlerimi ovuşturdum. Daha yeni sürdüğüm maskaramı bulaştırmamaya dikkat ediyordum. İşte o zaman bütün ömrüm boyunca gittiğim nöroloğum Dr. Heller ile yarın randevum olduğunu hatırladım. İngiliz kadın köşeden dönerek kayboldu. "Belki de mutsuz bir kadındır," dedim. "Büyükannem, çoğu zaman insanların kabalık etmek istemediğini, onların sadece kederlerini ortaya koyduklarını söylerdi."

Çocukluğumdan gelen bir anı aniden beni buldu. Derin bir üzüntüyle karşılaştığım ilk gün, aynı zamanda görüşümde değişiklikler olduğunu fark ettiğim gündü. Dört yaşımdaydım. Annemlerin odasının önünde bekliyordum. Annem yatağın üstünde oturuyor, hıçkıra hıçkıra ağlıyordu. Perdeler sıkı sıkı kapalıydı. Karanlık, duvarları koyulaştırmıştı. Babam arkasındaydı, af diliyordu. Elinde bir bavul vardı ve o gün onu bekleyen kadınla buluşmak üzere Los Angeles'a gidiyordu. Onunla evleneceğini söylemişti. Babam âşıktı, anneminse kalbi kırılmıştı.

Babamın yüzünü veya o yağışlı Seattle sabahında tam olarak neler konuştuklarını hatırlamıyordum. Ama annemin derin kederini hatırlıyordum. Babam, "Lütfen beni affet," der gibi elini annemin omzuna koyunca gözlerimi kırpıştırdım. Sanki gözlerim tamamen bulutlanmıştı. Ama yaşlardan değil, içimden gelen bir şeydendi sanki. Gözlerimi ovuşturarak bir geri adım attım. Koridorda sendeledim. Babam kapıdan çıkıncaya kadar orada bekledim. Bana hoşça kal demeye niyetlendiyse de yapmadı. Bizi terk etti. Flynn her şeyden habersiz halde koltuğun üstünde televizyon izliyordu. Kafam karışmıştı ve koridorda yarı kör olarak kalakalmıştım. Annem o kadar şiddetli şekilde ağlıyordu ki ölüyor sandım.

O sabah annemi neşelendirmek istedim. Bu yüzden titreyen ellerle ona bir fincan kahve uzattım. Onun çekirdekleri öğütüşünü ve makineye koyuşunu yüzlerce kez izlemiştim. Kendim yapmak için de cesaretimi toplamıştım. Ama görüşüm hâlâ bulanıktı ve her şeyi yanlış yapmıştım. Annem hemen lafını söyledi.

"Bu ne?" diye tersledi.

"Sana kahve yaptım," diye ciyakladım.

Kahve fincanına baktı, kafasını salladı ve ağır ağır mutfağa yürüyerek fincanı lavaboya boşalttı.

Onun yatak odasına geri dönüşünü izlerken gözyaşlarımı tuttum. Babam annemi hayal kırıklığına uğratmıştı. Ben de öyle. Biraz sonra büyükannem geldi ve bize üzüntünün davranışlarımızı kontrol edebileceğini söyledi. O sözcükleri ve büyükannemin annemi çağırışını asla unutmadım. Bir saat sonra hâlâ bulanık olan gözlerimden bahsedince ikisi hemen beni hastaneye götürdüler. Tomografi çekildikten ve beni ağlatan bir iğneden sonra bir çıkartma ve bir vişneli topitopla eve döndüm. Ondan sonra bir daha babamdan bahsetmedik. Şimdi bile ne kadar çok denersem deneyeyim yüzünü gözümün önüne getiremiyordum. Zihnimde hâlâ bulanık bir görüntüsü vardı.

Mel maket bıçağıyla bir kutu gazeteyi açarken omuz silkti.

"Dükkâna gidiyorum," diye devam ettim. "Bugün yoğun bir gün olacak. Geçen yıl Lo krizantem, çoban püskülü ve yaban güllerinden oluşan bir aranjman yaptı. Sana yemin ederim şehirdeki her sosyetik yılbaşı masaları için dörder dörder alıyor." İç geçirdim. "Tabii bu kötü bir şey değil. Bu, bugün bittiğinde..." Durdum ve ellerimi kaldırdım. "Bu parmakların artrit olacağı anlamına geliyor."

"Çok çalışma, Janey. Senin için endişeleniyorum."

Ağır ağır gülümseyerek, "Benim için endişelenmen güzel," dedim. "Ama merak etme, hayatımda endişe edilecek bir şey yok. Kalkıp dükkâna gidiyorum. Sonra tekrar eve geliyorum. Basit ve her türlü dramadan uzak. Endişe etmeye gerek yok."

Mel, "Canım benim, zaten *bu yüzden* senin için endişeleniyorum ya," dedi. "Biraz ferahladığını, birini bulduğunu görmek istiyorum."

Gülümsedim ve köpeğimin başına hafifçe vurdum. "Ben zaten buldum birini," dedim. "Sam var."

El sallayıp yanından ayrılırken Mel gülümsedi. "Sana dün tanıştığım yakışıklı balıkçıyı ayarlayacağım. Adı Roy. Sana balık yapar."

Gözlerimi devirerek, "Yap bakalım, Mel," dedim. Sam'i öteki sokağa doğru yönlendirdim ve Meriwether Fırını'nın kapısını açtım. Elaine tezgâhtan bana el salladı. Saçlarını düzgün bir şekilde atkuyruğu yapmıştı. Yanağında un lekesi vardı.

"Günaydın," dedim. Sam hemen atladı ve Elaine'in ağzına bisküvi koymasını bekleyerek patilerini tezgâha koydu. Fırın, yanmış şeker ve mayalı, taze pişmiş ekmek, yani bir diğer deyişle cennet kokuyordu.

Fırının üçüncü nesil sahibi olan Elaine beş yıl önce büyükannemin dükkânını devraldığımda bana arkadaşlık etmişti. Çikolatalı kruvasan ve beyaz şakayıklarımızı paylaşarak arkadaş olduk ve bunları düzenli olarak alıp vermeye devam ettik. Alnını sildi. "Son bir saat içinde cevizli kurabiyeden tam kırk dokuz sipariş aldık. Bu gece eve gidemeyeceğim." Kapının zili çaldı. Elaine'in kocası Matthew'un içeri girişini izledim.

Elaine tezgâhın arkasından, "Hayatım!" diye cıvıldadı. Sağlam yapılı bir mimar olan Matthew bize doğru ilerledi ve karısına öpücük vermek için tezgâha doğru eğildi. Çevrelerindeki herkesi kıskandıracak bir hayatları vardı: iki güzel çocuk, Hamlin Caddesi'nde Montlake Köprüsü'ne bakan bir ev, çiçek bahçesi ve sınırsız taze yumurta veren bir kümes...

Elaine parmağındaki alyansını çevirerek, "Jack'in istediği lego setini aldın mı?" diye sordu.

Matthew elindeki poşeti tezgâha koyarak, "Aldım," dedi. "Ayrıca Ellie'ye de şu bahsettiği American Girl bebeğini aldım."

Elaine nefes verdi. "Güzel, yoksa Noel Baba'nın başı derde girebilirdi." Bana döndü. "Bu adam benim kurtarıcım."

Matthew sırıttı. "Yeni komşuyla tanıştın mı?"

Elaine kafasını salladı.

Matthew, "Bu sabah geçerken selam verdim," diye devam etti. "Geçen yıl karısını kaybetmiş. Chicago'dan buraya daha yeni taşınmış. Yılbaşı yemeğine davet ederiz, diye düşündüm."

Elaine, "Tabii ki," dedi. "Geleceğini düşünüyorsan çağırırız."

Matthew omuz silkti. "Buraya daha yeni geldi. Kimseyi tanımıyordur eminim. Ayrıca Ellie'nin yaşında bir kızı var."

Elaine de samimi ve misafir seven biri olmasına rağmen, Matthew bunun kat kat fazlasıydı. Şükran Günü kutlamasında, Matthew'un yeni boşanmış, göbekli ve sürekli surat asan bir sınıf arkadaşının karşısına oturmuştum. Elaine beni mutfağa çekmiş ve Matthew'a kalsa şehirdeki herkesi yemeğe davet edeceğini söyleyerek şikâyet etmişti.

Elaine, "Sorun değil," dedi. "Buyursun gelsin."

Matthew başını salladı. Sonra bana döndü. "Yılbaşı için planların var mı? Senin de her zaman başımızın üstünde yerin var biliyorsun, Jane. Hem kim bilir, belki yeni komşumuzla iyi anlaşırsınız."

Göz kırpışına gözlerimi devirerek cevap verdim. "*Sen* iflah olmazsın, Matthew."

Elaine, "Tatlım, Janey'i rahat bırak," dedi. "Matthew Coleman'ın çöpçatanlık hizmetlerine ihtiyacı yok."

Matthew sırıttı.

Elaine sırıtarak devam etti. "Ayrıca Noel'in Janey'in doğum günü olduğunu unutuyorsun."

Suratımı astım. "Evet, ne yazık ki doğum günümün aynı zamanda Noel'e denk geliyor. Neyse, en azından ikisini birden aradan çıkarıyorum."

Elaine kaşlarını çattı. "Çok huysuzsun."

Omuz silktim. "Aralığın yirmi beşinde hayatta kalabilmekten başka bir şey düşünmüyorum. Bunu sen de biliyorsun. Çok zor geliyor."

"En azından sana bir şeyler getireyim. Pasta gibi şeyler," dedi. "Her sene reddediyorsun."

"Lütfen yapma," dedim. "Dışarıdan yemek söylemeyi ve Netflix sitesinde *Skandal*'ı izlemeyi tercih ederim."

"Çok depresif," dedi. "Noel'de hangi dükkân açık ki?"

Sırıtarak, "Yummy Thai," dedim. "Her sene açık oluyor. Bak gördün mü? Her şeyi ayarladım."

Elaine iç geçirdi. "En azından kendine çiçek al."

Gülümsedim. "Bunu yapabilirim."

Matthew, "İşler nasıl gidiyor?" diye sordu.

"Harika," dedim. "Aslına bakarsan patlama var."

Hayatımda değişmeyen bir şey varsa, o da çiçeklerdi. Büyükannem Rosemary, Pike Place Pazarı'nın çiçekçisi Flower Lady'yi kurmuştu. Dükkânı savaştan kısa bir süre sonra 1945 yılında açmıştı. 1980 yılında büyükannemin parmakları artrit olunca annem Annie dükkânı devralmış ve ben on sekiz yaşındayken vefat edene kadar çalıştırmıştı. Ben üniversiteyi bitirene kadar dükkânı annemin asistanı işletmişti. Sonrasında da dükkân bana geçmişti.

Ben dükkânda büyümüştüm. Yaprakları ve çiçekleri süpürürdüm. Tezgâhın önündeki taburede oturur ve büyükannemin demet yapmasına yardım ederdim. Bana bazen, "Sen doğuştan bir çiçekçisin," derdi. "İnsanlara nasıl ulaşacağını, onlarda nasıl his yaratacağını bilen özel bir dokunuşun var."

Haklı olduğunu düşünüyordum. Aynı şeyden annemde de vardı. Bizler, gül ve frezyanın doğru karışımının bir adamın bir kadına sevgisini ifade etmesine nasıl yardım edeceğini, krizantemlerle sarı lalelerin zevkli bir birleşiminin içten bir özrü nasıl ifade edeceğini bilerek doğmuştuk.

İşte o zaman, her yılın bu zamanı olduğu gibi annem için üzülmeye başladım. Annem Noel'i severdi. Onu her şekilde güzelleştirirdi. Dairenin her yerini yemyeşil dallarla ve süsleriyle dekore ederdi. Hiçbir zaman küçük bir ağaçla yetinmezdi. Alan kısıtlamalarına rağmen, en büyük ağacı getirirdik.

Annemin kanseri aniden ortaya çıkmıştı. Aslında bu bir bakıma iyi bir şeydi. Uzun süre acı çekmemişti. Hastalığın teşhis edilmesiyle ölümü arasında sadece haftalar vardı. Hayat ve aşk konusunda ona bilmek istediğim şeyleri soracak kadar bile zamanım olmamıştı. Ve işte, hayatımdaki en önemli kadını kaybetmekle yüz yüze gelmiştim ve bir ömürlük tecrübeyi birkaç güne sığdırma fikriyle ezilmiştim.

Öldüğü sabah, ona her hafta yaptığım gibi çiçek götürmek istemiştim. Ama doktor sabahın altısında aradı. Hemen gelmemi, annemin çok fazla saati kalmamış olabileceğini söyledi. Ben de annemi kaybetme düşüncesiyle işkence edilmiş bir halde elim boş gittim. Başucuna en sevdiği çiçekleri koyamadığım için pişmandım.

Sonra hastane odasının kapısında hafif bir tıklama duyuldu. Bir dakika sonra, yakasında gönüllü kartıyla bir kadın göründü. Çekingen bir şekilde gülümsüyordu. "Pardon," diye fısıldadı. "Patronum bu çiçekleri annenize getirmemi söyledi."

O anda, annemin bu gönüllünün patronunu nerden tanıdığını düşünmedim. Önemsiz bir detay gibi görünüyordu. Ayrıca annem her yerde arkadaş edinen bir kişiydi. Yaşamının sonuna geldiğinde bile. Vazodaki çiçekleri alarak, "Teşekkürler," dedim. Yeşilin çeşitli tonlarındaki çiçeklerden oluşan harika bir aranjmandı. "Bunlar çok güzel. Patronunuzun muhteşem bir zevki var. Lütfen ona teşekkür ettiğimi söyleyin."

Annem vazoyu görünce gülümsedi. Sesi boğuktu. Fısıltıyla, "En son böyle bir aranjman gördüğümde burada, bu hastanedeydim. Sana daha yeni doğum yapmıştım, tatlım," dedi. Gözlerine yaşlar doldu. "Ama bir şey söyleyeyim mi? Üstünde kart yoktu. Bunları kimin gönderdiğini hiçbir zaman bilemedim."

Annemin, vazodaki yeşil güllerin en az onun solgun teni kadar narin yapraklarına dokunmak için titreyen ellerinden birini uzatışını izlerken gözyaşlarımı zor tuttuğumu hatırlıyordum.

Son nefesini verdiği o soğuk ekim sabahını düşünürken, yüz ifadesini hâlâ gözümün önünde canlandırabiliyordum: gözündeki bakışı, birkaç dakika bile olsa dayanabilme arzusunu. Doktor içeri girip benimle bir şey konuşmak istediğini söylediğinde annemi yalnız bırakmak istemedim. Her dakika önemliydi artık.

Annem gülümsedi ve beni son kez yanına çağırdı. Elini yanağıma koyarak, "Benim canım Janey'im, gözlerin her zaman taze fidanların rengindeydi," dedi. "Bütün ağaçların üstündeki yeşil ilkbahar fışkınları gibi. Vazodaki çiçekler gibi. Sen özelsin benim güzel kızım. Çok özelsin."

Gözümden yaşlar döküldü. Daha fazla tutamıyordum. Beni kapıya doğru yönlendirerek, "Git de doktorumla konuş," dedi. "Ve bir fincan kahve getir." Gülümsedi. "Hazır veya filtre kahve istemem. Espresso istiyorum. Son kez espresso içmek istiyorum."

"Hemen döneceğim," dedim. "Sadece bir dakika sürer." Yanağına hafifçe dokundum. Duble Americano ile odaya geldiğimde annem ölmüştü.

Telefonum cebimde titremeye başladı. Matthew, Elaine'i öpüp bana el salladı. Kapıya doğru yönelirken, "Mutlu Noeller," dedi.

Telefonuma uzanırken, gülümseyerek, "Mutlu Noeller," dedim. Arayan abim Flynn'dı.

"Merhaba," dedim.

"Merhaba." Sesi kötü geliyordu. Abimin her zamanki haliydi. Kendisi, tıpkı annemin babamı tanımladığı gibi melankolikti. Benim çiçeklerim varsa Flynn'ın da sanatı vardı. Kuzeybatıda oldukça beğeni toplayan bir ressamdı. Birkaç yıl önce, sanatçılarla bir araya gelebilmek için kendi galerisini açmıştı. Bu girişimi çok iyi sonuçlanmıştı. Hem iyi bir gelir getiriyordu hem de onu Seattle sanat camiasının lideri haline getirmişti.

Yakışıklılığının da zararı olmamıştı tabii. Bana sorarsanız, Flynn fazla yakışıklıydı. Biz çocukken, arkadaşlarımın tamamı ona hayrandı. Bu durum hâlâ aynıydı. Sık koyu saçları ve kirli sakalıyla aşırı derecede yakışıklıydı. Otuz beş yaşına gelmiş olmasına rağmen, düzenli bir hayat kurma gibi bir niyeti yoktu. Onun bir kadını gerçekten sevdiğinden bile emin değildim. Ama Flynn'ın hayatında gerçekten çok *fazla* kadın vardı.

"Ne var ne yok?"

"Yarın doğum gününü kutlamayı unuturum diye bugünden arayıp kutlamak istedim."

Sırıttım. "*Ne* adamsın."

"Öyleyim. Ama en azından hatırladım. Bir gün önce de olsa."

"Teşekkür ederim, abicim."

"Yeni yıl partime gelmeyeceğinden emin misin?"

İç geçirdim. Flynn her yıl Belltown'daki çatı katında bir parti düzenlerdi. Ben de bu partiye gitmemeyi kendime görev edinmiştim. Flynn'ın olayı benim sevmediğim türdendi: dapdar elbiselerin içindeki anoreksik kadınlar, kolları dövmeyle kaplı erkekler, balkona yığılan bir dünya tiryaki.

"Bilmiyorum, Flynn."

"Hadi ama ya," dedi. "Gelmen lazım. Belki biriyle tanışırsın."

"Biriyle tanışmak mı? Bu ihtiyacım olan son şey."

"Jane, bir ilişkinin senin için iyi olabileceğini düşündün mü hiç?" dedi. "Sadece Sam ve sen varsın. Kendini yalnız hissetmiyor musun?"

"Abicim," dedim. "Evet, akraba olabiliriz ama seninle aynı yolu takip etmeyebilirim. Mutlu olmak için başka birine ihtiyacım yok."

"Yalan söylüyorsun," dedi. "Herkesin birilerine ihtiyacı vardır."

"Belli ki bazılarımız her gece başka birine ihtiyaç duyuyor."

"Lütfen," dedi.

"Ee, bu aralar kiminle çıkıyorsun? İsmi lazım değille işler nasıl gidiyor?"

"Lisa'yla mı?"

Elaine'in tepsiyi limonlu tartlarla dolduruşunu izledim. Her birinin üstünde bir lavanta filizi vardı. "Adı Rachel, değil miydi?" dedim.

"O Lisa'dan önceki."

"Gördün mü bak?" Güldüm.

"Lütfen partime gel, Janey. Lütfen?"

"Düşüneceğim," dedim.

"Güzel."

Elaine'e öpücük gönderdim. Sam ile birlikte sokağa çıktım ve köşeden döndüm. Dükkânım Flower Lady biraz ilerideydi. Görüntüsü bile her zamanki gibi içimi ısıtmaya yetiyordu. Eski tarz pencereleri ve zümrüt yeşili tentesi vardı. Asistanım Loayza, yani Lo çiçek sepetlerini kaldırıma koymuştu. Neşeli tatil buketleri yoldan geçenleri çağırıyordu. Bir kadının güllerden ve dallardan oluşan bir aranjmanı eline alıp burnuna götürüşünü izledim. Kendi kendime gülümsedim. Böyle güzel bir işiniz varken aşka ne gerek vardı ki?

Lo'ya, "Günaydın," dedim. Tezgâhtan kafasını kaldırıp baktı ve koyu renk çerçeveli gözlüklerini yukarı doğru ittirdi. Üniversitede jeoloji dersinde tanışmış ve kayaların uykumuzu getirdiği gerçeğinde birleşmiştik. Bu yüzden salı ve perşembe günleri öğle yemeğinden sonra saat birde sırayla birbirimizi uyanık tutmaya çalışırdık. Bu saat, sadece kireçtaşına ve tektonik tabakalara odaklanan bir dersi işlemek için en kötü zamandı. Neyse ki mucizevi bir şekilde ikimiz de dönemi B ile geçmiştik.

Dramatik bir şekilde, "Krizantemlerden nefret ediyorum," dedi.

Montumu arka odadaki askıya astım ve önlüğümü taktım. Tezgâhın arkasındaki bilgisayar ekranına yansıyan siparişlere bakarak, "Ben de," dedim. "Ama şunlara baksana. Bu bizim en verimli tatil dönemimiz olabilir." Tişörtümün kollarını kıvırdım. "Hadi bitirelim şu işi."

"En iyi senaryoyu söylüyorum," dedi. "Bütün işleri beşe kadar bitiriyoruz. Böylece ben de altıdaki randevuma yetişiyorum."

"Noel arifesinde randevun mu var? Ah, Lo!"

"Neden olmasın ki?" dedi. "Noel arifesinde kim yalnız olmak ister?"

Ortalama olarak, Lo (a) umutsuz bir romantik, (b) flört dehası, (c) aşk bağımlısı olabilirdi. Lo'nun hayatında afallatıcı sayıda erkek vardı. Ama o Flynn gibi değildi. Bu zaferlerden zevk alıyormuş gibi görünmüyordu. Zaman içinde Lo'nun sevdiği şeyin aşk oyunu, aşkın peşinde koşmak olduğunu fark etmeye başlamıştım. Onun sevdiği *aşk* değildi. Aşk fikriydi.

"Yapma, Lo," dedim. "Noel arifesinde yalnız olmanın nesi yanlış? Ayrıca istediğin zaman yanıma gelebilirsin."

Çekingen bir şekilde sırıttı. "Eğer her şey umduğum gibi giderse, geceyi Eric'te geçireceğim."

Kafamı sallayarak, "Biliyor musun," dedim. "Bu yıl çorabının içine kömür koyacaklar."

Gülümsedi. "Merak etme, Noel Baba'yla aram iyidir."

Yazarkasayı açtım ve şöyle bir göz gezdirdim. Sonra arsız bir ironiyle, "Ne de olsa eski sevgilin," dedim.

Lo güldü. "Mümkün değil. Kırk iki yaşından büyük erkeklerle çıkmıyorum, hatırladın mı?"

Gülümseyerek, "Ha doğru," dedim. "Kurallarını unutmuşum." Dünden kalan fiş yığınına baktım. "Bence flört konusunda bir kitap yazman lazım."

"Biyografi gibi bir şey mi?"

"Evet," dedim. "Ya da radyoda bir programa da katılabilirsin. Adını Âşık Lo koyardık."

Başını salladı. "Bunu düşünmüştüm. Elimde malzeme çok nasılsa."

Sinsi bir şekilde sırıttı. Biraz sonra kapıdaki zil şıngırdadı. Yaşlıca bir adam içeri girdi ve penceredeki aranjmanlara bakmak için durdu. İlk anda onu tanıyamadım ama arkasını dönünce Lo ile bakıştık. "Gizemli Noel Müşterisi geldi," diye fısıldadı. Başımı salladım.

Aslında doğruyu söylemek gerekirse *gizemli* doğru kelime değildi. *Olağandışı* daha doğru olurdu. Varlığı tam bir gizemdi. Her yıl Noel arifesinde gelir, dükkândaki en pahalı aranjmanı alır, beş kelimeden fazla konuşmaz ve dolgun bahşiş bırakırdı.

Lo bir keresinde, "Bu adam karısını öldürüp vücudunun parçalarını bodrumdaki dondurucuda saklayacak tarzda birine benziyor," demişti.

Ben, "Hayır," dedim. "Bence adam sadece yalnız."

"Bilmiyorum," dedi. "Sana bakışları hoşuma gitmiyor."

Bu sabah ve bundan önceki her Noel arifesinde duraklamama sebep olan da bu oluyordu. Adam sadece bana dikkat ediyordu. Lo'ya bakmıyordu bile.

Derin bir nefes aldım ve adam tezgâha doğru hafifçe topallayarak yürürken gülümsedim. Haki bir pantolon ve yağmurluk giymişti. Dikkatli bir şekilde, "Tekrar merhaba," dedim. "Başka bir Noel arifesi daha."

Başıyla onayladı.

"Her zamanki aranjmanınızdan mı olacak?"

Tekrar başını salladı. Hemen işe koyuldum. Doğru karışımı elde edene kadar çiçekleri kestim ve karıştırdım.

Vazoyu ona doğru tutarak, "Böyle iyi mi?" diye sordum.

Bakışları bana kilitlenmiş bir halde, "Harika," dedi.

Fatura keserken, "Güzel," dedim.

"Mutlu Noeller." Bana bir tomar para uzattı. Gülümsemedi. Bana uzun süre baktı. Bir an, gözlerinde bir duygu işareti gördüm. Keder mi? Pişmanlık mı? Çiçeklerin insanlarda duygu uyandırma gibi bir özellikleri vardı. Aşk anıları bulunuyor ve kaybediliyordu. Noeller geçiyor, yeni başlangıçlar, bitişler oluyordu. Çiçekler hepsini tetiklemiş olabilirdi. Belki de her sene bu yüzden geliyordu. Hatırlamak için.

O kapıya doğru yürürken, "Mutlu Noeller," diye yanıt verdim. Kapıyı kapatırken zil tekrar şıngırdadı.

Tezgâhtaki bin dolar parayı sayarken Lo omzuma doğru eğildi. "Bin dolar mı?" dedi. Gerilmişti. "Adam çok tuhaf."

Omuz silktim. "Orası kesin ama hiç şikâyetçi değilim." Parayı kasaya attım. "Tamir edilmesi gereken camları bununla öderiz."

Kırklı yaşlarının ortalarında bir adam dükkâna girince bizim gizemli müşteri unutuldu. Adam uzun boyluydu, hafifçe kırlaşan saçları, sanki yazın plajda uzun süre kalmış gibi görünen biraz yıpranmış ama güçlü bir yüzü vardı. Her nasılsa bu yüz ifadesi ona yakışıyordu.

Lo, ona doğru yürüyerek, "Size yardımcı olabilir miyim?" diye sordu. Adam, Lo'yu görünce duraksayan diğer tüm erkekler gibi duraksadı. Lo eski tarzda bir güzelliğe sahipti; porselen gibi cildi, koyu renk, dümdüz saçları (İspanya'nın Bask bölgesindeki akrabalarından ona geçen bir birleşimdi), dolgun göğüsleri ve ince bir beli vardı.

Adam alnını ovuşturdu. Hemen, "Evet," dedi. "Noel için bir aranjman almak üzere uğramıştım... Benim... Aileden bir sürü kişi var. Masa için bir şeyler alabilirim, diye düşündüm."

Lo gülümsedi; kırmızı gül, beyaz lale ve yeşilliklerle dolu dekoratif vazoların olduğu standı gösterdi. "Kesinlikle bunlardan birini tercih etmelisiniz," dedi. "Anlamlı ama masaya da hükmetmez."

Adam aranjmana kısa bir bakış fırlattıktan sonra bakışlarını Lo'nun bakışlarına kilitledi. "Harikasınız. Yani..." Duraksadı. "Çiçeklerden gerçekten anlıyorsunuz. Harika bir aranjman."

Lo sırıttı. Aranjmanı kasaya götürdü. Fişini kesti.

Adam ağır ağır, "Mutlu Noeller," dedi ve kapıya yöneldi.

Lo sırıtarak, "Mutlu Noeller," dedi.

Adam gider gitmez ellerimi kalçama koydum. "Lo, adam sana göre fazla yaşlı."

Aranjmanla ilgileniyormuş gibi yaptı.

"Seni gerçekle yüz yüze getirdiğim için benden nefret edeceğini biliyorum ama minik, uygunsuz bir gerçek var ki o da adamın *evli* olduğu. Sakın parmağındaki altın halkayı görmedim deme bana."

Omuz silkti. "Fark etmemişim."

Yarı eğlenmiş yarı kızgın bir şekilde, "Zor birisin," dedim.

"Jane, bana çok bilmişlik yapmayı kes. Evli bir adamla çıkmayacağımı biliyorsun." Bir an için düşündü. "Ama kitapta ilginç bir bölüm olabilirdi."

Kaşlarımı çatarak baktım.

"Şaka yapıyorum," dedi.

İşimize geri dönerken Bing Crosby'nin sesi hoparlörlerden duyuldu. Sabah Elaine kendime bir çiçek aranjmanı yapmamı söylemişti. Hazırlamam gereken siparişlere rağmen, tezgâhın arasındaki kovadan yeşil güllere uzandım. Aralarına biraz keklik üzümü bitkisinden attım. Kendim için. Annem için.

Randevusuna hazırlanabilmesi için Lo'yu saat beşe çeyrek kala eve gönderdim. Servis elemanımız Juan altı buçukta son aranjman grubunu teslim etmek üzere çıkınca ben de eve gitmeye karar verdim. Montumu giydim, Sam'in tasmasını taktım ve kaldırıma çıktım. Bir hevesle, son kalan çam çelenklerinden birini koluma attım. Daha önce yaptığım aranjmanı da aldım ve dükkânı kilitledim.

Pazar sessizdi. Ama her zamanki akşam sessizliği değildi. Bu yalnız bir sessizlikti. Bu, insanların yanan şöminelerin karşısında, ait oldukları yerde, sevdikleri kişilerin yanında oturarak sıcak içecekler içmesinin sesiydi. Bu insanların birbirine ait oluşunun sesiydi.

İç geçirerek yürüdüm. Önemi yoktu. Noel arifesinde kimseyle olmama gerek yoktu. Ben Lo gibi değildim. Flynn gibi değildim. Ben hiç kimse gibi değildim. Sam ve iyi bir kitaba, bir kadeh şaraba, sonrasında güzel bir uykuya razıydım. Tatiller biraz abartılıyordu. Özellikle de bu tatil.

Gazete büfesini geçtim ve Mel'in bu akşam ne yapacağını merak ettim. Meriwether Fırını'nda ışıklar sönmüştü. Elaine'in bugünkü siparişleri bitirip bitiremediğini merak ettim. Onu Hamlin Caddesi'nde elinde bir tabak hindi veya rostoyla veya insanlar Noel arifesinde ne yiyorsa onunla sofrayı idare ettiğini ve aşkla parladığını hayal ettim. Boş lobiden asansöre doğru ilerledim. Bernard bu gece eve gitmişti. Onu da düşündüm. Onu karısı Sharon'ın yanında, elinde sıcak bir içkiyle birlikte otururken ve kar bulutlarıyla diğer şeyleri düşünürken hayal ettim.

Asansör açıldı ve ben dördüncü kata bastım. Bir dakika sonra dairemin kapısını açtım ve karanlık koridora girdim. Sam kâsesinden su içti. Ben de anahtarlarımı bıraktım. Kolumdaki çelengi aldım ve kapının yanındaki çiviye astım. Sonra vazoyu şömine rafının üstüne koydum. Annem olsa oraya koyardı.

"Mutlu Noeller, Sammers," dedim. Sesimdeki yorgunluğu, ufacık titremeyi bir tek o anlayabiliyordu. Cep telefonumu koymak için cebime uzandım. İşte o zaman sabah koyduğum pembe zarfı buldum.

Mutfak ışığını yaktım ve yabancı el yazısına baktım. Gönderenin adresi yoktu ama zarf Seattle'dan postalanmıştı. Merak ederek zarfı yırttım ve tezgâha yaslanarak doğum günü kartını inceledim. Sonra arkasında yazan yazıyı okudum:

Sevgili Jane,

Sen beni tanımıyorsun. Ama ben seninle doğduğun gün tanıştım. O gün sana, özel ve nadir bir yetenek bahşedildi. Bu yetenek, yıllar boyu seçilmiş az sayıda kişiye geçen ve sana diğerlerinin göremediği aşkı, bütün biçimlerinde gösteren bir yetenekti. Ama bu yetenek sana büyük bir sorumluluk ve bir sonraki doğum gününe, otuz yaşına gireceğin günün günbatımına kadar tamamlaman gereken bir görev de veriyor. Kalanını yüz yüze konuşmamız gerekli. Noel'den sonraki gün Pioneer Square'deki daireme gelebilir misin? Saat ikide birlikte çay içeriz. Main Caddesi'ndeki Waldron Building'de olacağım. Daire 17. Seni bekleyeceğim.

Sevgilerle,
Colette Dubois

Sanki şarbonluymuş gibi kartı tezgâhın üstüne bıraktım.

Kafamı salladım, ayakkabılarımı çıkardım ve salonda Elliott Körfezi'ni gören pencereye doğru ilerledim. Uzun bir gün olmuştu. Yorulmuştum. Kafamda Bernard'ın sesi yankılandı. "Bu akşam on santim kar yağacak... Kar bulutlarını görüyor musun?.. Bulutlar biz ne görmek istiyorsak onu gösteriyor."

Karanlık gökyüzüne baktım. Sokak lambalarının ışığında havada süzülen kar tanelerini gördüm. Beyaz bir tabaka aşağıdaki sokağı kaplamaya başlamıştı.

Tezgâhın üstündeki doğum günü kartını ve içindeki şifreli sözcükleri düşündüm. "Sana bir yetenek bahşedildi... sana diğerlerinin göremediği aşkı bütün biçimlerinde gösteren bir yetenek..." Aşkın benim için ne kadar sisli, belirsiz olduğunu düşündüm. Aşkın içinde olmama, insanların aşkını çiçekler aracılığıyla ifade etmesine yardım etmeme rağmen, kendim aşkla ilgili hiçbir şey görmüyordum. Hem de hiç. Üniversitede, oda arkadaşım için beni terk eden sevgilimi düşündüm. Yemek pişirmeme laf eden ancak (gizlice Meriwether'dan aldığım) elmalı turtamı yedikten sonra benden ayrılan aşçıyı düşündüm. Geçen sene iki hafta boyunca çıktığım ancak daha sonra Seattle'daki her kadınla birlikte olduğunu keşfettiğim tıp öğrencisini düşündüm.

Ben? Aşkı görebilen bir kişi? Şakaydı herhalde. Flynn'ı arayıp ona ağzının payını vermek istedim. Bu kesinlikle onun yapacağı bir şeydi. Pioneer Square'deki daireye gidersem de çöpçatanlık ortaya çıkacaktı. Kapıyı çalacaktım ve bekâr arkadaşlarından birisi bana acıyarak bir yerlere götürecekti. Suratımı buruşturdum.

Sam burnuyla bacağımı dürttü. Ensesini okşadım. "Tek ihtiyacım olan sensin, Sammers," dedim. Sonra burnumu pencereye bastırdım ve gökyüzündeki büyük bir elekten dökülen un gibi düşen kar tanelerini izledim. İşte o zaman bu sabah bulutlarda gördüğüm şekli hatırladım. Bernard'a ne gördüğümü söylememiştim. Başkalarına da söylemezdim. Ama oradaydı işte: kocaman bir kalp. Düzgün biçimli bir kalp gökyüzünden sarkıyordu.

İkinci Bölüm

2201 Hamlin Caddesi
Noel

Jack ve Ellie Noel sabahı çoğu çocuğun yaptığı gibi anne ve babalarını ölçüsüz bir coşkuyla uyandırdı. Elaine yatağın üstünde zıplayan çocukla derin uykusundan uyandı. Göğsüne dayanmış bir diz vardı ve bir çift küçük el yanaklarına hafifçe vuruyordu. Elaine gözlerini açtı ve inlememek için elinden geleni yaptı. Güneş daha kendini göstermemişti. Fırında uzun bir günden sonra hediyeleri paketlemek için gece ikiye kadar uyumamıştı. Ama bugün Noel sabahıydı. Herkes Noel sabahı kuralları çocukların belirlediğini bilirdi. Mutfakta bir yerde, üstünde adı yazan bir bardakta duble Americano yapan bir makine çalışıyordu. Esnedi ve kocasına döndü. Gülümseyerek, "İşte başlıyoruz," diye fısıldadı.

İkisi çocuklarının peşinden aşağı kata indi. Elaine yine şaşırıp kalmıştı. Tıpkı ailenin bir arada olduğu o sessiz anlarda, pazar günü kahvaltı sofrasında veya bir salı gecesi çocuklar yatmadan, birlikte dişlerini fırçalamadan önce, hayatının ne kadar mükemmel göründüğüne hayret ediyordu. Mükemmel bir Amerikan ailesi olarak bir fotoğrafa veya kartpostala poz verebilirlerdi. Hani şu dergide gördükleriniz var ya. Babanın bir polo tişört giydiği ve kolunu eşinin beline doladığı, karısının dar bir elbise ve topuklularla tasasız göründüğü, sırma saçlı iki çocuklarının meleksi yüz ifadeleriyle gülümsediği fotoğraflar. O anda, kocasının ve iki çocuğunun merdivenden inişini izlerken, her şeyi dışarıdan izliyormuş gibi hissettiren duygunun altında ezildi. Birdenbire yabancılaşmıştı. Sanki dışarıdaki yedi sekiz santimlik karın içinde dikiliyor, eldiveniyle camdaki buğuyu siliyor ve harika bir ev, harika bir dünyadaki harika bir ailenin hayatına bakıyordu. Ama Elaine kendini hiç de harika hissetmiyordu ve bu uzun zamandır böyleydi.

Matthew, "Geliyor musun, Laney?" diye sordu.

Merdivenin basamağında hareketsiz duran Elaine, o halinden sıyrıldı ve başını salladı. Hemen, "Evet," dedi. "Çoraplarla başlasınlar. Ben biraz kahve yapacağım."

Noel sabahı fırtına gibi gelir ve yine öyle geçer giderdi. Bir saat sonra Elaine ve Matthew buruşmuş paket kâğıtlarıyla çevrelenmişti. Çocuklar, onları en çok cezbeden oyuncaklarla birlikte evin köşelerine dağılmıştı. Evde sessizlik hâkimdi.

Elaine saatine baktı. "Benim Jane'i aramam lazım. Bugün doğum günü. Sence Jane'e yemeğe gelmesi için ısrar etmeli miyim? Dün sen bahsetmiştin. Ama biliyorsun, burnunu sokmak istemiyor. Ben de rahat olsun istiyorum..."

Matthew parmaklarını Elaine'in dudaklarına koydu. Işıldayan gözlerle, "Jane'i merak etme," dedi. "Yıldönümümüzü hatırladın mı?"

Elaine ve Matthew on iki yıl önce bir Noel arifesinde, Beşinci Cadde'deki bir Presbiteryan Kilisesi'nde evlenmişlerdi. Banklar çobanpüskülleri ve sedir yapraklarıyla süslenmişti. Tören bitmeden önce misafirleriyle birlikte "Kutsal Gece" ilahisini söylemişlerdi.

Elaine hatırlayarak, "Evet," dedi. O gün kar vardı. Kiliseye giden basamakları çıkarken ayakkabıları ıslanmıştı. En sonunda mihraba yalınayak yürümüştü.

Birdenbire, "Özür dilerim," dedi. "Bu yıl yıldönümü hediyeni almayı unuttum."

Matthew gülümsedi. "Ben seninkini unutmadım."

Matthew hiç unutmazdı. Her tatili hatırlardı. Her özel günü. Bunları bir kartla, bir vazo çiçekle veya hediyeyle de ölümsüzleştirirdi. Hiç sekmeden.

Matthew, "Ağacın altında son bir hediye kaldı," dedi.

Elaine kaşlarını çattı. "Sen benden daha iyi birisin."

Matthew arsızca, "Olabilir," dedi. Ağacın dallarına uzandı ve karısına küçük, kırmızı kurdeleyle bağlanmış beyaz bir kutu uzattı.

Kurdeleyi çekti ve yere bıraktı. Olabilir miydi? Hatırlamış mıydı? Bunu yıllar önce laf arasında konuşmuşlardı ama birkaç ay önce konusu tekrar açılmıştı. Küçük bir kızken sahip olduğu şans bilekliği. On iki yaşındayken dönmedolabın en tepesindeyken kaybetmişti. Bunu hayatını temsil eden şeylerle süslemişti. Büyükannesinden minik bir pasta, babasından bir kürek, en yakın arkadaşı Angela'dan kırık bir kalbin yarısı. 1980'lerde her kızda bunlardan vardı. O korkuyla bileğinden kayıp gitmişti. Aramışlardı ama sanki yer yarılmıştı da içine girmişti. Hem de bütün çocukluk anılarıyla birlikte. Bütün hayatı boyunca onun yerine koyabileceği bir şey bulmayı ummuştu. En sonunda Matthew bulmuş muydu? Hatırlamış mıydı?

Kutunun kapağını kaldırırken gözlerini yaşlar sızlattı. Kâğıdı kaldırdı ve... yüreği parçalandı.

Matthew kendinden emin bir şekilde gülümseyerek, "Çok güzeller, değil mi?" dedi. Az ilerideki eski dolabı gösterdi. Yıllar önce çocuklar garajda buldukları çekiçle evi "onarmak" istediklerinde yanlışlıkla cam top küpelerini kırmışlardı.

Elaine nefes nefese bir halde, "Bunlar... Evet," dedi. Gözleri yaşla dolmuştu. Cam küpelerden birini kutudan alırken gözyaşlarını da tutmaya çalışıyordu. "Harikalar."

Matthew dudaklarından hafifçe öptü, sonra ayağa kalkıp gerildi. Mutfağa doğru ilerlerken, "Kahve zamanı," dedi.

Elaine böyle hissettiği için kendinden nefret ediyordu. Memnuniyetsiz. İdealist. Hatta çocuksu. İçinde bir şeyler karmakarışıktı. Bu mükemmel hayatın, mükemmel yuvanın, mükemmel evliliğin içinde, göz ardı edemeyeceği bir kopukluk vardı. Küçük anlarda, önemli anlarda bunu hissediyordu. Ellerindeki küçük kutuda duran cam küpelere bakarken bunu bir kez daha hissetti.

Saat dörtte kapı çaldı. Noel gününün ve mutfak işlerinin baş döndürücülüğünde, Elaine akşama misafir geleceğini neredeyse unutuyordu. Püre haline getirmeye çalıştığı tatlı patateslerden kafasını kaldırınca ağzı kulaklarında bir halde mutfağa dalan Ella'yı gördü. "Anne! Kimler gelmiş baksana! Yeni komşular!"

Elaine ortaparmağına bulaşan patates püresini emdi ve kapıya baktı. Bir adamla Ella'nın yaşında bir kız kapıda bekliyordu.

Adam kırklı yaşlarının ortalarındaydı. Saçları hafif döküktü. Pek uzun değildi. Bakışları Elaine'inkilerle buluşunca Elaine elindeki spatulayı düşürdü.

Adam ona doğru gelerek, "Durun ben alayım," dedi.

İkisi de aynı anda eğilince bakışları tekrar buluştu.

Adam spatulayı Elaine'e uzatırken, "Pardon," dedi. "Ben Charles."

Elaine, "A," dedi. "Evet, yeni komşumuz. Hoş geldiniz. İsminizin kısaltılmış hali var mı? Chuck veya Charlie gibi?"

"Sadece Charles."

Elaine sırıttı. "Merhaba, Sadece Charles."

Charles biraz da şaşkın bir halde kafasını salladı. "Komik."

"Nedir komik olan?"

"Şey..." Sesi bir an için kesildi. "Rahmetli karım da tanıştığımız gün tamı tamına aynı şeyi söylemişti." Sesi özlem dolu, biraz da kederliydi.

Elaine, "Çok özür dilerim," dedi. "Dilerim sizi..."

"Geçen sene vefat ettiğinde on iki yıllık evliydik," diye devam etti.

Elaine ne diyeceğini bilemedi. Bu yüzden konuşmadı. Elini Charles'ın koluna koydu.

"Sorun yok," dedi. "İdare ediyorum."

Elaine, "Ben de on iki yıldır evliyim," dedi.

Charles başını salladı. "Son yıldönümü çok zordu. Her zaman beklenmedik bir şey yapardık. Bir keresinde onu sıcak hava balonuna bindirmiştim. Ölmeden önceki yıl, ofiste ona serenat yapmak için çalgıcı tutmuştum."

Elaine, "Ne kadar güzel," dedi. "Öyle güzel anlatıyorsunuz ki bulutları canlandırabildim. Notaları duyabildim." Matthew'un her sene özel günleri nasıl geçirdiğini düşününce hafif bir kıskançlık hissetti. Çoğunlukla bir kutu çikolata ve kartla kutlardı.

Charles sırıttı ve Elaine'in önündeki kâseye baktı. "Büyükannem de tatlı patates yapardı," dedi. "Hem de her Noel'de."

Elaine, "Kremayla mı?" diye sordu.

Charles gülümseyerek, "Kremasız mümkün değil," dedi.

Matthew mutfağa girdi. "Güzel, ikiniz tanışmışsınız. Şimdi şarabı açabiliriz. Laney, Charlie'ye bu sokağı seveceğini söyledim. Burada hepimiz oldukça üretken şarapçılarız."

Elaine ve Charles ağızlarını açtı ve aynı anda, "Sadece Charles," dedi.

Matthew, Charles'ın sırtına hafifçe vurdu. "Charles olsun o zaman." Elaine'e sırıttı. "Yine tatlı patateslerden mi söz ediyordu?"

"Ben..."

Matthew sırıttı. "Ben daha çok patates püresi adamıyım," dedi. "Ama ne derler bilirsin. Karın mutlu olursa, hayatın da mutlu geçer." Tekrar Charles'ın sırtına hafifçe vurdu. "Ee seni Houston'dan Seattle'a hangi rüzgâr attı?"

Charles sırıttı. "Microsoft," dedi. "Seattle'daki diğer birçok göçmen gibi, değil mi?"

Matthew, "Evet," dedi. "Harika bir cadde seçtin. Köprüden çok çabuk gidip geleceksin."

Charles başını salladı. "Emlakçım fiyat konusunda çok mücadele olduğunu söylemişti."

Matthew kolunu karısının beline dolayarak, gururla, "Şanslıydık ki büyüklerimiz vardı," dedi. "Burayı Elaine'in büyükannesi ve büyükbabası almıştı."

Charles gülümsedi. "Bir sürü anıyı barındıran bir yerde yaşamak çok güzeldir eminim."

Elaine biraz dalgın bir biçimde, "Evet, sanırım öyle," dedi. "Matthew haklı. Bu caddeden iyisini bulamazsın."

Tatlı patates püresiyle dolu spatulayı tatması için Ella'ya uzattı. "Ama bence bu biraz da emlakçı tutkusundan kaynaklanıyor. Ben her zaman bir yüzen evde yaşamak nasıl olur diye merak etmişimdir." Arkadaşı Lo'nun Lake Union'daki muhteşem yüzen evini düşündü.

Charles'ın gözleri parladı. "Biliyor musun ben de her zaman bunu hayal etmişimdir. İnsanlar çocuklarla o şekilde yaşanmaz diyor ama bence haksızlar."

İkisi de aynı anda, "Can yelekleri," dedi.

Mutfakta huzursuz bir sessizlik oldu. Sonra Matthew tekrar söze girdi.

"Charles," dedi. "Gel de sana geçen sene şöminede yaptığımız değişiklikleri göstereyim. Sanırım evler aynı şekilde inşa edilmiş. Sen de benzer şeyler yapabilirsin."

İki adam salona doğru gözden kaybolurken, Ella mutfakta annesinin arkasında dikiliyor, tezgâhta kremayla uğraşıyordu.

"Chloe'nun yeni American Girl bebeğimle oynamasına izin vereceğim," dedi.

Elaine, "Aferin, tatlım," diye cevap verdi.

Ella, "Çok iyiler," diye devam etti. "İyi ki buraya taşınmışlar."

Elaine kapıya doğru baktı ve derin bir nefes aldı. "Bence de."

Üçüncü Bölüm

Gözlerimi açtım ve o anda pencereden gelen parlaklık gözümü aldı. Kanepede yatıyordum. Herhalde gece uyuyakalmıştım. Sam de yanımda yatıyordu. Gerinirken sehpanın üstündeki yarısı boş şarap şişesini fark ettim. Sonra pencereye doğru yürüdüm. Seattle beyaza boyanmıştı. Caddenin köşesinde kardanadam yapan üç çocuğu fark ettim. Beyaz bir Noel'di.

Mutfağa girdim, makineye bir Nespresso kapsülü koydum ve suyun küçük beyaz espresso bardağına dökülüşünü izledim. Bardaktan ilk yudumu alırken, dün aldığım tuhaf mesajlı pembe zarfı gördüm. Telefonumu çıkardım ve abimin numarasını çevirdim. Üç kez çaldıktan sonra abimin çatlak, yorgun ve akşamdan kalma sesi duyuldu.

"Alo?"

"Flynn, hiç komik değildi."

"Ne diyorsun sen?" diye sordu. "Saat kaç?"

Kızgın bir şekilde, "Sana da Mutlu Noeller," dedim.

"A tabii ya ve mutlu yıllar."

"Yatağında kadın var mı?" diye sordum.

"Hayır, tabii ki yok." Ama arkadan kadın sesi geliyordu.

"Yalan söylediğini anlayabiliyorum," dedim. "Herneyse, şu gönderdiğin karttan bahsediyorum. Hiç komik değil. Gerçekten yiyeceğimi düşündün mü? Arkadaşlarından birini ayarlayabilesin diye oraya gideceğimi düşündün mü?"

Flynn esneyerek, "Janey," dedi. "Neden bahsettiğin hakkında hiçbir fikrim yok."

Tekrar karta baktım. "Gerçekten mi? Sen göndermedin mi?"

"Hayır," dedi. "Şunca yıllık abinim, sana hiç doğum günü kartı gönderdim mi?"

"Hayır, göndermedin."

"Tamam, bu konuda anlaştık o zaman." Tekrar esnedi. "Bana uğrayacak mısın?"

"Hayır, Elaine'lere gitmem lazım."

"Noel'de ve doğum gününde aileni reddediyorsun madem, en azından partime gel," dedi. "Söz mü?"

Sırıtarak, "Düşünürüz dedim ya," dedim.

"Tamam," dedi. "Doğum günü kartında ne yazıyormuş söyle bakalım."

Main Caddesi adresine baktım. "Önemli bir şey değil," dedim. Ama kart, baktığım ilk andan beri içimdeki bir şeyleri harekete geçiriyordu.

Dükkâna uğradım ve Hamlin Caddesi'ne doğru yola koyulmadan önce son kalan şakayık-krizantem aranjmanlarından birini yanıma aldım. Washington Üniversitesi'nin yanındaki Montlake Köprüsü'nün hemen bitişindeki evin sahibi Elaine'in büyükannesiyle büyükbabasıydı. Onlar ölünce Elaine ile Matthew evi satın almışlar ve tadilat yaparak kendilerine göre yeniden düzenlemişlerdi. Ev, Washington Gölü'nün gri sularına bakıyordu. Bugün göl dalgalı ve fırtınalıydı.

Arabayı park ettim, çantamla koltuğun üstündeki şarap şişesini, Jack ile Ellie için hazırladığım hediyeleri ve çiçek aranjmanını aldım. Camdan eve doğru baktım. Eski beyaz Flemenk bina, yoğun bir kar tabakasıyla sarılmıştı. Öndeki çimenlikte kardanadam vardı. Matthew'un kardanadam yaparken çocuklara yardım ettiğini hayal ettim. Elaine'in böyle huzurlu, eski Currier&Ives kartpostallarından fırlama bir hayata sahip olduğu için ne kadar şanslı olduğunu düşündüm.

Elaine bana neredeyse yere yıkacak kadar sıkı sarıldı. "Geldin! O kadar sevindim ki. Bizi yine ekeceksin sandım."

Sırıttım. Şarabı ve çiçekleri uzattım. "Jack ve Ellie'ye hediyeler getirdim."

"Tatlım hiç gerek yoktu ama çok sevinecekler!"

Ellie, "Janey Teyze," diye ciyakladı. Bacaklarıma sarıldı. Birdenbire, geldiğime memnun oluvermiştim. "Yeni komşularımız var artık!" dedi. "Gel de tanış!"

Elaine ve Ellie'nin peşinden mutfağa girdim. Gri süveterli bir adam, ocağın başında ayakta dikiliyor ve et suyunu karıştırıyordu. Elaine gülümsedi. "Charles, bu benim en yakın arkadaşlarımdan biri Jane."

Matthew gülümsedi. "Ve kendisi bekâr."

Elaine ona dirsek attı. "Charles, kocamı mazur gör. Her zaman bekâr arkadaşlarımızı ayarlamaya çalışıyor."

Charles'a kurnaz bir gülümseme gönderdim. Hemen bana döndü. "Tanıştığıma memnun oldum, Jane," dedi.

Onun yanında da küçük bir kız vardı. Kendimi tanıştırma fırsatını bulamadan, Ellie söze karıştı. "Bu da benim yeni arkadaşım, Chloe. Sokağa yeni taşındı. Arkadaş olacağız."

Charles'a sırtımı dönerek, "Ne kadar güzel," dedim. Elaine'in Charles'ın karıştırdığı tencereye doğru eğilişini izledim. Karışımın içine bir kaşık daldırdı. "Tuzu az gelmiş," dedi. Charles hemen tezgâhın üstündeki tuzu uzattı.

O zaman görüşüm bulanıklaştı. Gözlerimi ovuşturdum. Dün şarabı fazla kaçırdığım için kendime kızdım. Ama yine de Elaine getirdiğim şarabı açıp da bana bir kadeh uzatınca, büyük bir yudum aldım.

Elaine, "İyi misin, tatlım?" dedi.

Hemen, "Evet," dedim. "Gözlerim canımı sıkıyor o kadar."

Matthew, Charles'a, "Bugün Jane'in doğum günü," dedi.

"Mutlu yıllar," dedi. "En yakın arkadaşlarımdan biri Noel'de doğmuştu. Sizler özel insanlarsınız." Konuşuyordu ama bana bakmıyordu. Bakışları Elaine'e kilitlenmişti. Onun gözlerinin de yıllardır hiç görmediğim şekilde ışıldadığını fark ettim. Tezgâha doğru yaslanıyor ve beyaz önlüğünü sıkı sıkı tutuyordu. Yıllardır pişirdiği yüzlerce yemeğin içindekiler önlüğe sıçramıştı.

Matthew kolunu karısının beline doladı ve tezgâhın üstündeki kahverengi kâğıt torbayı gösterdi. "Üç dükkân gezmek zorunda kaldım ama sonunda istediğin unu buldum."

Elaine unu poşetten çıkararak, "King Arthur," dedi. "Matthew başka hiçbir markayı kullanmayacağımı bilir."

Evliliğin detaylarını düşündüm. Biriyle yaşam kurmanı sağlayan minik binlerce detay. İnsanların bu detayların ustası olarak nasıl bir ömür geçireceği. Un markası, diş macunu, büyük çöp torbaları (torba büzme ipi var mı yok mu?). Arabalarda radyo istasyonu tercihleri. Kanepede birini veya diğerini mutlu eden taraf. Aşkın ayrıntıları, dipnotları. Nereden bakarsanız bakın Elaine ile Matthew bu konuda uzmanlaşmıştı.

Matthew'un yanındaki bar taburesine oturdum. Ellie ve yeni arkadaşı Chloe mutfaktan çıkıp oturma odasına geçerken Matthew karısını gururla izliyordu. Charles'a ve bana, "Elaine, büyükannesinin meşhur zeytinyağlı kekinden yapıyor," dedi.

Elaine, "Kabul etmem lazım, harika bir lezzet," dedi. "Kimse yemek istemezse darılmam. Büyükannem her Noel'de yapardı bu keki. Zeytinyağıyla yapmak âdet haline gelmeden çok önce bile. Her Noel sabahında yapardı. Gizli malzeme ne biliyor musun?"

Kafamı salladım.

"Turunç," dedi. "Tabii ki hangi meyveyi istiyorsan kullanabilirsin ama büyükannem kan portakalı tercih ederdi."

"Kan portakalını severim," dedim. "Rengi harika."

Matthew, Charles'a doğru gülümsedi. "Sizin kan portakalı hakkındaki görüşleriniz nedir, beyefendi?" Bizi sohbete sevk etmeye çalıştığı belliydi. Charles bunu fark ettiyse de belli etmiyordu. Birdenbire Elaine'e baktı. "Büyükannen Sicilyalı mıydı?"

Elaine biraz şaşırarak, "Evet," diye yanıt verdi.

"Benim büyükannem de öyleydi," dedi. "Annemden başka bu geleneği sürdüren kimseyi görmemiştim."

Elaine bir an sessiz kaldı. Sonra kendini toparladı. "Eh, güzel," dedi. "O zaman portakallarda bana yardım edersin."

Yemek servis edildikten ve tatlılar yenildikten sonra, Charles ile Chloe'ya iyi geceler diledik. Matthew ve çocuklar film izlemek için alt kata indi. Elaine ve ben kadehlerimizi doldurduk. Oturma odasının sessizliğinde, ağacın önünde, şöminenin karşısındaki kanepeye çöktük.

Elaine önümüzdeki şöminede dans eden alevleri izleyerek, "Sence güzel bir Noel miydi?" diye sordu.

"Çok güzel bir Noel'di," dedim. "Güzelleştiren sendin."

Yer değiştirdi ve şarabından bir yudum daha alarak bana döndü. "Biliyor musun çok şanslısın."

"Ben mi?" Güldüm. "Ben pek öyle demezdim. Bence şanslı olan sensin."

Elaine kafasını salladı. "Jane, bütün bir ömür önünde duruyor. İstediğin her şeyi yapabilirsin."

Burnumu kırıştırdım. "Senin de öyle. Sen benden sadece bir yaş büyüksün, tatlım."

"Hayır," dedi. "Yaştan bahsetmiyorum. Ev bark sahibi olmakla yeni fırsatlara açık olmak arasındaki farktan söz ediyorum."

Başımı sallayarak ateşe döndüm. Elaine'in bu şekilde konuşması ne kadar garipti. Hele de ben bunca zamandır onun hayatına mükemmelliğin zirvesi, mutluluğa giden yol olarak bakıyorken. Ev. Koca. Çocuklar. Hayat. Her şeye sahipti.

Elimi Elaine'in koluna koydum. "Ne oldu, tatlım?" diye sordum. "Hadi anlat."

Uzun bir süre sessiz kaldı. Gözündeki bir damla yaşı sildi ve sehpanın üstündeki küçük beyaz kutuyu alıp bana uzattı. Kapağı kaldırdım ve bir çift parlak cam küpe gördüm. Bunlar antika bir dolapta bulabileceğiniz tarzda eski modaydı. "Matthew bunları yıldönümü hediyesi olarak almış."

"Çok güzeller," dedim.

"Küpe, Jane. Küpe."

Önemli bir detayı mı kaçırıyorum diye merak ettim. "Küpelerle ilgili kötü bir şey mi var?"

Kafasını salladı. "Sen kendin dedin," dedi. "Hiçbir şey yok ve aynı zamanda her şey kötü."

Anlayışlı bir şekilde kafamı salladım. Daha fazla açıklama yapmasına gerek yoktu.

Elaine gözlerindeki bir yaşı daha sildi. Zoraki bir gülümsemeyle, "Baksana nasıl sulu gözlüyüm," dedi. "Noel'de böyle olmaktan nefret ediyorum."

Tekrar kolunu sıkarak, "Dua et de doğum günün değil," dedim.

"Perişan olurdum."

"Ama olmadın," dedim.

Dalgın bir şekilde kafasını salladı ve tekrar şömineye döndü. Odunların yanışını ve çıtırdayışını izleyerek sessizlik içinde oturduk.

Ertesi sabah dükkâna gittiğimde Lo tezgâhın arkasında dikiliyordu. Neşeli bir şekilde, "Günaydın," dedi. "Bakıyorum da bir doğum gününden daha sağ çıkmışsın."

Montumu arka odadaki askıya asarken, "Çıktım valla," dedim. Çantamı tezgâhın altına koydum. "Gecen nasıl geçti?"

"Güzeldi," dedi. "Lorne ile birlikte Dom Pérignon içtik."

Kaşlarımı kaldırdım. "Lorne mu? Yeni biri mi?"

Sersemlemiş bir halde, "Gündüzleri yatırım bankeri, geceleri de şair," dedi. "Sanırım ondan hoşlanıyorum."

Gece internetten gelen siparişleri göstermek için bilgisayar ekranına dönerken neşeli bir şekilde sırıttım. "İlk randevuda her zaman hoşlanıyorsun zaten."

"Tabii ki hoşlanıyorum," dedi. "Son kullanma tarihim üçüncü randevu. Ondan sonra sıkılıyorum."

"Biliyor musun erkek gibisin."

Omuz silkti. "Öyleysem bile ne olmuş? Kadınlar da erkekler gibi hareket edebilir."

Bazen Lo'nun aşktaki gözüpekliğine hayranlık duyuyordum. Ama onun için endişeleniyordum da. Kendini oyuna kaptırıp bir daha mutlu olamamasından korkuyordum. İç geçirdim. Kot pantolonumun cebinden lastik toka aldım ve saçımı atkuyruğu yaptım. İşte o an tuhaf doğum günü kartını buldum. Bu sabah Lo'ya göstermek niyetiyle cebime sokuşturmuştum.

Ona dönerek, "Baksana," dedim. "Şunu bir okur musun? Kimden geldiği veya şaka olup olmadığı hakkında hiçbir fikrim yok."

Lo kartı aldı ve okudu. "Bu daha önce gördüğüm hiçbir doğum günü kartına benzemiyor," dedi.

"Evet, öyle, değil mi?"

Başıyla onayladı. "El yazısı da tanıdık geliyor nedense." Düşünceli görünüyordu. "Geçen sene çıktığım bir çocuğu hatırlattı. Adı Tristan'dı. Gördüğüm en güzel el yazısı ondaydı."

Gözlerimi devirdim. "Yani bu kartın Tristan'dan geldiğini söylüyorsun."

"Hayır," dedi. "Ayrıca senin onunla çıkmana asla izin vermem. O narsist. Nerden anladım biliyor musun?"

Gülümsedim. "Nerden?"

Kendinden emin bir şekilde, "Alışveriş listesinden," dedi.

"Alışveriş listesi mi?"

"Evet," dedi. "Kâğıt ürünlerine harcadığı para miktarına bakarak bir narsisti kilometrelerce öteden tespit edebilirsin."

"Kâğıt ürünleri mi?"

"Evet. Kâğıt havlu, tek kullanımlık mendiller, tuvalet kâğıtları."

Gülerek, "Lo, ciddi olamazsın," dedim. "Bunun hiçbir anlamı yok."

"Bana güven, çok *anlamlı*. Araştırmalarla belgelenmiş. Adam her gün bir rulo kâğıt havlu bitiriyordu." Hatırlayarak kafasını salladı. "Alışveriş listelerini de o mükemmel el yazısıyla yazardı. Aynı derecede iyi bir kalbi olmaması çok kötü. Zaten kalpleri hiçbir zaman iyi çıkmaz." Tekrar karta baktı. "Ama bunu denemeye değer. Yani belki..."

"Belki ne?"

Lo omuz silkti. "Belki de çılgın bir yeteneğin vardır." Gözleri parladı. "Yani zamanda yolculuk gibi?"

Güldüm.

"Bir düşün. Beni 2004 yılına, kalbimi kıran o öküze götürsen. Ama bu sefer kalbimi kırmasına izin vermezdim. Ben onun kalbini kırardım."

Jed Harrison. Evet. Muhtemelen Lo'nun bugün bu şekilde olmasının sebebi bu adamdı. Lo onu sevmişti. Hatta evlenmek istemişti. Ama adamın zaten Seattle'ın emlak kodamanlarından birinin güzel kızıyla nişanlı olduğu ortaya çıkmıştı. En sonunda aşkı bir iş kararına dönüşmüştü. Lo da tekmeyi yemişti.

"Aslında," dedim. "Bu kadının neler söyleyeceğini merak ediyorum."

"O zaman gidip bakalım," dedi. "Seni kaçırıp bir şeyhin hareminin bir parçası olman için yabancı ülkeye götürmeyeceklerinden emin olayım diye seninle gelirim."

Sırıttım. "Şeyh mi?"

Başını salladı. "Sapyoseksüel diye bir şey duymadın mı?"

"Sapyo-ne?"

"Sapyoseksüel," diye tekrarladı. "Zekâyı, insan zihnini çekici bulan kişi demek." Kendi kendine gülümsedi. "Evan sapyoseksüel olduğunu söylerdi. İlk başta biraz gerilmiştim. Yani bu beni fiziksel olarak çekici bulmadığı anlamına mı geliyordu? Ama bu konu hakkında düşündükçe, bunun iltifat olduğunu düşünmeye başladım. Flörtle ilgili bir kitap yazarsam, bunu da ekleyeceğim."

33 yeni siparişin çıktısını alarak, "Flörtle ilgili bir kitap *yazacaksın,"* dedim.

Lo saate bakarak sırıttı. "Hadi işlerimizi bitirelim ve şu gizemli kartındaki buluşma yerine gidelim. Ne diyorsun?"

Tezgâhın üstündeki pembe zarfa bakarak, "Olabilir," dedim. Varlığından kurtulmak zordu. Her nasılsa, ne yapmam gerektiğini biliyordum.

Eski tuğla bina, sokaktan bakıldığında pek güzel bir şeye benzemiyordu. Adresin doğru olduğundan emin olmak için karta tekrar baktım. Waldron Building. Daire no. 17. Tereddüt ederek, "Bilemiyorum Lo," dedim. "Bence geri dönelim."

"Asla olmaz," dedi. Bir dilenci yanımızdan geçti ve bize doğru mırıldandı. Lo onu manikürlü elinin bir hareketiyle başından savdı. "Beni meraklandırdın. Konu neymiş öğrenmek istiyorum."

Main Caddesi'ne baktım. Pioneer Square, Pike Place'den daha cesur bir ortama sahipti. Ama eski Seattle'ın havasını arıyorsanız, burasıydı. Eski sokak lambalarının caddeleri süslediği ve ziyaretçilerin şehrin eskiden işlek yeraltı şehrine turlar düzenlediği yerdi burası.

"Ya düzmeceyse?"

Lo gözlerini devirdi. "O zaman çıkar gideriz."

Çekingen bir şekilde, "Tamam," dedim. 1920'lerden kalma süslü bir yadigâra benzeyen çift kapılara doğru ilerledim. Ağır kapıyı iterken bu girişten geçmiş olabilecek havai ve yasakları delmeye hevesli kızları hayal ettim. İçeride, lobi küf ve parfüm kokuyordu. Duvardaki levhayı inceledim ve Colette Dubois isminin karşısında 17 sayısını gördüm.

Asansörün zili çalıp da kapılar açılınca içeri girdik.

Yukarı çıkarken, "Bence bu delilik," dedim. Avuçlarım terliyordu.

Lo gülümseyerek, "Korkma," dedi. "Hemen gireceğiz, şöyle bir bakacağız ve bir şey sezersek çıkacağız. Gireceğiz ve çıkacağız. Tamam mı?"

İç geçirerek, "İyi," dedim ama kendimi hiç de iyi hissetmiyordum. Korkmuştum ve gergindim. Bana muhtemelen hiçbir bilgimin olmadığı bir şey anlatılacaktı. Ya da daha kötüsü zalim, kötü bir şakaya alet olduğumu anlayacaktım.

Sekizinci kata geldiğimizde, uzun bir koridordan geçtik. Bir ve yedi sayılarının ahşaba çarpık bir şekilde tutturulduğu bir kapıya ulaştık. İlk başta yavaşça vurdum ama cevap gelmeyince bu sefer daha hızlı vurdum. Kapının arkasında ayak sesleri duyunca kalp atışlarım hızlandı.

Kapı kolu dönmeye başladı. Kapının menteşeleri gıcırdadı. Kır saçları topuz yapılmış zayıf bir kadın bize bakarken, tütsü kokan hava bulutu bize ulaştı. Bakışlarımız buluştuğunda, ciddi yüz ifadesi bir gülümsemeye büründü. "Jane," dedi. Yoğun aksanının Fransızca'dan kaynaklandığını hemen fark etmiştim. "Geldiğine çok sevindim. Lütfen içeri gel."

Lo da peşimden içeri girdi. Daire, 1893 Paris'inin küçük bir örneği gibiydi. Kalın kırmızı kadife perdeler, geniş pencereden gelen ışığı engelliyordu. Antika dolaplar, porselen balerinlerden karışık olarak boyanan vazolara kadar çeşitli biblolara ev sahipliği yapıyordu. Yerden tavana kadar uzanan kitaplık sağdaki duvarı olduğu gibi kaplıyordu. Bir çift tekerleğin üstüne monte edilmiş merdiven, en üst raflara bile erişim sağlıyordu.

Colette lacivert kanepeyi göstererek, "Lütfen oturun," dedi. Yastıklar yırtık pırtıktı. "Ben çay yapayım."

Lo ile sessiz sessiz oturduk. Ta ki beni dürtene kadar. "Sanki bir filmin içinde gibiyiz."

"Biliyorum," dedim. "Ben de aynı şekilde hissediyorum."

Colette üstünde dumanı tüten bir demlik ve üç çay fincanı bulunan bir tepsiyle birlikte geri döndü. Tepsiyi sehpanın üstüne bıraktı ve karşımızdaki sandalyeye oturarak, ellerini kucağına koydu. "Geldiğine çok sevindim, Jane," dedi. Sonra Lo'ya döndü. "Kiminle geldin?"

Lo ve kendim için birer fincan çay koyarken, "Bu benim arkadaşım Lo," dedim. "Ben..."

Colette, "Geldiğinize çok sevindim," dedi. Ama gülümsemesi soldu. Önce Lo'ya, sonra tekrar bana baktı. "Senden sorumlu birinin olması gerekecek."

"Sorumlu mu?"

Colette başıyla onayladı. "Önce sormam gereken bir şey var. Ona güveniyor musun?"

Biraz da savunmaya geçerek, "Tabii ki güveniyorum," dedim. "Lo benim en eski arkadaşlarımdan biri."

Kadın memnun bir ifadeyle başını salladı ve, "Tamam," dedi. "O zaman ikinizin bugün burada konuşacaklarımızı kimseye söylememeye yemin etmeniz lazım."

Lo'ya baktım ve yutkundum. Ben ağzımı açmaya fırsat bulamadan Lo lafa karıştı. Göz kırparak, "Yemin ederim," dedi.

Colette dudaklarını büzdü. "Güzel," dedi. "Jane, eminim doğum gününü kutlamamı ve seni neden buraya davet ettiğimi çok merak ediyorsundur."

Tedbirli bir şekilde gülümsedim. "Kabul etmem lazım, biraz kafam karıştı."

"Şüphe de vardır tabii," dedi.

"Açıkçası evet."

"Anlıyorum," dedi. "Ben de senin yaşındayken öyleydim. Jane, sana anlatacaklarımı dinlemen ve kabul etmen gerekiyor."

Büyülenmiş gibi görünen Lo'ya baktım. Sonra tekrar Colette'e döndüm. "Koşullarınıza uyarsam?" diye sordum.

Colette ayağa kalktı ve duvarın uzak köşesindeki kitaplığa doğru yürüdü. Merdiveni tam ortaya koydu, yüksekteki bir rafa tırmandı ve bir kitabı çekip yerine oturdu.

Elindeki eski kitaba baktım. Deriyle kaplanmıştı, güneşten sararmıştı. Sırtı yırtık pırtıktı. Kenarında su lekesi vardı.

Colette, "Size bir hikâye anlatacağım," dedi. "1893 yılında Paris'te başlıyor." Colette kitabın ilk sayfasını açmak için duraksadı. "Elodie adında fakir ama güzel bir kız varmış. Paris'in en görkemli caddelerinden birinde çiçek satarmış. Tezgâhını Auvergne Kont ve Kontesi olan Luc ve Marceline Dumond'un görkemli evlerinin hemen dışında açarmış. Marceline, Elodie'yi çok kıskanırmış. Çünkü kocası Luc, bu genç çiçekçi kıza kendini kaptırmış. Kıza karısının gözü önünde hediyeler, kürkler, şık mücevherler alırmış. Elodie'nin kocasının aşkı haline geldiğini fark ettiğinde, Marceline'in öfkesinin sonu gelmemiş. Ama bunun sebebi Luc'u sevmesi değilmiş. Aslında Marceline'in kalbinde çok az sevgi varmış. Evliliği, Paris'teki iki varlıklı ailenin arasındaki bir iş anlaşmasıymış. Ama yine de çok kıskanıyor, utanıyormuş. Elodie'nin de Luc'un davetlisi olarak katılacağı maskeli balo gecesinde, Marceline öcünü almaya karar vermiş. Hedefini felç, frengi, kör veya sağır yapacak kadar güçlü büyüler yapabildiği bilinen Çingene bir adamı emri altına almış. Adam partiye kostümle girmiş ve Elodie'ye zarar vermesi için yüklü miktarda para almış. Ama dans pistinde elini Elodie'ye uzattığında bilinmeyen ve tuhaf bir şey hissetmiş. Aşkın ruhunu öyle yoğun bir şekilde hissetmiş ki binlerce çocuğun söylediği şarkıyı, şehirdeki âşıkların fısıltılarını duyabiliyormuş. Elodie'nin yanındayken aşkla birlikteymiş. Çok büyük bir aşkla."

Oturduğum yerde hafifçe öne eğildim. "Ee büyüyü yapabilmiş mi?"

Colette kafasını salladı. "Yapamamış. Kendine yedirememiş. Elodie harika güzellikte bir gül gibiymiş. Onu ayaklar altına almak istememiş. Bu yüzden tam tersini yapmış."

Kaşlarımı çattım. "Tam tersini mi?"

"Evet, o gece onu lanetlemiş. Ona bir yetenek vermiş."

Önce Lo'ya, sonra tekrar Colette'e baktım.

"Ona aşkı görebilme yeteneği vermiş. O andan itibaren, Elodie bir odaya, kalabalık bir kafeye, şehrin bir ucundaki bir salona giriyor, tüm gerçekliği ve güzelliğiyle aşkı görebiliyormuş." Colette uzun bir an boyunca bana baktı. Kollarımdaki ve sırtımdaki tüylerin diken diken olduğunu hissettim. "Bende de bu yetenek var, canım. Tıpkı senin gibi. Yetenek bana verilmişti. Ben de İsveç Hastanesi'nde doğduğun gün onu sana verdim."

Afalladım. "Yeşil buketi sen getirdin. Annem bunu ölene kadar hatırladı."

"Evet," dedi. "O ton, Elodie'nin mirasıdır. Onun hikâyesi senin. Benim."

Kafamı salladım. "Ben aşktan anlamam."

Bakışları benimkilere kilitlendi. "Anlıyorsun. Aşk her zaman hayatının içindeydi. Otuzuncu doğum gününden önce yeteneğinin bazı koşullarını tamamlaman gerekiyor... Yoksa..." Sesi titredi.

"Yoksa ne olur? Balkabağına mı dönüşürüm?"

Colette ellerini eski kitabın üstüne koydu. "Burada, bu sayfalarda, yüzyılların kayıtları var. Çingene, Elodie'ye bu yeteneği verdiğinde, önemli bir görev de vermiş. Kendi hayatında aşkı yaşayabilmesi için altı tür aşk tanımlaması gerekiyormuş."

"Altı tür aşk mı?"

Colette başıyla onayladı. "Belki biliyorsundur. 1960'lı yıllarda bizim yeteneğimize sahip bir kadın bu kitabın bir kopyasını çıkardı. 1970'lerde bu kitap meşhur bir psikolog tarafından keşfedildi. O da bu konuda bir kitap yazdı ve çok satanlar listesine girdi."

Lo boğazını temizledi. "O kitabı duydum," dedi. "Adı *Aşkın Renkleri,* değil mi?"

Colette kitaptan bir sayfa çevirirken, "Aynen öyle," dedi. "Ama insanlar, o kitabın *bu* sayfalardaki bilgilerden, aşkın altı türünden doğduğunu bilmiyorlar." Bir an duraksadı. "Sen kendi hayatında aşkı keşfettin mi?"

"Bu çok özel bir soru," dedim. "Nasıl cevap vereceğimi de bilemiyorum."

Çay fincanını sehpanın üstüne koydu. "Yani demek istediğim, kendi hayatında, çevrendeki insanlarda aşkı gördün mü? Gördüysen işaretleri görmezden gelmen imkânsızdır."

Ne söylediğinin farkına varınca kalp atışlarım hızlandı. Daha önce hiç âşık olmamıştım. Ama başkalarında aşkı görmüş müydüm? Büyükannemin ben üç yaşlarındayken ölmüş olan büyükbabamdan nasıl bahsettiğini hatırladım. Kafasını hasretle gökyüzüne kaldırır ve, "Erkeğimi özledim," derdi. Sonra rahmetli annemi ve ben çok küçük yaştayken bizi terk eden babamı düşündüm. Babamın yüzü zihnimde hâlâ bulanıktı. Onların aşkları da yoğun ve derindi. Ilık bir Seattle gecesinde apartmanın önünde bir mandolinle anneme serenat yapmıştı. Annem, özellikle de iki kadeh şaraptan sonra tekrar tekrar bu hikâyeyi anlatır dururdu. Aşklarının anısı, annemin damarlarına şok dalgası göndermeyi hiç bırakmamıştı. Peşini bırakmıyordu işte. Annem de bırakmak istemiyordu.

Colette'e döndüm ve yüzünü inceledim. "Bu tecrübe herkes için bu kadar farklıyken aşkı görüp görmediğimden nasıl emin olabilirim ki?"

"Haklısın, canım," dedi. "Tek bir çeşit aşk yok. Temelde altı tane ama bunların arasında da pek çok ton mevcut."

Lo gülerek, "Aşkın Elli Tonu," dedi.

Ona kızgın bir bakış fırlattım.

"Bir dakika," dedim. "Yani... Bu sahip olduğumuzu söylediğiniz yetenek. Başkalarının da bu yeteneği olduğunu söylediniz?"

Colette, "Evet," dedi. "Tam on dört kişi var."

"Bunlar nasıl?.."

"Hikâyeleri nasıl bitti diyorsun, değil mi?" Kendi kendine başını salladı. Gözlerinde pişmanlık vardı. "Bazıları efsaneyi tamamladı. Hayatlara yön verdi. Diğerleri yapamadı. Ben senin de bunlardan biri olmanı istemiyorum, Jane. Senin de diğerlerinin hayatlarında gördüğün aşkı tatmanı istiyorum. Senin de bunu yaşamanı istiyorum."

Kafamı salladım. "Ama şu var," dedim. "Ben aşkı *göremiyorum.*"

Colette, "Görebiliyorsun, canım," dedi. "Görüşün, bütün hayatın boyunca sorunluydu, değil mi?"

"Aslında, evet," dedim. "Göz sinirimde bir tümör varmış. Çocukluğumdan beri nöroloğa gidiyorum. Doktorlarım krizlerin kesin nedenini keşfetmeye çok yaklaşmış."

Sakin bir şekilde, "O senin yeteneğin," dedi. "Nörolojik bir hasar değil."

Yutkundum. "Sizi hayal kırıklığına uğratmak istemiyorum ama görüşüm tıbbi bir anomalite nedeniyle bulanıklaşıyor. Romantik bir olay yüzünden değil."

Colette, "Görüş problemlerini anlat bana," dedi. "Ne oluyor ve ne zaman oluyor?"

Önce Lo'ya, sonra Colette'e baktım. "Kendimi bildim bileli var bu sorun. Uzun zaman, herkesin gözlerinin arada bir bulanıklaştığını varsaymıştım. Bu durum annemi endişelendirdi. Beni bir uzmandan diğerine götürdü durdu. Uzun süre, bunun stres veya psikolojik bir şeyden kaynaklandığını düşündüler. Çünkü hiçbir zaman tek başımayken ortaya çıkmıyordu. Her zaman sosyal ortamlardayken gerçekleşiyordu. Mavi gözlü annem, bunun benim ailedeki tek yeşil gözlü kişi olmamdan kaynaklandığını söyleyerek beni neşelendirmeye çalışırdı.

Bana, 'Gözlerin yeşil glayöl çiçeği kadar canlı,' derdi. 'Bu çiçeğin öteki adı kuzgunkılıcı. Kalplere işleme gücünü veren çiçek.'" Colette'e baktım. Şaşkın bir halde, "Senin gözlerin de yeşil," dedim.

"Evet." Gülümsedi. "Bizim yeteneğimize sahip kadınların hepsinde böyle."

İnanamayarak kafamı salladım.

"Görüşündeki değişimlerden bahset," dedi.

"Bana göre zamanlama her zaman rastgeleydi," diye cevap verdim. "Sokakta yürürken, arkadaşlarımla konuşurken, kalabalığın içindeyken görüşümde bir ışık halkası beliriyordu. Seneler boyu doktorlar, göz migrenim var sandılar. Bazen baş ağrısı da oluyordu. Ama çoğunlukla bu sisli, bulutlu bir şey olarak ortaya çıkıyordu. Yoğun bir basınç da vardı tabii. Açıklaması zor."

Colette başını salladı. "En son ne zaman oldu?"

Bir an durup düşündüm. "Dün, arkadaşım Elaine ve kocası Matthew'un evlerindeyken."

Colette bilmiş bir şekilde, "Anladım," dedi. "İkisi birlikteyken oldu, değil mi?"

"Hayır, " dedim. Bir an düşündüm. Elaine'in dün mutfakta Noel yemeği pişirişini hatırladım. "Tatlı patates pişirip yeni komşuyla konuşurken oldu. Adamın adı... Charles." Bir anda birbirlerine nasıl baktıklarını hatırladım.

Colette ellerini kucağında birleştirdi. "Yeteneğimizin neden bu kadar büyük bir sorumluluk getirdiğini artık anlamışsındır."

Kafamı salladım. "Elaine'in yeni komşuya âşık olduğunu ima etmiyorsunuz, değil mi? Çünkü haklı olamazsınız. Onunla daha dün tanıştı. Ayrıca Matthew'la o kadar mutlular ki çoğu insan imreniyor."

Israrcı bir şekilde, "Bizim görüşümüz yalan söylemez," dedi. Gözleri parlıyordu. Bu gözlerde benimkilerden daha koyu gölgeler vardı. Neredeyse zümrüt yeşiliydi. "Dün gördüğün şey doğruydu. İnanması ne kadar zor olsa da."

Gözlerimi sıkı sıkı kapattım. Sonra tekrar açtım. "İnanması zor mu?" dedim. "Daha çok imkânsız diyebilirim."

"Canım, aşkın kendisi zaten mantığa bakmaz," diye devam etti. "Doğası gereği şaşırtıcıdır. Mesela, neden bir kont bir çiçekçi kıza âşık olur ki? Veya çok mutlu bir evliliğe sahipmiş gibi görünen bir kadın Noel günü mutfağındaki bir yabancıya karşı neden çekim hisseder ki? Aşkın kendisi her zaman mantıklı değildir ama onu gördüğünde anlarsın. Jane, *biz* aşkı görebiliyoruz."

O anda zihnim anılarla doldu. Bulutlu görüşüm, gülümseyen yüzler, Manyetik Rezonans Görüntüleme'nin çıkardığı ses, kalın lensli camlar ve ilaçlar. Zihnimde Dr. Heller'ın sesini duydum. "Sen özelsin, Jane. Seninki gördüğüm en nadir durum."

Derin bir nefes aldım.

Colette, "Alışmak zaman alacak," dedi. "Sen de, ben yeteneğimi öğrendiğimde yaşadığım şoku yaşıyorsun. Ama sana bugünkü sözlerime kulak vermen için yalvarıyorum. Çünkü geleceğin buna bağlı." Tekrar kitaba döndü. Öndeki bir sayfayı açtı. "Hepsi burada açıklanmış. Otuzuncu yaş gününün günbatımından önce altı tür aşkı tanımlaman gerek. Bunları görüp her bir kategori için de iki tarafın adlarını, hikâyelerini kaydetmelisin. Yoksa..."

Sesi kesildi. Ve o bir anlık sessizlikte kalbimde bir şey hissettim. Gerçek mi? Anlayış mı? Emin değildim. "Jane, bunu başaramazsan aşkı yaşama yeteneğini kaybedeceksin. Ve aşksız bir hayat..." Kitabı bana uzatırken duraksadım. Bakışları benimkileri delip geçiyordu. "Sanırım en kötü kader, Jane. Bu buluşma hakkında ne düşürsen düşün, şu anda neye inanırsan inan, bugün konuştuklarımızı en azından düşüneceğine söz ver. Eros, Ludus, Storge, Pragma, Mania ve Agapi. Bunları tanımlaman ve başarılı olman gerek. Başaracağına söz ver."

Ben donup kaldığım için Lo kitabı Colette'den aldı ve başını salladı. "Merak etmeyin," dedi. "Ben başarılı olmasını sağlayacağım."

Colette, "Teşekkür ederim," dedi ve ayağa kalktı. Onu kapıya kadar takip ettik ve askıda asılı montlarımızı aldık. Kapının yanında eski bir çiçek sepeti gördüm. Bu, 19. yüzyıl Paris'inde vadinin zambaklarından ve büyük beyaz şakayıklarından oluşan demetlerle dolu olarak görebileceğiniz tarzda bir şeye benziyordu.

Lo'nun elindeki kitabı aldım. "Ben... görevimi tamamladıktan ve isimleri kitaba yazdıktan sonra, kitabı ne yapacağım?"

"Kitap sende kalacak," dedi. "Ta ki bu yeteneğe sahip olacak bir sonraki kadını belirleyene kadar."

"Bir sonraki kadın mı? Kim olduğunu nerden bileceğim?"

Colette gülümsedi. "Bir çocuk olacak ve doğduğu gün sen ona çekileceksin. Hiç merak etmene gerek kalmayacak. Kim olacağını *bileceksin.*" Kafasını salladı. "Bir sonraki doğum gününün günbatımından önce. Görev o zamana kadar tamamlanmış olmalı."

Kapı koluna uzandım. Ama sonra Colette'le bir kez daha yüzleşmek için döndüm. "Bir dakika," dedim. "Ben senin için bir yabancıdan ibaretim. Bu sözde yetenekte başarılı olup olmamam senin için önemli mi? Senin için ne fark edecek ki?"

Gülümsedi. "Bizler kardeşiz, canım. Herkesin kör olduğu bir dünyada biz görebiliyoruz." Elini koluma koydu. "Başarısız olmamalısın."

Dördüncü Bölüm

Lo dükkânın kapısından içeri giren çekici bir adama, "Size nasıl yardımcı olabiliriz?" diye sordu. Lo erkek müşterilerimizle öyle güzel ilgileniyordu ki adamlar çiçek almaya hazır hale geldiklerinde ya ona hayran kalıp numarasını istiyorlar ya da kendilerini ona teslim edip tavsiye ettiği her şeyi almaya hevesli hale geliyorlardı.

Adam, "Bir sorunum var," dedi. Fötr şapkayla çizgili takım elbisesi vardı.

Lo sırıttı. "Çiçek aranjmanının düzeltemeyeceği bir şey değil."

Her nasılsa neşeli bir şekilde Lo'ya doğru kafasını eğdi ve, "Ben de öyle umuyorum," dedi. "Gerçeği söyleyeyim. İşleri berbat ettim. Bir kadının kalbini kırdım ve bunu telafi etmek istiyorum."

"Telafi etmek istiyorsunuz demek?" Sesinde ironi vardı. Bu adamdan hoşlanmamıştı. Hem de hiç. "Peki, sorabilir miyim, bu... gönül yarası ne kadar kötü?"

"Çok kötü," dedi. "Bak, yaptığımla gurur duymuyorum ama onu aldattım."

Tezgâhın arkasında dudağımı ısırdım. Erkeklerin çiçekçileri terapist olarak görmesi hâlâ beni şaşırtıyordu. Biraz gül kokusuyla eteklerindeki bütün taşları döküyorlardı.

Lo, "Anladım," dedi. İhtiyatlı adımlarla ön raflara doğru yürüdü. Burada daha popüler tarzdaki aranjmanlar vardı: güllerle vanilya, karanfil buketi gibi geleneksel şeyler. Ne kadar yaratıcı, değişik çiçek tasarımları yaparsanız yapın, bazı insanlar yine de sıkıcı olanı istiyordu. "Yani siz, 'Seni seviyorum. Özür dilerim. Beni affet' diyen çiçekleri arıyorsunuz."

Adam, "Evet," dedi. Lo'ya sanki acayip bir yeteneği varmış gibi bakıyordu. "Aynen öyle."

Buzdolabının kapısını açarak, "Tamam," dedi. "O zaman size pembe güllerle bolca karanfilden oluşan karışımı önereceğim." Vazoya uzanışını izlerken yüzümü buruşturdum.

Adam, "Harika," dedi.

Lo sinsi bir gülümsemeyle, "Güzel," dedi.

Adamın kredi kartını geçirirken başka bir müşteri içeri girdi. Bu, bir önceki gün gelen kırklı yaşlardaki adamdı. Lo'ya, "Yardım edeyim mi?" diye sordum. Lo kafasını kaldırdı ve adamın bakışlarıyla buluştu.

Dikkatli bir şekilde bakarak, "Hayır," dedi. "Senin evrak işlerini tamamlaman lazım. Hem bu sabah da kuaförde randevun var, değil mi?"

Başımla onayladım.

Bay Zampara kapıdan çıkarken, "Ben ilgilenirim," dedi.

Adama yaklaşırken kalçalarını sallayarak yürüyüşünü izledim. Lo aşk oyununda profesyoneldi. Bazen taktiklerini onaylamasam da onu bu becerisini kullanırken izlemeyi seviyordum.

Lo, adama, "Tekrar merhaba," dedi. Gülümsedi ve saçından bir tutamı kulağının arkasına attı.

Adam alyansını göstererek başını kaşıdı. *Hayır, Lo, yapma.*

"Basit bir şeyler lazım," dedi. "Şakayık olabilir. Frezya ile birlikte?"

Erkekler şakayıktan filan pek anlamazdı. Bu yüzden Lo'nun etkilendiğini anlamıştım. Lo meraklı bir halde, "Ne için alıyordunuz?" dedi.

Adam alnını ovuşturdu. "Özel birisi için alıyorum."

Tezgâha doğru yürüyerek, "Hayatınızdaki bir kadın için mi?" diye sordu.

Adam, "Evet," dedi.

"Karınız mı?"

Tereddüt etti, sonra reddeder gibi kafasını salladı. "Karımla zor bir dönemden geçiyoruz ama bunlar annem için. Yarın annemlerin evlilik yıldönümleri. Ve babamı geçen yıl kaybettik."

Lo, "Üzüldüm," dedi. "Karınız için de." Aslında sesinde gerçek bir endişe yoktu, sadece merak vardı. "Ayrıldınız mı?"

Adam kafasını salladı. "Oraya doğru gidiyoruz diyebilirim. Açık konuşabilir miyim?"

Lo kendinden geçmiş bir halde başını salladı.

"Evliliğini kurtarmaya çalışan ama..." Alnını kaşıdı. "... Sanırım bunu pek istemeyen birinin geçtiği aşamalardan geçmeye çalışıyorum." İç geçirdi. "Kulağa çok kötü geliyordur."

Lo elini adamın koluna koydu. "Ya da dürüst."

Adam sırıttı. "Teşekkürler. Sanırım kendi doğrumuzdan başka bir şeyimiz yok, değil mi?"

Lo kafasını salladı. "*Ben* de her zaman böyle söylerim. Kendi doğrumuzu kazanmamız gerekir."

Adam sırıttı.

Lo, "Siz de kendinizi çiçekçide buluverdiniz," diye devam etti.

Adam etrafına bakındı. "Aynen öyle. İşte geldim. Tekrar." Gülümsedi. "Ben Grant."

Lo elini uzatarak, "Ben Lo," dedi.

İşte tam o anda görüşüm tekrar bulutlandı ve her zamanki gibi gözlerimi ovuşturdum. Ama bu sefer tüylerim de diken diken olmuştu. Çünkü artık her şeyi *biliyordum.*

Lo şakayık, sümbül ve kare vazodaki yeşilliklerden klasik bir aranjman yaptı. Sonra vazoyu tezgâhın üstüne koydu. İkisi birlikte vazoyu hayranlıkla izlediler. Lo cesur bir şekilde, "Biliyorsunuz," dedi. "Hayat mutlu olmamak için çok kısa."

"Biliyorum," dedi. "Bunu artık çok iyi biliyorum."

Lo sırıttı. "Peki, o zaman ne yapacaksınız?"

Lo'ya baktım. Lo dürüst olabilirdi ama müşterilerimizle bu kadar açık konuşmasından hoşlanmıyordum.

Adam, "Haklısın," dedi. Dükkânın ortasındaki masanın üstündeki devasa aranjmana bakıyordu. Bir vişne ağacı boyutundaki seramik vazo beyaz ve pembe güllerle, şebboylarla, frezyalarla, gelin çiçekleriyle, İrlanda çanlarıyla doluydu. Büyükannemin geleneğini yerine getirerek birkaç günde bir yeni ve büyük bir aranjman yapıyorduk. Bazen birisi gelip alıyordu. Bazen alan olmuyordu. Ama dükkâna girip de böyle bir güzelliği görmek büyükannemin hoşuna gidiyordu. Bu da beni mutlu ediyordu.

Bir an Grant'ın gözleri ışıldadı. Büyük aranjmanı göstererek, "Bu satılık mı?" diye sordu.

Lo, "Evet," dedi. Kafası karışmıştı. "Onu almak istiyorsanız..."

"Alacağım," dedi. Ortadaki masaya doğru yürüdü ve vazoyu kaldırdı. Yüzünün bir kısmı gizlenmişti. "Her ikisini de alacağım."

Lo adamın kredi kartını alırken, "Harika bir zevkiniz var," dedi.

Grant birden, "Benimle akşam yemeğine çıkar mısın?" diye sordu. "Salı akşamı."

Lo önce bana, sonra Grant'a baktı. Birden kararlı bir şekilde, "Evet," dedi. "Seninle yemeğe çıkacağım."

Grant sırıtarak, "Güzel," dedi. "Altıda buraya gelip seni alırım?"

Lo cilveli bir şekilde, "Evet, gel ve beni al," dedi.

Adam kapıya doğru yürüdü. Sonra gülümseyerek döndü. "Yakında görüşürüz."

Lo tezgâhın üstündeki büyük aranjmana baktı. Adam onu almadan gidiyordu. Lo, "Bekle," dedi. "Bunu unuttun."

Adam son kez Lo'ya baktı ve sırıttı. "Onu sana aldım."

Kapı kapanınca Lo'ya döndüm. "Az önce *ne* oldu?"

Gülümsemesi bulaşıcıydı. Önündeki çiçeklere bakışını izlerken gülümsemeye başladım. Kafasını kaldırıp bana bakarak, "Çok yakışıklı bir adam bana çıkma teklifi etti," dedi.

"Tatlım, adam evli. Yapma."

"Ama onu sen de duydun," dedi. "Ayrılmış veya ayrılmak üzere. Yine de kadınla işi bitmiş."

"Ama bunu bilemezsin ki, Lo. Hem adam sana göre fazla yaşlı. Hatırlasana, kırklı yaşlarının ortasındaki erkeklerle çıkmazsın sen."

Bir an dalıp gitti. Sonra gözleri parladı. "Gördün mü?" dedi.

Neden bahsettiğini bilmeme rağmen, "Ne demek istiyorsun?" dedim. Ne gördüğümü biliyordum.

"Hiç *aşk* işareti gördün mü? Görüşün değişti mi? Jane, söyle bana."

"Hayır," diyerek yalan söyledim. Kendimi suçlu hissediyordum ama şüphelerime mağlup olmuştum. *Ya Colette yanlış biliyorsa?*

"Ya," dedi. Sesindeki hayal kırıklığını anlayabiliyordum. Bu adamla, onu diğerlerinden ayıran bir şey, bir kıvılcım hissetmiş miydi? Benim de bunu doğrulamamı mı istiyordu? Hemen toparlanarak, "Neyse," dedi. "Aşkın filizlenmeyeceğini kim söyledi?" İç geçirdi ve tuniğini çekiştirdi. "Onunla yemeğe çıkacağım. Olacağı varsa olur."

Mary pazardan iki sokak uzaktaki bir kuaförün sahibiydi. Aslında tek göz bir yerdi. Sadece birkaç sandalye, bir lavabo ve küçük bir tezgâh vardı. On yıl önce burayı bulduğunda, eski tip ahşap zemine, tuğla duvara âşık olmuş ve burayı tutmuştu. İki yıl önce duvarı açmış ve yandaki yeri de dükkâna katmıştı.

Burası, iki kişinin daha çalışacağı kadar bir alan sağlamıştı ama salon o eski samimiyetini de kaybetmemişti.

İçeri girdiğimde, Mary kasada çalışan kızlardan biriyle konuşuyordu. Mary benden bir yaş küçüktü. Kestane rengi saçları ve yanık teniyle çok güzel bir kadındı. Eli adlı bir müzisyenle evliydi. Onların Seattle'daki en muhteşem çiftlerden biri oldukları kesindi.

El salladı ve boş sandalyeyi gösterdi. Yıllardır bu sandalyeye oturuyor, gülüyor veya annemi özlediğim zamanlarda burada ağlıyordum. Tanıdık koltuğa oturdum ve iç geçirdim.

Erkekler dertlerini çiçekçilere döküyordu, bende de kuaförler bu etkiyi yaratıyordu. On yıldır, Mary bir yandan saçlarımı keserken diğer yandan sırlarımı dinliyordu. Ama Colette'in bana söylediği şeyi paylaşma konusunda tereddüt ediyordum. Onu taşıdığım yükün detaylarıyla endişelendirmeden tavsiyesini nasıl alabileceğimi düşündüm.

Parmaklarını, sarı saçlarımda gezdirirken, "Merhaba, tatlım," dedi. Saçlarım, acil röfle veya tamamen yeni bir stile ihtiyaç duyuyordu.

Yorgun bir şekilde, "Merhaba," dedim.

Mary, "Aa," dedi. "Sesin pek iyi gelmiyor." Gerçek bir arkadaş tek bir sözcüğünüzden bile ruhsal durumunuzu anlayabilirdi.

"Duygulandım ve annemden kalanlara bakmaya karar verdim," dedim. "Onun nasıl umutsuz bir romantik olduğunu biliyorsun. Hem de babamın onun kalbini kırmasına rağmen. İçinde masallar olan eski bir kitap buldum. Burada, özel bir yeteneği olan bir kadının hikâyesi var: insanların birbirine âşık olup olmadığını anlama yeteneği."

Mary, "Yılın bu zamanı için ne kadar güzel bir masal," dedi.

"Onun yaşadığı çelişki beni düşündürdü. Ya senin veya benim gibi biri onun vermek zorunda olduğu kararları verecek olsa? Önemsediği kişilerin hayatlarındaki aşkları görüyorsa, onlara söylemeli mi? Yoksa bu her şeye burnunu sokmak mı olur?"

Mary başını salladı. "Yani şöyle, kocasının karısını sevdiğini görüyor ama karısı başka birini seviyor. Veya tam tersi? Değil mi?"

"Aynen öyle," dedim. "Hassas bir konu, değil mi?"

"Hem de çok," diye cevap verdi. "Birisi bana Eli'nin bana âşık olmadığını söyleyecek olsa, açıkçası bunu duymak isteyeceğimi sanmıyorum. Bu beni mahvederdi."

Saçımı tekrar lavaboya eğip şampuanlamaya başlarken, "Tuhaf kısmı söylüyorum," dedim. "Kitabın sonu boş. Yani ben kendim hiç âşık olmamış olsam bile, sonunu ben yazacağım gibi bir şey."

Mary saç kremine uzanırken, "Bence," dedi. "Onlara gerçeği söylemeden, insanların kendi sonuçlarına varmasına, düzgün kararlar almasına yardımcı olabilir, değil mi?"

O saçlarımı durularken gözlerimi kıstım. "Yani onları doğru yöne hafifçe dürtmekten mi bahsediyorsun? Minik bir çöpçatan gibi?"

"Evet, öyle," dedi. "Yollarını bulmalarına yardım edebilirsin. Aşk tanrısını oyna."

"Bu hikâyeyi bir türlü aklımdan çıkaramıyorum," dedim. "Kendi hayatında aşkı hiç tatmamış. Bu açıdan kör."

Mary saçlarımı havluyla kurularken kaşlarını kaldırdı. Saçlarımın uçlarını tarıyordu. "Kör mü? Sanırım bunu anlayabiliyorum. Eli sürekli yollarda olduğu için son zamanlarda ben de kendimi kaybettim. Ben de kendini kaybeden birinin yapacağı şeyi yaptım: Mutfağı yenilemeye başladım." Omuz silkti. "Eli beni Noel planlarıyla şaşırttı. En sonunda 1982 yılından kalma dolapları değiştiriyoruz."

Aynanın önündeki sandalyeye oturdum. Mary makasa uzandı. "Harika," dedim. Evi yenilemenin parçalanmış bir ilişkinin kaçınılmaz sonunu maskelemek veya örtmek için bir yol olduğuna dair bir gözlemimi hatırladım. Sanki dolaplar ve yeni boyalar yanlış giden bir aşkın boşluklarını doldurabilirmiş gibiydi. Ama Mary'ye bir şey söylemedim. Sadece gülümsedim. "Harika olacağından eminim."

Dalgın bir şekilde başını salladı. "Bu yıl çok uzun süre yoktu," dedi. "Açıkçası yeni bir mutfağa sahip olmaktansa onun yanımda olmasını tercih ederdim."

"Tabii ki," dedim. "Ama işinde çok iyi, değil mi? Onunla gurur duyuyorsundur." Evlendiklerinde Eli işsiz bir besteciydi ama beş yıl önce bir Hollywood yapımcısı şarkılarından birini satın alıp bir sinema filminin sonuna koyunca, film de Oscar Ödülü alınca patlama yapmıştı. Hayatını kariyerine bağlamıştı ve geçen sene, önemli bir plak şirketiyle anlaşmıştı.

Dudağını ısırırken, "Duyuyorum," dedi. "Yani, kıskanç bir kadın gibi davranmak istemiyorum. Onun adına mutluyum. Sadece diyorum ki bir müzisyenle evli olmak çok zor. Özellikle de turneye çıkan bir müzisyenle. Turneye çıkan, inanılmaz çekici bir müzisyenle."

Eli gerçekten çok çekiciydi. Lo'nun terimleriyle "yakıyordu". Bir bara girince, evliler de dahil olmak üzere bütün kadınların dikkatini çeken tarzda bir erkekti. Eli'nin bu yeteneğe sahip olduğunun farkında olması benim durup düşünmeme sebep oluyordu.

"Ben sadece tahmin edebilirim," dedim. "Ama başka türlü de olsun istemezdin, değil mi?"

İç geçirdi. "Hayır, istemezdim. O benim hayatımın aşkı." Fön makinesine ve yuvarlak fırçaya uzandı. "Ama yolda geçirdiği hayatını, tanıştığı o taş gibi kadınları merak etmediğimi söylersem yalan söylemiş olurum. Kendilerini onun kucağına atıyorlar, Jane. Buna tanık oldum."

Karşımdaki aynadan bakışlarıyla buluşarak, "*Sen* taş gibi bir kadınsın, tatlım," dedim. "O en iyisiyle evli zaten. Endişelenecek bir şey yok."

Omuz silkti. "Çocuk istiyoruz."

"Harika bir haber," dedim. "Çok iyi bir anne olacaksın, Mary."

"Göreceğiz," dedi. "Altı aydır deniyoruz. Daha şansımız yaver gitmedi. Tabii eve pek sık gelmemesinin de yardımı dokunmuyor."

"Olacağı varsa olur."

Mary başını salladı. "Evet, haklısın. Eli yakında eve gelecek." Saçlarımı kurutmayı bitirdi ve aynaya bakmam için beni döndürdü. "İşte."

"Teşekkür ederim," dedim. "Her zamanki gibi harika oldu."

"Noel arifesi için planın var mı?"

Kafamı salladım. "Abim her zamanki gibi parti veriyor. Gitmem için çok ısrar etti."

"Aa, Flynn nasıl?"

Uzun zaman önce Flynn, Mary'den hoşlanıyordu ama kadınlar konusundaki rekorlarını bildiğim için ona arka çıkmadım. "İyi," dedim. "Bir kadından diğerine gezip duruyor." Sırıttım. "Yeni bir şey yok yani."

Kan portakalı kokulu bir spreyi saçıma sıktı. "Bence partiye senin de gitmen lazım. Kiminle tanışacaksın kim bilir."

Gözlerimi devirdim. "Hayır, nasıl biriyle tanışacağımı kesinlikle biliyorum. Sanatçı, muhtemelen her yerinde dövmeler olan ve dar pantolonlar giyen, pantolon askısı takan birisi olacak."

Mary sırıttı. "Çok seçicisin, Jane. Onlar da iyi olabilir."

İşte o zaman kuaförün kapısı açıldı ve yaşlıca bir kadın içeri girdi. Onu hemen tanımıştım. Bu, Mel'in büfesinde gördüğümüz kadındı. O kadar gösterişli ve gururluydu ki. Yine de yalnız bir tarafı vardı. Bakışlarımız buluşunca gülümsedim ama o hemen kafasını çevirdi.

Mary'ye fısıltıyla, "Bu kadının hikâyesi ne?" diye sordum.

Mary de benimki gibi bir fısıltıyla, "Ha, Vivian mı?" dedi. "Her çarşamba gelir, saçlarını yıkatır ve fön çektirir. Pek konuşmaz. Uzun süre, onun ruhsuz bir kadın olduğunu düşündüm. Ama..." Mary durdu ve başını salladı. "Kocasına olanları duydun mu?"

"*Kocası* mı?"

"Evet, kadın evliydi. İpuçlarını birleştirmek için önemli dedektiflik becerilerimi kullanmak zorunda kaldım. Bir gün çekle ödeme yapınca soyadını öğrendim. Hemen Google'da arattım ve hikâyesini öğrendim. Jane, kadın Alastair Sinclair'ın dul kalan eşi."

Kafamı salladım. "İsmi çıkaramadım."

"Benim için de öyleydi ama sonra daha çok araştırma yaptım. Adam önemli biri. Afrika'da insani yardım çalışmaları için Kraliçe tarafından gönderilmiş. Anladığım kadarıyla, kadın da işin içindeymiş." Mary kafasını salladı. "On yıl önce Afrika'da helikopter kazasında ölmüş. Yanında metresi varmış."

İç geçirdim. "Yapma ya." Salonun öteki ucunda oturan, kaşlarını çatmış bir halde manikürlü ellerine bakan Vivian'ı inceledim. "Bu kadar ters olmasına şaşmamalı."

Mary başını salladı. "Bence de hakkı var. Aynı anda hem hayatının aşkını kaybetmek, hem de adamın kalbinin başkasına ait olduğunu öğrenmek."

Mel'i, Vivian'ın görkemli rahmetli kocasını düşündüm. Mel, onun kalbindeki buzu eritebilir miydi?

Öğle yemeğinden sonra, nöroloğum Dr. Amy Heller ile aylık randevum için yola çıktım. Çocukluğumdan beri hastalığımı o tedavi ediyordu. Ne kadar annemden çok farklı olsa da, annem öldükten sonra akıl hocam ve anne figürüm haline gelmişti. Annem, en sevdiği şarkı olan Billy Joel'den "So It Goes"u açıp bir yandan ağlayıp bir yandan tekrar tekrar dinleyen bir romantikken, Dr. Heller'ın hayatı duygularla değil gerçeklerle sürerdi. Onun önünde hiçbir şey duramazdı. Ne kadar başarılı olursa olsun, bazen mutlu olup olmadığını merak ederdim.

Dr. Heller muayene odasında her zamanki gibi gelip yanıma otururken, "Merhaba, Jane," dedi. Muayenehanesinin bej duvarları vardı ve pencereleri Seattle'ın Capitol Hill mahallesine bakıyordu. "Bu hafta nasılız?"

Dr. Heller "siz" olarak değil "biz" olarak konuşurdu. Hastası kanserse, *o* da kanserdi. Hastasının migreni varsa, o da alnını ovardı. Dr. Heller duygusal bir kadın olmayabilirdi ama empati yeteneği vardı.

"İyiyiz..." dedim.

"Sadece iyi mi?"

Yutkundum ve Colette'e yaptığım ziyaretin detaylarını anlatmaya başladım.

Dr. Heller dosyamı indirdi ve kafasını salladı. "Şunu bir netleştirelim. Tanımadığın bir kadın sana görüşündeki değişimlerin senin..." Boğazını temizlemek için durdu. "Aşkı görme yeteneğinden kaynaklandığını söyledi?"

"Evet, kısaca durum bu."

"Peki sen bu kadına inanıyor musun?"

Omuz silktim. "İnanmak istemiyorum ama görüşümle ilgili öyle bir konuştu ki hayatımda ilk kez mantıklı geldi."

"Ne?"

"Otuzuncu doğum günümde günbatımından önce hayatımdaki altı tür aşkı tanımlamak zorundayım yoksa kendi hayatımda aşkı bulamayacağım."

Gözlüklerini çıkardı, beyaz ceketiyle gözlük camlarını sildi ve tekrar taktı.

"Bütün bunların delilik olduğunu düşünüyorsunuz, değil mi?"

"Hayır," dedi. "Öyle düşünmüyorum. Jane, genç kız ile tilkinin hikâyesini biliyor musun?"

Kafamı salladım.

"Çok uzak bir krallıkta çok güzel bir genç kız varmış. Kız kardeşleri kendilerine uygun insanlarla evlenmişler ama muhteşem güzelliğine rağmen genç kız kimseyle evlenmemiş. Komşu bir köydeki bilge kadın ona aşkı bulabilmesi için ormanda ay ışığı altında kırmızı bir tilki bulması gerektiğini söylemiş. Ama kırmızı tilkiler çok nadir bulunan hayvanlarmış. Ama yine de genç kız söylediği şeyi kabul etmiş. Yıllar boyu, geceler boyu, bu kırmızı tilkiyi bulmaya çalışarak kendini tüketmiş. Sonra bir gece, ay ışığı altında bir kayanın üstünde aradığı tilkiyi bulmuş. Dakikalar sonra tilki atın üstündeki bir prens tarafından okla vurulmuş. Prens, genç kızın muhteşem güzelliğini fark etmiş. İkisi evlenmişler ve genç kız prenses olmuş. Şimdi soruyorum, aşkla karşılaşmasını sağlayan tilki miymiş yoksa genç kızın azmi mi?" Kendi kendine başını salladı. "Jane, ben bilime inanırım, büyüye değil. Çoğu şey için mantıklı bir açıklama olduğuna inanırım. Bu hikâye görüşün konusunda sana yardım etmese de, en azından anlamana yardımcı olabilir. Bu konuda seni destekliyorum."

"Teşekkürler," dedim. Tam o anda kapı açıldı ve Dr. Heller'ın hemşiresi Kelly kafasını içeri uzattı. "Dr. Heller, Dr. Wyatt'ın sizinle görüşmesi gerekiyormuş."

"İçeri gelmesini söyle," dedi.

Kelly ve Dr. Wyatt içeri girdi.

Bana, "Böldüğüm için özür dilerim," dedi.

"Sorun değil," dedim. Yakışıklı, genç bir doktor olan Dr. Wyatt'ın Dr. Heller'a bir dosya uzatışını izledim. Onlar başka bir hastayla ilgili konuşurken Kelly de onları izliyordu. İşte o zaman görüşüm bulanmaya başladı.

Kelly ve Dr. Wyatt çıktıktan sonra Dr. Keller, "Kusura bakma," diyerek iç geçirdi. "Erkek doktorlar..." dedi. "O kadar kendilerini beğenmişler ki. Hele bir de bir konuda haksız olduklarını fark etsinler..." Gözlerimi ovuşturduğumu görünce durdu.

"Oluyor, değil mi? Kriz geçiriyorsun."

Başımla onayladım.

"Bu izi takip etmemiz lazım. Bunu görüntülememiz lazım. MR çektireceğiz. Şanslıysak ucundan yakalarız. Acele et, Jane."

Hemşire Kelly tekerlekli sandalyeyle geldi. Koridorda hızla ilerlemeye başladık.

Asansörde, "İyi misin, tatlım?" diye sordu.

Tekrar gözlerimi ovuşturdum. Sis kalkmaya başlamıştı. "Evet," dedim. "Söylesene. Ne kadar zamandır onu seviyor?"

"Tatlım, ne diyorsun?"

"Dr. Heller," dedim. "Ne kadar zamandır Dr. Wyatt'ı seviyor?"

Gergin bir şekilde güldü. "Bunu kendisine sorman lazım," dedi. Uzun koridor boyunca beni röntgen bölümüne doğru götürdü.

Beşinci Bölüm

1301 4. Cadde

Flynn gözlerini açtı ve sağına döndü. Yanında çıplak bir kadın uyuyordu. Saçları yatağın üstüne dağılmıştı ve rimeli gözlerinin altına bulaşmıştı. Ayağa kalktı ve komodinin üstündeki boş şarap şişesini gördü. Bir önceki gece olanlar yavaş yavaş netleşmeye başlamıştı. Arkadaşı Ryan'ın yeni çalışmaları için Pioneer Square'deki sanat galerisindeydi. Resimleri hatırlanmaya değer şeyler değildi. Hatta güzel bile değildiler ama Ryan arkadaşıydı. Arkadaşının eserlerine ev sahipliği yapmayı reddedememişti. Neyse ki, Ryan'ın varlıklı ailesi her bir tabloyu satın almıştı.

Flynn sessiz bir şekilde yataktan çıktı. Adını bile hatırlamadığı bu kadını uyandırmak istemiyordu. Adı Jenna mıydı? Cara mı? Julie mi? Garson muydu yoksa dişçi yardımcısı mıydı? Estetisyen miydi saç tasarımcısı mı? Kız kardeşinin sesi kulaklarında çınladı: "Sen hep aynı tür kadınlarla çıkıyorsun: sürtüklerle." Ama Jane aşktan ne anlardı ki? En azından Flynn'ın aşk dolu bir hayatı *vardı.*

Sessizce soğuk ahşap zemine adım attı. Yataktan üç adım ötedeki gıcırdayan tahtayı atlamaya dikkat etti. Tek bir gıcırtıda ismini bilmediği bu kadın uyanır ve onu yatağa çağırırdı. Tabii bu o kadar da kötü olmazdı. Ama Flynn'ın kuralları vardı. Sabah seksi çok eğlenceli olmasına rağmen, tek gecelik bir ilişkiden sonra uygun bir şey değildi. Sabah seksi ilişkiler içindi. Sabah seksi aşk içindi. Flynn hiç âşık olmamıştı.

Mutfağında çıplak bir halde dikilirken, on birinci kattaki çatı katı dairesinin yerden tavana kadar uzanan pencerelerinden şehri izliyordu. Öğütülmemiş kahveleri makineye attı ve düğmeye bastı. Ayrılıklarının üstünden altı yıl geçtiği için yüzünü hatırlayamadığı bir kız arkadaşından hediye olan espresso makinesinin tanıdık sesini dinlerken hayatını düşündü. Otuz beş yaşındaydı. Daha önce hiç evlenmemişti. Ciddi bir ilişki yaşamamıştı. Belki de hep böyle gidecekti.

Espresso'sundan bir yudum aldı ve sokağın karşısındaki apartmana baktı. Doğrudan on birinci kattaki pencereyi bulmuştu. İç çamaşırlarıyla veya çıplak olarak yemek pişirirken, gecenin bir yarısı veya sabahın köründe ağlarken, heykel stüdyosu olarak kullandığı yatak odasında çalışırken, çarkı, gözünü ayıramayacağı kadar büyük bir konsantrasyon, azimle çevirirken gördüğü kadının uyanıp uyanmadığını merak etti. Sonra kadın odasından çıktı. Altında beyaz bir atlet ve kırmızı bir pijama altı vardı. Uzun kahverengi saçları atkuyruğu yapılmıştı. Mutfağa doğru yürürken saçı yana doğru sallanıyordu. Mutfakta büyük bir fincana kahve koydu ve pencereye doğru yürüdü. Doğrudan Dördüncü Cadde'ye, Flynn'ın dairesine baktı. Bakışları buluştu ve bir an için zaman durdu. Flynn tam el sallamak için elini kaldırmıştı ki bir çift zayıf kol beline dolandı.

"Neye bakıyorsun?"

Dün geceki kadınla yüzleşmek için döndü. Kadın, Flynn'ın tişörtlerinden birini giymişti. Uzun bronz bacakları ortadaydı. Sadece saatler önce bu bacakları bu şekilde kaldırdığını hatırlamıştı.

Hemen, "Hiçbir şeye," dedi ve perdeleri indirdi.

Baştan çıkarıcı bir şekilde, "Yatağa gel," dedi.

Flynn sırıtarak, "Gelemem," dedi. "Bugün programım çok yoğun."

Kadın biraz incinmiş bir halde, "Yaa," dedi. "O zaman bu gece?"

Flynn reddeder gibi kafasını salladı. "Bu gece de meşgulüm, kusura bakma."

Gözlerini kendini acındırır gibi yaparak, "Beni ara?" dedi.

"Tabii ki..."

"Adım Julia," dedi.

"Tamam, doğru. Julia."

"Telefon numaramı dün gece vermiştim. Sende var. Yani aramak istersen. Yine dışarı çıkabiliriz. Bunu tekrarlayabiliriz."

"Tamam," dedi. Numarasını telefonundan silmeyi zihnine not etti. Bu onun hatası değildi. O yirmi beş yaşında, güzel ve çok... sıradandı. Flynn, Julia gibi kadınları çok iyi tanıyordu. Bunlar, üniversitede psikoloji okurlar ama reklamcılık veya pazarlama alanında çalışırlardı. Barlarda meyveli içkiler ısmarlarlar ve bütün paralarını pahalı ayakkabılarla çantalara harcarlardı. Saçma şeylere gülerler ve kirpiklerini kırpıştırırlardı. Flynn da bu kadınlarla çıkıyordu. Onlara kokteyller ısmarlıyor, restoranlara götürüyor, duymak istedikleri şeyleri söylüyor, *onun* gelmesini bekliyordu. Ama *onun* ne olduğunu bilmiyordu.

Julia geçen gece odanın dört bir yanına fırlattığı kıyafetlerini bulmayı başarmıştı. Giyindi ve mecburi veda öpücüğünü verdi. Kapı kapandıktan sonra Flynn üstüne bir eşofman giydi, koşu ayakkabılarını bağladı, perdeleri açtı ve tekrar Dördüncü Cadde'ye, karşı pencereye baktı. Kadın çömlek çarkının başında oturuyordu. Flynn onu çalışırken izlemeyi seviyordu. Yüzlerce kez, oraya gidip onunla tanışmayı düşünmüştü. Eserlerini galerisinde sergilemesini söyleyebilirdi. Bu çok normal, doğal olurdu. Bir iş fırsatı. Ama yine de Flynn bunu yapmayı düşündükçe midesi bulanıyordu. Halbuki Flynn hiç gerilmezdi. Bir bardaki herhangi bir güzel kadını gösterin, Flynn hemen yanına giderdi.

Ama bu kadın? Çarktan kafasını kaldırdı ve elinin kenarıyla koyu renk çerçeveli gözlüklerini düzeltti. Flynn kendini kötü hissediyordu. Kadın onu tekrar gördü. Bu sefer, el sallamak için elini kaldıran kadındı. Flynn gülümsedi ama kadın hemen kafasını çevirdi. Kadının birden sandalyeden fırlayıp kapıya koşuşunu izledi. Kapı deliğinden baktı ve endişeli bir halde durdu.

Uzun bir an, kapı kilidini çevirdi ve kapıyı ağır ağır açtı. Adam içeri girerken kadın birkaç adım geri gitti. Adamın elinde pembe güllerle dolu kocaman bir vazo vardı. Kadın çiçekleri eline aldı ama Flynn kadının gülümseyip gülümsemediğini göremiyordu. Yüzünü göremiyordu. Sadece adamı görebiliyordu. Adam uzundu ve özenle dikilmiş çizgili takım elbisesinin içinde iş insanına benziyordu. Fötr şapkasını çıkardı (fötr şapkayı kim giyerdi ki?). Kırlaşmış saçları, adamın kadından daha yaşlı olduğunu gösteren tek işaretti. Flynn adamın yakışıklı olduğunu, hatta kendinden daha iyi olduğunu kabul etmekten nefret ediyordu.

Adam koltuğu işaret etti. Kadın sanki tereddüt ediyormuş gibi hafifçe başını salladı. Flynn kafasını çevirmesi gerektiğini biliyordu ama yapamıyordu. Bu salon sahnesinin, kadının hayatının detaylarıyla büyülenmişti. Adam kimdi? Belli ki kadını seviyordu. Ama kadın onu seviyor muydu?

Kadın pencereye doğru yürüdü. Bakışları bir kez daha buluşunca Flynn'ın boynundaki tüyler diken diken oldu. Ama bu sefer, kadının gözleri kederliydi, uzaktı. Kolunu yukarı uzattı ve bileğinin tek bir hareketiyle jaluziyi indirdi. Bir kez daha perdeler kapatılmıştı.

Altıncı Bölüm

Yılbaşı Gecesi

Dükkâna girdiğimde Lo Alman papatyalarından oluşan bir aranjmanla uğraşıyordu. İç geçirerek, "İnsanlar bu çiçekleri sevmekten ne zaman vazgeçecek?" dedi. "Bunlar çok klişe."

Gülümseyerek, "Ama faturaları ödüyorlar," dedim.

Lo sırıttı. "Bana Alman papatyası veren bir adama güvenmem."

"Ya o adam verirse?"

Sanki zayıf noktasından vurmuşum gibi bir an duraksadı. Sonra kafasını salladı. "Vermez ki. O anlıyor böyle şeylerden."

Çantamı tezgâhın üstüne koydum ve ses sistemiyle uğraştım. Lo'nun Sarah McLachlan CD'sini taktım. "Demek onunla çıkmakta kararlısın."

"Grant ile mi? Evet," dedi. "Sen onaylamıyorsun biliyorum."

Omuz silktim. "Evet ama aşırı korumacı bir anneye dönüştüm sanki." Bakışlarımı onunkilere kilitledim. "Sadece dikkatli ol, tamam mı?"

Lo gülümseyerek, "Anlaştık," dedi. "Flynn'ın partisine gidecek misin?"

Başımla onayladım. "Gönülsüz olarak."

"Jane, ne güzel eğleneceksin. Biraz şampanya iç. Bir erkekle konuş. Biraz keyfine bak."

"Söylemesi kolay tabii. Özellikle de Flynn'ın çevresindeki erkeklerin arasında."

"Ne giyeceksin?" diye sordu.

"Hiçbir fikrim yok."

Başını salladı, arka odaya gitti. Burada, kuru temizlemeden yeni gelmiş bir sürü elbise vardı. "Bunları kuru temizlemeden yeni aldım. Bedenlerimiz aynı. İstediğini seç."

Kafamı salladım. "Böyle elbiseler bende sendeki kadar güzel durmaz," dedim.

"Tabii ki durur," dedi. Elbiselerin etrafındaki poşeti sıyırdı. Düşük yakalı ve oldukça kısa siyah bir elbiseyi seçti. "Bu sende süper durur."

Elbiseyi elime aldım, sonra kafamı salladım. "Emin olamadım."

Lo başını salladı. "Ama ben eminim." Sonra çantasına uzandı. "Benim Louboutin'lerimi al," dedi ve bir çift deri siyah ayakkabıyı bana doğru uzattı. "Bunlarla harika olacaksın."

"Bilmiyorum," dedim. UGG'larımdan birini çıkardım ve topukluyu giydim.

"Oldu işte," dedi. "Harika."

Telefonum çaldı. Tezgâha uzandım. Numarayı tanımıyordum. "Alo?"

"Jane, ben Dr. Heller."

"A, merhaba," dedim.

"Seni kötü zamanda mı yakaladım?" Sesi normalden biraz daha ciddi geliyordu. Bir heyecan dalgası hissettim.

"Hayır, hayır önemli değil. Her şey yolunda mı?" Son çektirdiğim MR'ı düşündüm. Sonuçlar kötü mü çıkmıştı yoksa?

"Evet," dedi. "En azından ben öyle sanıyorum. Konu çektiğimiz MR. Jane, sonuçlar oldukça şaşırtıcıydı. Aslına bakarsan hayatımda hiç böyle bir şey görmedim. Temporal lop, daha önce hiç şahit olmadığım biçimde aydınlanmıştı."

"Bu ne demek oluyor yani?"

"Tam olarak emin değiliz," dedi. "En azından şu anda. Sonuçları ülkenin en iyi uzmanlarından birine gönderiyorum. Belki alternatif açıklamalar yapabilirler. Ama beni endişelendiren şey, sonuçlarda ortaya çıkan faaliyetin türünün çoğunlukla önemli krizler, hatta felçler yaşayan insanlarda görülen cinsten olması. Ama biz senin sağlık geçmişini biliyoruz. Sende bunların da olacağını düşünmüyorum. Sendeki sebebi başka bir şey olmalı. Başka bir açıklaması olmalı."

Başımı salladım. "Dr. Heller, siz bana uzun zaman önce beynin çeşitli bölümlerini anlatmıştınız. Sanırım on iki yaşımdaydım. Farklı bölümlerin bir resmini göstermiştiniz. O zaman bana iğrenç gelmişti. Hatırladınız mı?"

"Evet," dedi. "Hatırlıyorum."

"Peki temporal lop neden sorumlu?"

Dr. Heller bir an için sessiz kaldı. "Limbik sistemin bir parçası. Duygularımızı düzenliyor. Burası araştırmacıların beyinde şeyi ölçebildiği bir yer..."

"Neyi? Aşkı mı?"

"Jane, bilimsel olarak kimse aşkı ölçemiyor ama evet, duygular, hisler, yakınlık diyebilirim."

"Yani aşk," dedim.

Flynn'ın partisine vardığımda saat sekizdi. Lo'nun elbisesi ve ayakkabılarının içinde kendimi tuhaf hissediyordum. Kapıya doğru bakınca eteğimin ucunu gergin bir şekilde çekiştirdim. 2.5 saniye için arkamı dönüp daireme kaçmayı, adeta üniformam haline gelen siyah eşofmanlarımı giymeyi düşündüm. Ama Flynn hemen beni gördü ve mutfaktaki barın oradan işaret etti. Köşeye sıkışmıştım.

"Jane!" diye seslendi. "Gelmişsin!"

Gülümsedim ve bara doğru yürüdüm. Abimi yanağından öptüm.

Bana bir kadeh şampanya uzattı. "Şu haline bak," dedi. "*İnanılmaz* görünüyorsun."

"Böyle düşünmene sevindim," dedim. "Aslında ben kendimi bu elbisenin içinde aptal gibi hissediyorum. Lo zorla giydirdi."

"Lo nasıl?" diye sordu.

Gözlerimi devirerek, "İyi," dedim. "Her zamanki taktikler işte. Bu gece evli, boşanıp boşanmayacağı belli olmayan bir adamla çıkacaktı."

Flynn bir kaşını kaldırdı. "Yapma ya?"

Şakacı bir şekilde, "Senin saatlik kadının kim peki?" diye sordum.

Bir an için tereddüt etti ve çatı katı dairesinin penceresinden şehir ışıklarının parladığı caddeye baktı. Sonra odanın gerisinde dikilen bir grup genç kızı gösterdi.

Sırıtarak, "Bol şans," dedim.

"Sana tanıştırmak istediğim biri var," dedi.

"Hayır, lütfen," dedim. "Müzik grubundan başka bir erkek daha istemiyorum. Ya da sanatçı."

Flynn kafasını salladı. "Aslında kendisi yazar. New York'tan daha yeni geldi."

"Yazar demek?" Şampanyamdan bir yudum aldım ve esnedim. Sam tuvaletini yapmak için sabah beşte uyanmıştı. O saatten sonra tekrar uyuyamamıştım.

Flynn elimi tuttu ve beni balkona açılan kapıya doğru yönlendirdi. Burada bir grup insan birlikte sigara içiyorlardı. Koyu bir sohbete dalmışlardı.

Uzak köşedeki bir adama, "Cam," diye seslendi. Adamın sırtı bize doğru dönüktü. Bu yabancıda tek görebildiğim gri tüvit ceketi ve koyu renk saçlarıydı.

Bizimle yüzleşmek için döndü. Ona doğru bir adım attım ve ayakkabılarımdan birinin topuğunun balkonun metal ızgaralarının arasına sıkıştığını fark ettim. "Sanırım sıkıştım," dedim.

Abimin arkadaşı gülerek, "Dur sana yardım edeyim," dedi.

Yanaklarım utançla kızarırken dengede kalmak için Flynn'ın koluna tutundum. Sağ teki çıkardım. Ayak parmaklarımdaki pembe ojelerin çıktığını fark etmiştim. Cameron eğilerek topuğu ızgaradan çıkardı. Benzer kaderi yaşamadan önce sol ayakkabımı da çıkardım.

Flynn sırıttı. "Bu sorun çözüldüğüne göre, Cameron, seni kız kardeşim Jane ile tanıştırmak istiyorum. Jane, bu Cameron Collins."

Elini uzattı. "Tanıştığımıza memnun oldum, Jane. Lütfen bana Cam de."

Benim yaşlarımdaydı ve kesinlikle Flynn'a uyuyordu. Ekoseli gömleği, dar pantolonu ve kirli sakalları vardı. Ama bir farkı da vardı. Daha mı bakımlıydı? Daha mı akıllıydı? Yalnız bunu sevip sevmediğimi anlayamamıştım.

"Cam New York'tan buraya yeni taşındı. *Time* için muhabirlik yapıyor. Tıp alanında yazılar yazıyor."

"Ya," dedim. "Hangi konularda yazıyorsunuz?"

"Daha çok sinirbilimi," dedi. "Washington Üniversitesi'nde yapılan araştırmalarla, South Lake Union'daki biyoteknoloji sahasında olanlar arasında, Seattle, tıp konusunda yazanlar için bir cennet."

Flynn önce bana sonra Cam'e baktı. "Kardeşim kendimi bildim bileli nöroloğa gidiyor. Belki bu konuda yazarsın."

Ben Flynn'a kızgın bir bakış fırlatırken, Cam de meraklı bir şekilde kaşlarını kaldırdı. "O kadar ilginç bir şey değil," dedim.

"Bana ilginç geleceğinden eminim," dedi.

Hafiften Kim Kardashian'a benzeyen bir kadın Flynn'ın yanına yaklaştı. Birlikte içeri girdiler.

Cam sırıtarak, "Demek küçük kız kardeşi sensin ha?" dedi.

Başımı salladım. "Siz nereden tanışıyorsunuz?"

"Üniversitede beraber okuduk," dedi. "Ben, New York Üniversitesi'nde gazeteciliğe geçiş yapmadan önce bir yıl

Washington Üniversitesi'ne gittim. Çılgın geçen bir dönem boyunca Flynn ile yaşadım."

Sırıttım. "Evet, eminim çılgın bir dönem olmuştur."

Cam'in bakışları yoğundu. Bakışlarından kaçınmak için birkaç dakikada bir sağa sola bakmak zorunda kalıyordum. "Sen pek onun gibi değilsin, değil mi?" diye sordu.

Yine yanaklarımın yandığını hissederek, "Yani, bunu pek bilemem," dedim. "Tam olarak neyi kast ediyorsun?"

İfadesi yumuşadı. "Sadece farklı göründün. Hepsi bu. İyi anlamda farklı."

Gülümsedim. "Abimi çok severim ama ben onun gibi her önüne gelenle flört eden biri değilim."

Dışarıdaki masanın üstünden açılmış bir şampanya şişesine uzandı ve kadehimi doldurdu. Uzun bir yudum aldım. "Ne iş yapıyorsun?" dedi.

"Çiçekçiyim."

"Çiçekçi." Sırıttı. "Hayatımda çiçekçi kimseyi tanımadım."

"Ölmeden önce dükkân anneme aitti," dedim. "Ondan önce de büyükanneme. Adı Flower Lady. Pike Place pazarında."

Çok etkilenmiş bir halde, "Flower Lady," diye tekrar etti. "Geçen gün Beecher'da Dungeness yengeci yemeye giderken sizin dükkânın önünden geçtim. Daha önce hiç yedin mi o yengeçlerden?"

"Evet," dedim. "Oradaki bir öğle yemeği taş kokaine eşdeğer."

Cam kıkırdadı. "Sanırım çalışırken şahit olduğun bir yığın duygusal anıyla çok eğleniyorsundur. Önemli randevulardan veya evlilik tekliflerinden önce gerilen adamlar gibi. Bir sürü saçma aşk meselesi."

Bir kaşımı kaldırdım. "Saçma aşk meselesi mi?" diye tekrar ettim. "Belli ki romantik biri değilsin."

Omuz silkti. "Ben daha çok mantıklı, bilimsel bir açıdan bakıyorum."

Kaşlarımı çattım. "Kusura bakma ama aşk hiç de *bilimsel* değildir."

"Hayır, bilimsel," diye cevap verdi. "Taş yürekli olarak görünmek istemem ama bence biz kültür olarak aşkı abartıyoruz. Aslında kavram bence gayet mantıklı. Biriyle olmayı seçiyorsun veya seçmiyorsun."

"O kadar basit gibi anlatıyorsun ki."

"Aslında incelediğin zaman gayet basit." Gülümsedi. "Peki sen? Hiç âşık oldun mu?"

Kafamı sağa doğru eğdim. Daha yeni tanıştığım birinden geldiği için bu oldukça özel bir soruydu.

Cam tereddüdümü sezerek, "Pardon, söylemek zorunda değilsin," dedi. "Sinirbilimiyle derinlemesine ilgilendiğimi düşünürsek işte benim vardığım sonuç: Aşka inansak da inanmasak da, bence beyindeki kimyasal bir reaksiyona tepki veriyoruz. Nöronların diğer nöronlarla konuşması. Çarpışma, kıvılcım. Bom. Aşk veya aşk olduğunu düşündüğümüz şey. Sonra her zamanki gibi yok olup gidiyor. Hepsi bilim. Bunu aşk olarak tanımlasan da tanımlamasan da sonsuza kadar sürmüyor. Süremez. Beyin, yeni bir cazibeden aldığı bu sarhoşluk hissini devam ettirmek için yaratılmamış. En büyük aşk hikâyeleri bile tencereye tavaya dönüşür."

Sırıttım. "Tencere tava mı?"

"Kesinlikle," dedi. "Yani eninde sonunda rutine bağlar."

"Söylediklerinde gerçek payı olsa da, hüzün de var."

Başıyla onayladı. "Evet, çünkü biz filmlerdeki gibi aşklar istiyoruz. Hepimiz. Ama öyle bir şey yok. Olsa bile sonsuza dek sürmüyor."

Titrediğimi hissettim. Ben farkına bile varamadan Cam ceketini çıkarmış, omuzlarıma koymuştu.

"Bunu yapmak zorunda değildin," dedim.

"Ama yaptım," dedi. "Titriyordun."

"Evet," diye sırıttım. "Mantıklı."

Üçüncü şampanya kadehimi de bitirdim ve dördüncüyü doldurdum. Kendimi hafiflemiş ve özgür hissediyordum.

Göz kırparak, "Hadi içeri girelim ve gençler bütün yemekleri tüketmeden biz de bir şeyler yiyelim," dedi.

Onun peşinden içeri girdim. Flynn odanın karşısından bakışlarımla buluştu ve bana yanına gitmem için işaret etti.

Cam gülümseyerek, "Sen git," dedi. "Biraz sonra görüşürüz."

Ona ceketini geri verdim ve abime doğru yürüdüm.

"Bölmek istememiştim," dedi. "İkiniz muhabbeti koyulaştırmış gibi görünüyordunuz."

Sırıttım. "Bundan emin değilim." Şu an kafasında "Mutlu Yıllar" yazan bir saç bandı olan Asyalı bir kadınla konuşan Cam'e baktım. "Ama ilginç birisi. Ya sen? Gece yarısında seninle öpüşme ayrıcalığına hangi kadın erişecek?"

Flynn bir an için ciddi bir tavır takındı ve beni pencerenin yanına götürdü. Caddenin karşısındaki apartmanı gösterdi. "Kırmızı perdeli, sehpanın üstünde lamba olan pencereyi gördün mü?"

Başımla onayladım.

Alnını ovuşturarak, "Orada bir kadın yaşıyor," dedi. Sonra sesini fısıltıya çevirdi. "Jane, bu kadın beni ele geçirdi."

"Tanıştınız mı?"

Kafasını salladı. "Hayır ama onu her gün görüyorum. Çömlek yapıyor. Bazen onu çalışırken izliyorum. Harika bir görüntü. Kararlılığı, azmi, ellerinin hareketleri."

"Onu neden partiye çağırmadın?"

"Bilemiyorum," dedi. "Sanırım..."

"Hayatında ilk kez bir kızla konuşmaya korktun mu?"

"Evet," dedi. "Esas noktayı söylüyorum. Sanırım çok üzgün. Perişan halde. Bazen gece üçte su içmek için mutfağa geliyorum ve onu kanepenin üstünde iki büklüm halde ağlarken görüyorum. Geçen gün ondan yaşça büyük bir adam geldi. Çiçek getirdi. Kadının ona bakışlarından, adamın onu inciten bir şey yaptığını anladım."

Tam o sırada kadın pencerede belirdi. Yüzünü göremeyeceğim kadar karanlıktı ama Flynn'a el sallamak için elini kaldırışını izledim. Flynn da aynısını yaptı. Tam o anda görüşüm bulandı. Benzer ruh hali, yoğun bir bulut grubu gibi görüşümü ele geçirdi. Kafamı çevirdim ve gözlerimi ovuşturdum.

"İyi misin, Jane?"

Hemen, "Evet," dedim. "Sanırım gözüme bir şey kaçtı. Hemen banyoya gideyim."

"Benim yatak odamdakini kullan," dedi. "Orada makyaj odası da var."

Başımla onayladım ve Flynn'ın yatak odasına doğru yürüdüm. Yatakta yirmili yaşlarının başında bir çift öpüşüyordu. Aileleri tarafından yakalanan ergenler gibi hemen toparlandılar.

Banyonun kapısını kapattım ve gözlerime daha yakından bakabilmek için tezgâha yaslandım. Tekrar tekrar gözlerimi açıp kapattım ve derin bir nefes aldım. *Flynn'a gördüğüm şeyi anlatmalı mıydım? Bana inanır mıydı? Yoksa her şey berbat mı olurdu? Geçmişte olduğu gibi bir kadına çok yaklaştığında, aşka çok yaklaştığında yaptığı gibi korkup kaçar mıydı?*

Colette'i düşündüm. *Dediğini yaparsam, aşkın altı türünü tanımlarsam, onları görünce nasıl tanıyacağım? Ya yanlış anlarsam?*

Partiye geri döndüm. Kendime bir kadeh daha şampanya doldurdum. Flynn'ın dairesinde şimdi daha çok insan vardı. Çiftler, bekârlar, parlak, pullu bluzlar giyen kadınlar. Kendimi yirmili yaşlarının ortasında iki erkekle sohbet ederken buldum. Birisi bir rock grubunda bateristti. Diğeri de sanatçıydı. Saat on bir olunca ışıklar karardı. Flynn hoparlörleri açtı. Müzik içeriyi doldurdu. Çok içki içtiği için istekli gibi görünen bir kız dans etmeye başladı. Bir grup arkadaşı da ona katıldı. Benim küçük baterist birden elimi tuttu ve beni Flynn'ın salonunun orta yerine doğru çekti. Ben daha ne yaptığını anlayamadan elini belime doladı ve beni kendine çekti.

Geri çekilmeye yeltenerek, "Ben pek iyi dans edemem," dedim ama o beni daha yakına çekti.

"Ben sana öğretirim," dedi.

"Ama..."

Omzumda bir el hissettim. Döndüm ve Cam ile karşı karşıya geldim. "İşte buradasın," dedi. Bana gülümsedikten sonra bateriste döndü. "Kusura bakma, kız arkadaşımı geri almak zorundayım. Dans pistinde kendini rezil ediyor da." Cam bana muzip bir bakış fırlattı. "Bunu istemeyiz, değil mi?"

Baterist ellerini belimden çekerek, "Pardon, dostum," dedi.

Cam, "Zararı yok," dedi. Parmaklarını benimkilere geçirdi ve beni odanın içinde ilerletti.

Meraklı bir gülümsemeyle, "Bunu neden yaptın?" diye sordum.

Göz kırptı. "Çünkü senin hayır diyemeyecek kadar nazik biri olduğunu düşündüm."

Kızgın bir şekilde, "Bu doğru değil," dedim.

"O zaman neden ona hayır demedin?"

"Diyecektim," dedim. "Tam da..."

Kendinden emin bir halde, "Aynen öyle," dedi. "Ayrıca gece yarısı olmak üzere. Kimi öpeceğim meselesi var."

"Bunu aşka inanmayan bir adam mı söylüyor?"

"Evet," dedi. "Ama bu seni öpmek istemediğim anlamına gelmiyor."

"Çok cesursun biliyor musun?"

Sevsem mi nefret mi etsem bilemediğim kendinden emin bir bakışla, "Biliyorum," dedi. "Ama haklıyım."

Tekrar Flynn'ı ve karşı apartmandaki kadını düşündüm. Elaine'i düşündüm. Her şey, reddedemeyeceğim şekilde bir araya gelmeye başlıyordu. "Ya sana senin şu mantıklı aşk teorini çürütecek bir şey söylesem?"

"Haha," dedi. "İlgimi çekerdi ama kabul etmen lazım ben zor ikna olurum."

Haklıydı. Gözlerine baktığımda, itirafımın kaçak bir yük trenine benzeyeceğini biliyordum. Açıklayamayacağım bir sebepten ona söylemem lazımdı. "Az önce nörolojik durumumun ilginç olmadığını söyledim ya, o pek doğru değil aslında. Ben özel bir... yetenekle doğmuşum," dedim.

"Dilini değişik şekillere sokabilme yeteneği gibi mi?"

Güldüm. "Hayır... Benimki bundan çok daha büyük bir şey."

"Neymiş?"

İç geçirdim. "Ben... aşkı görebiliyorum."

Cam bana uzun süre baktı, sonra kahkahalara boğuldu. "Çok *komiksin.*"

"Hayır," dedim. "Ciddiyim."

"Dur tahmin edeyim, insanlar âşık olduklarında başlarının üstünde uçuşan küçük kalpler mi görüyorsun? Kulaklarında kuşların cıvıldadığını mı duyuyorsun? Bir dakika, yoksa aşk tanrısı da mı bu işin içinde? Onun da yay ile oklar fırlattığını görüyor musun?"

"Benimle dalga geçiyorsun," dedim. "Keşke anlatmasaydım."

Gülümsemesi soldu. "Sen gerçekten ciddi misin?"

"Öyleyim," dedim. "Bütün hayatım boyunca görüşümle ilgili sorunlarım vardı. Çocukluktan beri nöroloğa gidiyorum. Son görüşler, optik sinirimde küçük bir tümör olduğu yönündeydi. Sana bunu neden anlattığımı bile bilmiyorum." Gözlerimi ovuşturdum. Şampanyayı fazla kaçırmıştım. O son kadehi içmemeliydim. Ama madem buraya kadar gelmiştim, devamını getirecektim. "Geçen hafta, doğum günümde, doğduğum günde de var olan tuhaf bir kadından bir kart aldım. O benim yeteneğimi biliyordu. Bana önemli şeyler anlattı."

Cam, "Ne diyeceğimi bilemiyorum," dedi.

Etrafımızdaki insanlar geri sayıma başlamıştı. *On, dokuz, sekiz, yedi, altı.* Yeni yıl geri sayımı. Cam'in dudaklarını dudaklarımda hissedince, vücudunu benimkine doğru bastırınca başımın döndüğünü hissettim. Geri çekilmedim. Hatta kendimi öpücükte kaybetmiştim. Bir an için nerede başlayıp nerede durduğunu fark edemedim.

"Mutlu Yıllar," dedi.

"Mutlu Yıllar," dedim.

"E gördün mü görmedin mi?"

Kafam karışmış bir halde bakakaldım. "Neden bahsediyorsun?"

"Aşktan," dedi. "Öpüşürken aşkı gördün mü?"

"O şekilde olmuyor," dedim. "Kendi hayatımla ilgili şeyler belirsiz."

Cam göz kırparak, "Hımm," dedi. "Böyle daha iyi."

Kafamı kaldırıp ona baktım ve başımı salladım. "Bunların hepsinin saçmalık olduğunu düşünüyorsun, değil mi? Sana yalan söylediğimi sanıyorsun." Bir geri adım attım. "Bu bir hataydı. Hepsi hataydı."

Kafamdaki "Mutlu Yıllar" şapkasını çıkardım ve koltuğa fırlattım. Salona doğru yürüdüm. Ön kapının orada ayakkabılarımı buldum ve Flynn'ın dolabından çantamı aldım. Son bir kez arkama dönüp baktım. Abimi göremedim. Bu yüzden kapıyı ittim ve asansöre doğru ilerledim. Eve gidip bu elbiseyi çıkarmaktan, Sam yerde yatarken yatağımda yatmaktan başka bir şey istemiyordum.

Yedinci Bölüm

4572 Sunnyside Bulvarı

Mary kapı zilini duydu ve derin bir nefes koyverdi. Keşke müteahhitle randevumu iptal etseydim, diye düşündü. Eli dönmeden önce yapması gereken çok şey vardı. Eli'nin eve dönüşü bu kadar yakınken mutfak yenilemesinin detayları neredeyse anlamsız geliyordu. Evin kusursuz olmasını istiyordu. Yatağa güzel çarşaflar serilmesini, onun en sevdiği tatlı olan çıtır elmanın pişirilmeye hazır olmasını, vanilyalı dondurmanın buzlukta hazır beklemesini istiyordu. İki yıl önce bir müşterisinin hediye ettiği 2002 Dom Pérignon'u açacaklardı. Eli, Mary'nin gözlerinde aşkı, özlediğini bildiği aşkı görecekti. Bu yoğun turne programını bırakacak ve stüdyoya odaklanacaktı. Arka tarafa onun için bir stüdyo yapacaklardı. Mary kendi kendine gülümsedi ve birlikte kadeh tokuşturacakları anı hayal etti. Eli ona eskisi gibi aşk dolu bakışlarla bakacaktı. Giyecek yeni, çekici bir şeyler bulması gerekiyordu. Kırmızı bir elbise olabilirdi. Eli kırmızıyı severdi.

Kapı zili tekrar çaldı. Mary kapıya doğru yürüdü.

Verandada dikilen adama, "Merhaba," dedi. "Siz Colman İnşaat'tan geliyorsunuz, değil mi?"

Adam, "Evet," diye cevap verdi. Yoğun bir aksanı vardı. Mary İtalyan olduğuna karar verdi. Bir anda, Roma'da geçirdiği bir yılı, Dino ve Giovanni adlı iki erkekle dans ettiği geceyi anımsadı. Adam, "Ben Luca," dedi.

Mary gülümseyerek, "İçeri gelin," dedi. Adam yakışıklıydı. Uzundu, güçlü yüz hatları ama hassas, nazik kahverengi gözleri vardı. "İtalyansınız sanırım."

Bir tutam saçını kulağının arkasına atarak, "Evet, öyle," dedi. Saçları dalgalıydı ve dağınıktı. Kulağının arkasına atar atmaz tekrar gözünün önüne geldi. "Buraya geleli iki yıl oldu."

Mary kurduğu cümleye gülümsedi. "Umarım Seattle'ı sevmişsinizdir."

"Çok sevdim," dedi. "İtalya'da dolap yapıyordum. Burada da dolap yapıyorum. Sevdiğim işi yapıyorum."

Mary, "Ben de," dedi. "Şanslı bir azınlığız." Mutfağı gösterdi. "Colman'a sana bugün etrafı göstereceğimi söylemiştim. Çalışmalar da haftaya başlayacak. Yarın kocam geliyor. Her şey kırılıp dökülmeden önce birlikte güzel zaman geçirmemizi istiyorum. İnşaat sırasında herhalde her yer toz olacak."

Luca hemen, "Tabii ki," dedi. "Anlıyorum."

Mary onu mutfağa götürdü. Birlikte şöminenin yanında dikildiler. Evi satın aldıklarında Eli mutfakta şömine olmasını sevmemişti. "Boşu boşuna yer işgal ediyor," demişti. Ama Mary akşam yemeğini pişirirken şöminede bir odunun çıtırdayarak yanması fikrini seviyordu. "İtalya'da annemin mutfağında bir şömine vardı," dedi Luca. "Anılarımı hatırlattı bana."

Mary, "Benim de büyükannemin mutfağında şömine vardı," dedi. "Skagit Vadisi yakınlarındaki eski bir çiftlik evinde yaşıyordu. Bütün o soğuk kış ve yağmurlu bahar günleri boyunca ateşi yanar dururdu. Büyükannem yemek yaparken kız kardeşimle ben şöminenin yanında oturup ısınmaya bayılırdık."

Luca çantasını mutfak masasının üstüne çıkardı ve yeni mutfağın mimari çizimlerini ortaya serdi. "Bir hata var sanırım," dedi. "Bu planda şömine yok."

Mary başıyla onayladı. "Kocam istemedi." Kendini ikna edici bir şekilde konuşurken buldu. Belki de kendini ikna etmeye çalışıyordu. "Ankastre için o duvara ihtiyacımız olacak," dedi. "Ne yazık ki eski şömine için yerimiz yok."

Luca başını salladı. Mary'nin cep telefonu çalıyordu. Ekrana baktı. "Pardon," dedi. "Kocam New York'tan arıyor. Açmam gerek."

Luca planlara dönerek, "Sorun değil," dedi.

Mary salondan çıktı. "Eli, merhaba!"

"Merhaba, güzelim," dedi. Mary onun sevgi sözcüklerine bayılıyordu.

Mary, "Seni çok özledim," dedi. "Yarın seni görmek için sabırsızlanıyorum."

Uzun bir sessizlik oldu. Önce Mary hattın düştüğünü sandı. En sonunda Eli, "O konuya gelince," dedi. "Burada birkaç hafta daha kalmam gerekecek. Bütün gösterilerim yok sattı. Menajerim biraz daha kalmamı ve Doğu turneme devam etmemi istiyor."

"Ama ben... Yarın geliyorsun sanıyordum," dedi. Sesi kırgındı. "Seni çok özledim. Bu mesafeler beni öldürüyor."

"Biliyorum, güzelim, biliyorum. Bu gösterilerden hemen sonra eve geleceğim. Para işimize yarar. Mutfağı filan yaptırırız." Mary mutfaktaki Luca'yı düşündü. Planlarla uğraşıyordu. O planları şömineye atıp yakmayı düşündü.

Neredeyse mekanik bir halde, "Tamam," dedi.

"Anlayışın için teşekkürler," dedi. "Seni sonra arayayım mı?"

Mary, "Tabii," dedi.

Mary salonda uzun süre afallamış bir halde kalakaldı. Şömine rafının üstünde, Eli ile düğün günlerinde çekilmiş çerçeveli fotoğrafa bakarken gözünden bir damla yaş düştü. Arkasında ayak sesleri duyunca olduğu yerde döndü. Luca ona doğru geliyordu. Neredeyse orada olduğunu unutmuştu.

"Özür dilerim, böldüm mü?"

Bileğinin kenarıyla yanağındaki yaşı sildi.

Luca ona doğru gelerek, "İyi misin?" diye sordu. Gözleri irileşmişti ve endişeliydi. Mary sağ gözünün altındaki yarayı fark etti.

Hemen, "Evet," dedi. "İyiyim."

Luca, "Otur," dedi.

Mary başını salladı.

"Neden ağlıyorsun?"

Gözünden bir damla yaş daha düştü. Bu sefer Mary saklamaya çalışmadı. "Çünkü hamile olduğumu ama kocamın eve gelmediğini öğrendim."

Luca anlamış gibi kafasını salladı ama aslında anlamamıştı. Bu dünya onun anlayamayacağı bir yerdi. Burada çok güzel bir kadın bekliyordu ama kocası onun elini bırakmıştı. Tıpkı dört yıl önce onun elini bırakan nişanlısı gibi. O soluk mavi renkteki elbisesiyle kafeye gelmiş, ona diğer adamdan bahsetmiş ve onun kalbini öyle bir kırmıştı ki hâlâ canı yanıyordu.

Luca hiçbir şey söylemedi. Mary'yi iyileştirmek için söz yoktu. Varsa bile bu cümleyi onun anlayacağı şekilde düzgünce kurabileceğini düşünmüyordu. O yüzden, saatin tik takları duyulurken, yanına oturdu ve ona elindeki tek hediyeyi verdi: kendini. Mutfak planlarına başka zaman da bakabilirlerdi.

Mary hemen ayağa kalkarak, "Özür dilerim," dedi. "Herhalde meczup olduğumu düşündün."

"Meczup mu?" diye sordu.

Mary gülümsedi. "Yani... Deli."

Luca gülümsedi. "Hayır, sen deli değilsin."

Mary masanın üstündeki peçeteye uzanarak, "Yarın tekrar gelirsen mutfak işine bakarız," dedi.

Luca, "Tabii ki," dedi. "Yarın."

Luca gittikten uzun süre sonra, bu sözcük Mary'nin kulaklarında yankılandı. Yarın. Yarın. *Yarın.* Sorun Eli'nin telefondaki sesiydi; şüpheli, tereddütlü. Mary için bir zamanlar yarınlar aydınlıktı. Şimdiyse karanlığın arasından bakması gerekiyordu.

Sekizinci Bölüm

12 Şubat 2013

Pike Place Pazarı'nın üstüne kara, nemli bulutlar çökmüştü. Dükkâna yürürken yüzümde nemi hissettim. Elaine'i görmek ve çikolatalı kruvasan almak için fırına uğradım.

Elaine tezgâhın arkasından, "Merhaba tatlım," dedi. Bakışları her zamankinden daha yorgundu. Gözlerinin altında koyu halkalar vardı. En az birkaç kilo vermişti. Hasta olup olmadığını merak ettim.

Sırıtarak, "Yemek ye," dedim. "Sıska bir fırıncıyı kimse sevmez."

Elaine zorla gülümsedi ve atkuyruğunu düzeltti. "Bu günlerde pek iştahım yok," dedi. Uzun süre durakladıktan sonra bana baktı. Sonra kafasını salladı. "Aslında seninle konuşmak istediğim bir şey var." Köşedeki bir masayı gösterdi. "Birkaç dakikalığına oturabilir miyiz?"

"Tabii ki," dedim. İki tane çikolatalı kruvasan aldı. Pembe kırmızı kalpli süslemelerin arasından geçerek onu takip ettim. İki gün sonra Sevgililer Günü olduğunu hatırladım.

Oturduk. Elaine iç geçirdi. "Çok uzun zamandır kış uykusundaydım."

"Ne demek kış uykusundaydım?"

"Yani..." Duraksadı. "Bazen hayattaki bazı olaylarla baş edemeyiz. Kuru temizlemeleri alıyor, çocukların futbol maçlarına gidiyor, komodinin yanına yeni bir peçete kutusu koyuyoruz. Hepsini tekrar tekrar yapıyoruz." Gözünden bir damla yaş düştü. "Jane, bunu o kadar uzun süredir yapıyorum ki. Çok uzun süredir uyuşmuş gibiydim. Dışarıdan mutlu görünen bir hayatı yaşıyor ama tam olarak içine giremiyordum. Tam olarak *hissedemiyordum.* Kış uykusundaydım. Sonra..." Gözyaşlarını silmek için durdu. "Bir şey beni uyandırdı. Ve Jane, çok korkuyorum."

Masanın altındaki elini tuttum ve sıktım. "Elaine, bana anlatabilirsin. Söyle gitsin."

Başını salladı. Tam o anda Matthew içeri girdi. "Hey siz ikiniz," diye cıvıldadı. "Jane, ben de sana geliyordum." Kollarını Elaine'in omuzlarına doladı ve sıktı. "Güzel karıma her seneki gibi iki düzine kırmızı gül alacaktım."

Elaine zorla gülümsedi. Bana ne söyleyecekse, bunun Matthew için önemli olmadığı belliydi.

Elaine'in omzunu sıkarak, "Sana bir püf noktası vereyim, Jane," dedi. "Bu kadar uzun süredir evli olunca sürprizlere de gerek olmuyor."

Gülümsedim ama Elaine'in gözyaşlarının akmak üzere olduğunu fark etmiştim.

Elaine kendini toparlayarak, "Ben işimin başına döneyim," dedi. "Sevgililer Günü hazırlıkları yüzünden çok yoğunuz."

Fırının kapısı açılıp içeri tanıdık bir yüz girince hepimiz kafamızı kaldırıp baktık. El sallayarak, "Mary," diye seslendim.

Sırıtarak, "A, merhaba," dedi.

"Arkadaşım Elaine ile kocası Matthew'u hatırlıyorsun, değil mi?"

Mary, "Tabii ki," dedi. "Elaine söylemeden edemeyeceğim, çikolatalı çöreklerine bir türlü doyamıyorum."

Elaine gülümsedi. "Bunu söylemen çok komik. Bu sabah otuz dokuz haftalık hamile bir kadınla konuştum. Dokuzuncu ayında her gün bir tane bu çöreklerden yediğini söyledi. Kadın dal gibi incecik. Gel de çık işin içinden."

Mary önce bana sonra Elaine'e baktı ve bilmiş bilmiş gülümsedi.

"Dur bakalım," dedim. "Mary yoksa sen..."

"Hamile?" Işıl ışıl parlıyordu ama bakışlarında keder de vardı. "Hayır. İmkânsız. Ama Eli önümüzdeki ay gelecek. Belki o zaman mümkün olur."

Elaine tezgâhın arkasına geçti ve bir kutu çikolatalı çörekle döndü. "Şans getirsin diye," dedi. "İstediğin zaman yine gel. Bebeği yeteri kadar tereyağı ve şekerle beslemeye devam ederiz."

Mary çıkarken sırıttı. "Teşekkürler."

Elaine önlüğünün iplerini bağlarken, "Jane," dedi. "Sonra konuşuruz."

Bakışlarıyla buluşarak, "Tabii," dedim. Noel'de gelen yeni komşu Charles ile aralarındaki etkileşimi hatırladım.

Matthew karısının tezgâhın arkasına geçişini izledi. Sonra bana döndü. "Dükkâna kadar seninle gelsem de Elaine için sipariş ettiğim çiçekleri alsam?"

"Tabii ki," dedim. Birlikte kapıya doğru yürüdük. Hava soğuktu. Pazar hareketliydi. Matthew'a Eli konusundaki korkularımı, aylardır evine gelmediğini anlattım.

Kaşlarını çattı. "Bir insan nasıl bu kadar bencil olabilir, daha yeşil otlaklar bulma umuduyla böyle güzel bir hayatı nasıl bir kenara atabilir anlamıyorum."

İşte o anda Charles'ı düşündüm. Elaine'in bu sabahki tereddüdünü düşündüm. Matthew sakin, güneşli bir günde bir tepede dikilen, arkasından gelen kara bulutlarla dolu fırtınadan habersiz biri gibiydi. Onun için üzülmüştüm. Her şey değişiyordu ve o bu yeni duruma hazırlıklı değildi.

Dükkânda her zamanki kırmızı gül siparişini hazırladım. "Sence mutlu mu?" diye sordu. Yüz ifadesi düşünceliydi. Gözlerinde endişe vardı.

"Elaine mi?"

Başıyla onayladı. Gergin bir şekilde kafasını salladı. "Son zamanlarda iyi değil," dedi. "Bilemiyorum, uzak gibi." İç geçirdi. "En büyük korkum neydi biliyor musun, Jane?"

Kafamı salladım. "Neydi?"

"Çok uzun zaman önce Belltown'da tanıştığımız o çılgın geceden beri korkum bu. Odanın karşısında onu gördüm. Sana yemin ederim dünyanın yörüngesi şaştı sanki. Atmosfer basıncı değişti. Neden bana doğru yürüdü hiçbir fikrim yoktu. Neden beni seçti bilmiyorum. Hiçbir zaman anlamadım. Ama beni seçti ve bu hayatımın en büyük hediyesi. Bu güzel, mükemmel kadın beni seçti. Ve ben her zaman bir gün aklı başına gelecek, hayatının hatasını yaptığını fark edecek korkusuyla yaşayacağım."

Elimi omzuna koydum. "Ah, Matthew," dedim. "Bu doğru değil." Bunları söyleyince içime bir titreme geldi. Biraz sonra söyleyeceğim şeylerin doğru olmayabileceğini biliyordum. "Elaine seni seviyor. Hem de çok."

Başını salladı ve zorla gülümsedi. "Teşekkürler," dedi. "Sürekli beni dinliyorsun. Sanırım çiçekçilerle ilgili bir durum."

Sırıttım. "Evet, insanların bize içini açmasını sağlayan bir yönümüz var." Kasanın yanındaki kartları gösterdim. "Kartı unutma."

Raftan bir tane seçti, birkaç sözcük karaladı ve adını yazdı. Başını salladı ve kartı zarfa koydu. "Ben onu hak etmiyorum. Bunun her zaman farkındaydım. Ben, beni çok aşan bir kadınla evlendim."

Matthew'un kendini küçümseyen bu değerlendirmesine pek çok kişi katılmazdı. O yakışıklı, başarılı biriydi. Nazikti. Bir kocada istenecek bütün özelliklere sahipti. Buna rağmen her zaman Elaine'e göre sönük kalırdı. Elaine'in kişiliği daha parlaktı, daha keskindi, kendine güveni daha çoktu.

Onu rahatlatmaya çalışarak, "Bu doğru değil," dedim.

Parmağını kartın kenarında gezdirdi. Anın içinde kaybolmuş gibi görünüyordu. "Her gün hayalimdeki kadınla birlikte uyanıyorum. Bu hayatımın en büyük mutluluğu."

Gülümsedim. "Çok güzel bir söz. Karta bunu mu yazdın?"

Kafasını salladı. "Hayır, sadece 'Sevgililer Günün Kutlu Olsun' yazdım."

Lo kucağında iki kova taze çiçekle dükkâna girince ikimiz de kafamızı kaldırıp baktık. Matthew vedalaştı ve gitti. Kapı kapanınca Lo, "Bu Elaine'in kocası, değil mi?" diye sordu.

Matthew'un pazarın içinde kayboluşunu izlerken, "Evet," dedim. "Bu ikisinin arasında yanlış giden bir şeyler var ama ne olduğunu anlamadım."

"Gözlerini onlardan ayırma," dedi. "Senin şu eski kitabınla ilgili bir şeyler olabilir. Bu arada lafı gelmişken, şu senin Fransız kadın Colette'in söyledikleri hakkında düşündün mü?"

"Düşündüm," dedim. "Aslında söyledikleri kafamda dönüp duruyor."

Lo aferin der gibi kafasını salladı.

"Ama," diye devam ettim. "Yılbaşı gecesi çok aptal bir şey yaptım."

Lo sırıttı. "Gerçekten mi?"

Gözlerimi devirdim. "Hayır, demek istediğim *o* değil. Bir adam vardı. Yazar. Çakırkeyiftim. Aşktan konuşuyorduk. Beni gerçeği söylemeye zorlayan bir hali vardı. Ben de söyledim. Yeteneğimi anlattım."

Lo düşünceli görünüyordu. "Ne tepki verdi?"

"Tabii ki şaka yaptığımı sandı. Veya uydurduğumu." Omuz silktim. "Ona söyleyerek aptallık ettim."

"Belki de ondan hoşlandığın için söylemişsindir."

Kafamı salladım. "Hayır, adam tipim değil."

Lo, "Jane," dedi. "Senin tipin filan yok."

"İşte olsaydı, o olmazdı. Ayrıca adam Flynn'ın arkadaşı. Bana nasıl ulaşacağını biliyor ve aramadı. Yani aramasını beklediğim için değil de..."

Elini alnına getirerek, "Dur," dedi. "Sana söylemeyi unuttuğuma inanamıyorum. Geçen hafta bir adam uğrayıp seni *sormuştu.* Kusura bakma, Jane, tamamen unutmuşum." Dudağını ısırdı. "Adı neydi? Yazar olan adamın?"

"Cam."

"Evet, o adam. Uzun, kirli sakallı. Koyu renk gözlükleri var. Biraz hippi."

Canlanarak, "Evet," dedim. "O mu uğradı? Ne dedi?"

Lo, "Dükkân kalabalıktı," dedi. "Kasada kuyruk vardı. Bu yüzden konuşmak için zamanım olmadı. Ama senin dükkânda olup olmadığını sordu ve uğradığını söylememi istedi. Şimdiye kadar aklıma gelmemişti. Hatırlamam gerekirdi." Çekmeceyi karıştırdı ve bir defter çıkardı. "Numarasını bıraktı."

Sayfanın kenarını yırttım, adına ve telefon numarasına baktım. Çoğu erkek gibi onun el yazısı da çirkindi ama C harfini büyük ve baskın yazmasını sevmiştim.

Lo sırıtarak, "Onu arayacak mısın?" diye sordu.

"Arayabilirim de," dedim. "Aramayabilirim de." Kâğıdı cebime soktum.

Lo özlem dolu bir şekilde sırıttı. "Dün gece Grant ile yemek yedim. Bütün gün mesajlaştık." Makası indirdi ve bana döndü. "Beni Vashon Island'a götürdü." Sırıttı. "Bütün hayatım boyunca Seattle'da yaşayıp da burayı hiç görmediğime inanabiliyor musun? Jane, rüya gibiydi. Kumsalın hemen yanındaki restorana vardığımızda masalar bomboştu. Sadece bir masa hazırlanmıştı. Yalnız kalabilelim diye mekânı kapatmış."

İkisini birlikte gördüğümde, daha ilk bakışmaları olmasına rağmen görüşümün nasıl bulandığını hatırladım. Bu gerçekti. Gözümle görmüştüm. Ama bu adam beni düşündürüyordu.

Restoranı kapatması romantik bir hamle olarak değerlendirilebilirken, Lo'yu gözden uzakta tutmak istediğinin bir kanıtı da olabilirdi.

"Çok... doğaldı," dedi. "Aynı filmlerden, aynı müziklerden hoşlanıyoruz. Koca dünyada en sevdiği yer Key West."

Lo Key West'i çok severdi. Bir keresinde, üstü açık araba kiralamış, her yıl yaptığı Keys gezisine katılmak istemeyen erkek arkadaşından ayrılmıştı.

"Daha önce hiç böyle bir bağ hissetmemiştim," diye devam etti. "Bu kulağa çok aptalca ve klişe gelecek belki ama sanki diğer yarımı bulmuş gibiyim. Yemin ederim birbirimizin cümlelerini tamamlayabiliyoruz."

Arkadaşıma gülümsedim. O kadar güzel ve hevesliydi ki. İstediği her erkeğe sahip olabilirdi ama o gitmiş, evli bir adam olan Grant'ı seçmişti. "Senin adına sevindim," dedim. "Gerçekten. Ama lütfen bunda ağırdan al. Kaybedecek çok şeyin var. Kalbin kırılabilir. Onun bir ailesi, çocukları var, Lo. Benim de bir zamanlar babası tarafından terk edilen küçük bir kız olduğumu unutma. Nasıl bir duygu olduğunu biliyorum."

İç geçirdi. "Biliyorum ve bundan nefret ediyorum. Beslediğimiz aşkın başkalarına acı vermesinden nefret ediyorum." Gözlerini kapattı. "Ama bu duyguları da görmezden gelemiyorum. Ya benim birlikte olmam gereken adam oysa? Ya 'o' kişi oysa?" Sesi fısıltıya dönüştü. "Bana yanlış hayatı yaşadığını söyledi."

"Samimi olduğunu düşünüyor musun?"

"Evet," dedi. "Karısı konusunda çaresiz. Birbirlerinden çok farklılar. Grant hayalleri seven, spontane yaşamak isteyen birisi. Kadın ölçülü, mantıklı. Zaten pratikte ayrılar. Aynı yatakta bile yatmıyorlar. Grant misafir odasında yatıyor."

"Kalbine dikkat et," dedim. "İncinmeni istemiyorum."

Şakacı bir şekilde, "Ben asla incinmem," dedi.

Bu doğruydu. Konu aşksa, Lo her zaman nasıl üstün olacağını bilirdi. Ama bu sefer? İçimden bir ses, sert bir dalga çarparsa gemiyle birlikte batacağını söylüyordu.

O gün öğleden sonra, Mel'in büfesine uğradım. Kafasını bir kutu dergiden kaldırdı ve sırıtarak baktı. Gömlek giyiyordu ve kırmızı bir papyon takmıştı. Her zamanki kıyafetleri olan kot pantolon ve dirsekleri yamalı kazaklar bugün yoktu.

Gülümseyerek, "Bugün çok yakışıklı görünüyorsun," dedim.

Bakışları sağa sola gitti geldi. "Onu gördün mü bugün?"

Kimden bahsettiğini anlamamıştım. "Onu derken?"

"Vivian'ı."

"Vivian mı?"

Bana doğru bir adım geldi. "İngiltere Kraliçesi."

"*Haaa,*" dedim. Mel ile *Times* gazetesini satmadığı için ağız dalaşı eden ve Mary'nin kuaför salonunda gördüğüm kadını hatırlamıştım. "Evet, hatırladım."

Mel kravatını düzelterek, "Herkesten iyi olduğunu sanıyor," dedi. "Seattle'da da pek çok iyi insan olduğunu göstereceğim."

Gülümsedim. "Saçlarını yaptırırken gördüm onu. Şık bir kadın. Ondan hoşlanıyorsun, değil mi?"

Kaşlarını çattı. "Hoşlanmak mı? Ondan mı?" Kafasını reddedercesine salladı. "Hayır. Yeni başlayan kişiler için bu kadın..."

Sırıtarak, "Ondan hoşlanıyorsun," dedim. *Seattle Times* aldım ve ona el sallayarak apartmanıma doğru kaldırımda yürümeye başladım. Tam anahtarlarımı elime almıştım ki birinin bana seslendiğini duydum.

"*Jane? Sen* misin?"

Döndüm ve liseden arkadaşım Katie ile karşılaştım. Hukuk okumuş ve başarılı bir avukat olmuştu. Parlak kahverengi saçları ve iri kahverengi gözleriyle her zamanki gibi güzeldi. Yanında onunla aynı çekiciliğe sahip bir adam duruyordu. Adam uzundu. Eddie Bauer veya Abercrombie & Fitch'in reklamlarında karşılaşabileceğiniz türden keskin hatlı, yakışıklı bir yüzü vardı. "Josh, bu benim eski arkadaşım Jane," dedi. "Sana bahsetmiştim hani. Ailem Seattle'a taşındığında tanışmıştık. Jane her öğlen yalnız yemek yememe üzülmüştü ve beni masasına davet etmişti. Pazarda çiçekçi dükkânı var."

Josh elimi sıktı. Gülümseyerek, "Tanıştığımıza memnun oldum," dedi. Kolunu Katie'ye doladı.

"Josh ile nişanlandık," dedi. "Bu yaz evleneceğiz."

Hemen ona sarıldım. "Katie, bu harika bir haber!"

Josh onun yanağını okşadı. Katie de ona doğru sokuldu. Aralarındaki bağ yoğundu. Görüşüm hemen bulandı. Bu seferki her zamanki gibi puslu değildi. Bu sefer sis yoğundu. Bu beni sersemletti. Kaldırımdaki bankı hatırladım. Birkaç geri adım attım ve banka oturdum.

Katie, "Kendini kötü mü hissediyorsun?" diye sordu.

"İyiyim," dedim. "Başım döndü sadece. Bugün dükkânda çok yoğunduk. Öğle yemeği yemeyi unuttum."

Josh karşıdaki dükkânı gösterdi. "Siz ikiniz kız kıza konuşmak istersiniz," dedi. "Ben gidip almak istediğim Dylan albümü var mıymış diye bir bakacağım."

Josh karşıdan karşıya geçerken Katie gülümsedi. Onun her bir adımını izledi ve sonra bana döndü. "O hayatında gördüğün en seksi şey değil de ne?"

Görüşüm normale döndüğü için minnettar bir halde gülümsedim. "Evet, bu konuda sana katılmak zorundayım. Çok yakışıklı."

"Ah, Jane..." dedi. "Aramızdaki kimya... Şöyle söyleyeyim ellerimizi birbirimizden çekemiyoruz."

"En son geçen sonbaharda konuşmuştuk. O zaman da Chris ile yaşadığın o kötü ayrılığın üstesinden gelmeye çalışıyordun," dedim. "Seni mutlu gördüğüm için çok sevindim."

"Sağ ol, Jane," dedi. "Bunu açıklayamıyorum bile. Daha önce bu kadar uyumlu olduğum kimse olmamıştı hayatımda. Bu da bana aşkı daha yeni tanıdığımı düşündürüyor. Bu mantıklı mı?"

Başımla onayladım. "Evet."

Katie, Josh'ın girdiği dükkâna doğru baktı. "Pek çok insan âşık değilken bile âşık olduğuna inanır. Ben kesinlikle öyle yaptım. Chris ile evlenmeyi ne kadar çok istiyordum, hatırlıyor musun? Hayatımın aşkı *o* sanıyordum. Ama şu an dönüp bakıyorum da, Josh ile sahip olduğum bağ onda asla olmadı. Josh'ın bana hissettirdikleriyle kıyaslayamam bile. Bu şekilde hissedeceğimi hiç sanmıyordum; sonra bir pazar sabahı Ballard'da bir kafede ona rastladım ve dünyam değişti. Sanırım aşk böyle yapıyor. İnsanı Temel Reis gibi tepetaklak ediyor."

Sırıttım. "Temel Reis mi?"

"Evet, ben kendimi böyle hissetmiştim," dedi. "Çok yoğun bir duyguydu." Bir an durdu. "Jane, düğünümüze gelmeni istiyorum. Seni bu hafta arayacaktım ama karşılaşmamız daha iyi oldu. Gelir misin? Evet dersen onur duyacağım."

"Tabii ki evet diyeceğim, Katie." Ona yeteneğimden bahsetmedim. Josh ile aralarındaki aşkın çok güçlü olduğunu, yakınlarında olmamın beni güçsüzleştireceğini söylemedim. Ben sadece arkadaşım adına mutluydum.

Sam'i yürüyüşe götürdükten sonra Dr. Heller'ı aradım. "Bugün bir şey oldu," dedim.

"Başka bir kriz mi?"

"Evet ama bu seferki daha önce hiç olmadığı kadar güçlüydü." Ona Katie ve Josh'tan bahsettim. Görüşümdeki bulanıklığı, gözlerimin neredeyse tamamen bulutlandığını anlattım.

Dr. Heller, "İlginç," dedi. "Bu belirtilerin aşkla bir ilgisi olduğuna inanıyor gibisin."

"Deli olduğumu düşünüyorsunuz biliyorum ama inanıyorum. En azından inandığımı sanıyorum."

Dr. Heller, "Yakın zaman içinde gelmeni istiyorum. Bir MR daha çekelim. Uzun zamandır yakından takip ettiğim klinik bir deney var. Belki de temporal lobunda neler olduğu konusunda bize yepyeni bilgiler verir. Jane, bu krizlerin beynine bizim tahmin ettiğimizden fazla zarar vereceğinden endişeleniyorum. Buna müdahale etme gibi bir şansımız varsa bence kullanmalıyız. Daha önce düşünmediğimiz tedavi yöntemleri olabilir."

Dr. Heller, Dr. Wyatt ile görüştükten sonra görüşümde yaşanan bulanıklığı düşünmeden edemedim.

"Dr. Heller, en son ofise geldiğimde size söylemediğim başka bir şey var."

"Öyle mi?"

"Konu... Sizle ilgili olduğu için söylemedim."

"Anlamıyorum," dedi.

"O gün, sizin Dr. Wyatt ile konuştuğunuzu gördükten sonra görüşüm bulandı." Bir an durdum. "Onu seviyorsunuz, değil mi, Dr. Heller?"

Uzun bir sessizlik oldu. Telefonu kapattı sandım.

En sonunda, "Lütfen," dedim. "Dilerim sizi incitmemişimdir. Sizin..."

Dr. Heller boğazını temizledi. En sonunda, "Jane," dedi. Sesi kırgındı. "Bilmen gereken tek şey, benim Dr. Wyatt'ı sevmemin asla mümkün olmadığı. Bu konuda tartışacağımız başka bir şey yok."

"Tabii ki," dedim. "Yanlış anladım. Şimdi anlıyorum." Ama yanlış anlamadığımı biliyordum. Aşk sınır tanımazdı. Dr. Heller aşkına ne gibi kısıtlamalar getirirse getirsin, hâlâ oradaydı. Gün gibi ortadaydı. Gözümle görmüştüm.

Uzak ve soğuk bir sesle, "Pekâlâ, geldiğinde görüşürüz, Jane," dedi. Dr. Wyatt'tan bahsetmemiz bile onu duygusallaştırmaya yetmişti. Halbuki Dr. Heller hiç duygulanmazdı.

Telefonu kapattım ve sehpanın üstüne koydum. Cam'in numarasının yazılı olduğu kâğıdı çıkardım. Numaralar dans etmeye başlayana kadar ekrana baktım.

Üçüncü çalıştan sonra telefonu açtı. "Ben Jane," dedim. "Yılbaşı gecesinden Jane. Çiçekçi dükkânım var." Sesim gergin ve kesik kesikti. Birden avuçlarım terlemeye başladı.

"Merhaba, Jane. Beni ektin sandım."

"Hayır, kusura bakma," dedim. "Asistanım mesajını iletmeyi unutmuş. Daha bugün söyledi. Ben de arayayım dedim."

Kendinden emin bir şekilde, "Aradığına memnun oldum," dedi. Sesinde bir alay vardı. Bu beni kızdırdı. "Benimle akşam yemeğine çıkar mısın diye soracaktım."

"Akşam yemeği mi?"

"Evet, hani insanların saat altı veya yedi gibi, daha şık olacaksa sekiz, sekiz buçuk gibi yediği yemek var ya."

İronik bir şekilde, "Çok komiksin," dedim. "Sana seninle akşam yemeğine çıkacağımı düşündüren ne acaba?"

"Çünkü ben küstahım," dedi. "Benden hoşlandığını biliyorum."

"Evet, gerçekten *küstahsın,"* dedim.

"Önümüzdeki üç hafta boyunca New York ofisinin dışında çalışmak zorundayım ama martın ilk haftası geri döneceğim. Çarşamba akşamı buluşalım. İçeceklerle başlarız. Pazarın oradaki Lowell's'de? Saat beş buçukta?" Duraksadı. Sonra devam etti. "Sessizliğini evet olarak kabul ediyorum. Görüşürüz."

Telefonu bıraktım ve sırıtarak kafamı salladım. Sehpanın üstünde, Mel'in büfesinden aldığım *Seattle Times* duruyordu. Gazeteyi açtım ve ön sayfayı taradım. Sonra İNSANLARA ÇİÇEKLERLE ULAŞAN KADIN başlığına geldim. Fotoğraf siyah-beyazdı ve bulanıktı ama kadını hemen tanımıştım: Colette.

Hikâyenin ilk birkaç paragrafını taradım:

Paris'in yerlisi olan Colette Dubois, Left Bank'te bir çiçekçi dükkânında büyümüş. 1972 yılında Seattle'a geldiklerinde, çiçeklere duyduğu aşkı da beraberinde getirmiş ve İsveç Hastanesi'nde çiçekçi olarak çalışmaya başlamış. Bu pozisyon, "çiçeklerle ilgili işler özel uzmanı" adlı benzersiz bir işe dönüşmüş. Colette, "Temelde yaptığım şey," diyor. "Her gün hastaneye gelen yüzlerce çiçeğin ait oldukları insanlara ulaşmasını sağlamaktı."

Bir de kendilerine çiçek gönderilmeyen hastalar vardı. Dubois onların gününü güzelleştirmenin de bir yolunu buluyordu. "Düğünlerden ve özel organizasyonlardan çiçekler toplayan ve bunları hastanedeki neşeye muhtaç hastalara getiren bir gönüllü ekibimiz vardı. Hayatla ilgili anlamadığım birçok şey var ama yıllar boyu tek bir şeyi öğrendim: Çiçeklerin insanların ruhuna ulaşma konusundaki gücünü asla hafife almayın."

Ona en sevdiği çiçeği sorduğumuzda Dubois hemen cevap veriyor: "Bardak menekşesi," diyor. "Bu çiçek, ilk bakışta insana aşkı anlatıyor."

Dokuzuncu Bölüm

220 Boat Caddesi #2

Lo aynada kendine uzun uzun baktı. Yaşı otuza yaklaşıyordu ama yaş onun için önemli değildi. O kırkında da, kırk beşinde de, altmış beşinde de seksi olacaktı. Bunu biliyordu. Bu onun genlerinde vardı. Annesinin de kendinden yirmi yaş küçük bir erkek arkadaşı olmuştu.

Erkekler. Lo onları iyi tanıyordu: onları ne tahrik eder, ne etkiler biliyordu. Sonuçta bir sürü erkek arkadaşı olmuştu. Gençler. Yaşlılar (42 yaş sınırını getirmeden önce). Zenginler. Fakirler. Erkekleri yatağına almıştı ama kalbine asla.

Sonra Grant gelmişti. Dükkâna bir ok veya harika bir kuzgunkılıcı çiçeği gibi girmişti. Bu kılıcın kendini delip geçtiğini hissetmişti. *Onu* hissetmişti.

Lo iç geçirdi. Gözlerine siyah göz kalemi çekti. Kenarlarını dağıttıktan sonra hızlı hamlelerle maskarasını sürdü.

Lake Union'daki yüzer evinin çatısına yağmur vuruyordu. Bir şişe şarap ve güzel bir kitapla evde kalmak için çok güzel bir geceydi. Normal insanlar bunu yapardı. Lo normal biri değildi. Lo hayata balıklama atlamaya ihtiyaç duyardı. Bir adamın kolunda olmaya. Sevilmeye. Bir keresinde Jane ona programını neden bu kadar çok randevuyla doldurduğunu sormuştu. Açıkça, yalnız kalmaktan rahatsız olup olmadığını, hayatını erkeklerle doldurup kendi sesini bastırmaya, acıyı dindirmeye çalışıp çalışmadığını sormuştu. Lo, arkadaşının sözlerini umursamamıştı. Konuyu değiştirmişti. Sonra eve gitmiş, dar bir Helmut Lang elbisesi giymiş ve David adında bir erkekle dansa gitmişti.

Kapı çalınınca ayakkabılarını giydi. Gelen Grant'dı. Onu, şehrin batısındaki ıssız, onları kimsenin tanımayacağı bir restorana akşam yemeğine götürecekti. Sonuçta Grant hâlâ evliydi. Bu, sırtının en uzak ve ulaşamadığı köşesindeki şişmiş bir sinek ısırığı gibi onu rahatsız ediyordu.

Grant kapıda dikilirken, "İnanılmaz görünüyorsun," dedi. Kendisi de uzun kollu bir gömlek, koyu renk kot pantolon ve İtalyan deri ayakkabı giyiyordu. Gömleğinin üst düğmesi açıktı. Gülümsemesi, başka hiçbir erkeğin yapamayacağı şekilde içini eritiyordu.

Lo, "Sen de fena görünmüyorsun," diye espri yaptı.

"Hazır mısın?"

Lo başını salladı, kapıyı kilitledi ve Grant'ın elini tuttu. Topukları iskelede yankılanıyordu. Grant'ın elinin kendi elindeyken verdiği hissi seviyordu. Onunla yan yanayken hissettiklerini seviyordu.

Restoranda en uzak köşedeki arka masaya geçtiler. Karşı karşıya oturmak yerine yan yana oturdular. Grant masanın altında Lo'nun elini tuttu ve parmaklarını birbirlerine doladı. Yediler, içtiler. Ama bu gizli anda, bu güzel, samimi yerde kendilerini kaybettiler. Şaraplarına pek dokunmamışlardı ama yine de ikisi de sarhoştu. Aşktan ve arzudan.

Lo, "Biz ne yapıyoruz?" diye sordu. "*Bu...* Ne?"

Grant tereddüt etmedi. Lo'nun elini öptü. "Bu aşk," dedi. "Bunu biliyorum." Gözlerini sıkı sıkı kapattı, tekrar açtı. "Biliyorum, biliyorum, biliyorum."

Lo gülümsedi. "Ben de biliyorum," dedi. Sözcükler ağzından çıkıvermişti. Kendi sesini bile tanımadığını fark etti. Aslında, kendi *duygularını* bile tanıyamıyordu. Bu onu korkutuyordu. Kafasını çevirdi. Kucağındaki peçetesini katladı.

Grant, "Saat on oldu mu?" diye sordu.

Saat on, on bir veya sabah üç de olabilirdi. Lo'nun saatten haberi yoktu, umurunda da değildi. Zaman bir şekilde durmuştu. Cep telefonuna baktı. "Evet."

Grant alnını ovuşturdu. "Eve gitmem lazım. Bahane olarak iş yemeği yiyeceğimi söylemiştim. Daha geç gidersem..."

Lo hemen, "Biliyorum," dedi. "Anladım."

Elini Lo'nun bacağında gezdirdi ve onu kendine çekti. "Üzülme, bebeğim," dedi. "Bir yolunu bulacağız."

Lo kafasını salladı ve başını çevirdi. Durumun en hafif tabirle karmaşık olduğunu biliyordu. Avukatı, parasız kalmasına izin vermeyecek ve iki kızının vesayetini paylaşmasına engel olmayacak bir çıkış planı bulunca karısını bırakacaktı.

Grant cüzdanını çıkarıp hesabı öderken, Lo, "Durum neye benziyor biliyor musun?" dedi.

"Neye?" Tekrar Lo'nun elini tuttu.

"Bir dağa tırmanıyor gibiyiz," dedi. "Everest'e. Aynı kampa geldik ve tırmanmaya birlikte başladık. Ama ben daha hızlı tırmandım. Her zaman daha hızlı tırmanırım. En tepeye vardım. Aşağıdaki kayalıkta seni görüyorum. İp atıp yukarı çıkmana yardım etmek istiyorum. Tırmanmaya devam etmek için seni cesaretlendirmeye devam etmek istiyorum."

Kulağına, "Ben de tırmanıyorum," diye fısıldadı.

"Ama ya oksijenin biterse? Ya aletlerin seni yarı yolda bırakırsa? Ya?.."

"Ya kızgın dağ karıncaları tarafından saldırıya uğrarsam?"

Lo gülümseyerek, "Evet, kızgın dağ karıncaları saldırırsa?" dedi.

Grant da gülümsedi ve burnunu onunkine değdirdi. Bakışları kilitlendi. "Senin kalbine tırmanmaktan asla ama asla vazgeçmeyeceğim," diye fısıldadı.

Bunlar çok güzel sözlerdi. Verdiği bu sözün yeterli olması gerekiyordu. Ama Lo kendini daha fazlasını isterken buldu. Kendini tutamıyordu. Her şeyini istiyordu. Her miskin pazar sabahında. Yatak odasının penceresinden görünen ay ışığının her bir parçasında. Her günaydında ve iyi gecelerde.

Telefonu çaldı. Grant geri çekildi. O an bozulmuştu. "Evden arıyorlar," dedi. "Ev"in karısı anlamına geldiğini biliyor ve bundan nefret ediyordu. Bu gizlilikten nefret ediyordu. Ona ulaşamamaktan nefret ediyordu. Bunların hepsinden nefret ediyordu.

Arkasını dönerek, "Tamam," dedi. Gözyaşlarını görmesini istemiyordu. En sevdiği Billy Joel şarkısını düşündü. "And So It Goes." Sözler, "Her kalpte, bir oda, güvenli ve güçlü bir sığınak vardır," diyordu. Evet. Burası aşkını, aşkın gerçekleşmeyeceğine dair korkularını sakladığı yerdi. Daha önce kalbindeki bu odaya hiçbir erkek girememişti.

Sonra Grant, Lo'nun anahtarı vermesini istemesine sebep olan o iki kelimeyi fısıldadı: "Seni seviyorum."

Lo da, "Seni seviyorum," diye fısıldadı.

Sözcükler basit ve şüphesizdi. Ve bu iki sözcük her şeyi değiştirdi.

Onuncu Bölüm

Mart

Dr. Heller gözlerime ışık tuttu. "Görüşün son zamanlarda nasıldı?"

Omuz silktim. "Biraz parlaklık vardı sadece. Pazarda Katie ile karşılaştığımda olanlardan sonra büyük bir şey olmadı." Duygularındaki yoğunluğu ve dengede kalmak için verdiğim çabayı hatırladım.

"Biliyor musunuz," dedim. "Hepsi yeni yeni anlam kazanmaya başlıyor. Ben utangaç bir çocuktum. İnsanlarla göz teması kurmayı sevmezdim. Bütün hayatım boyunca görüş alanım dardı diyebilirim. Hep başımı öne eğerdim. O zaman fark etmemiştim ama insanları merak etmeye başladığım zaman, bu yeteneğimi harekete geçirmiş oldum. Görmek istemediğim şeyleri görmeme sebep oldum."

Dr. Heller başını salladı ama ikna olmuş gibi görünmüyordu. Dr. Wyatt konusunda söylediğim şey yüzünden hâlâ üzgün olduğunu biliyordum.

İlk krizimin gerçekleştiği günü anımsamaya çalıştım. Bu babamın ailemizi terk ettiği güne denk geliyordu. O zaman bunu anlayamayacak kadar küçüktüm ama o gün kırık bir kalbin merceklerinden gördüğüm, gerçek aşktı. Dr. Heller'a anlattım.

Dosyama uzanırken, "İlginç bir tesadüf," dedi. "Ama daha önce keşfetmediğimiz tıbbi, bilimsel bir açıklama olduğuna inanıyorum. Özellikle de en son çektiğimiz beyin taramalarının ışığında. Optik sinirindeki tümör büyüyor gibi duruyor. Seni telaşlandırmak istemiyorum ama son gelişinde bahsettiğim klinik deneyi tamamlayan Johns Hopkins'teki bir doktora danıştım. İkimiz birlikte senin taramalarına baktık. İkimiz de senin Crane sendromu adlı çok nadir ve ciddi bir hastalığın olabileceğine inanıyoruz. Bu sendrom, temporal lobu yavaş yavaş tüketiyor. Sonra kanser gibi yayılıyor." İç geçirdi. Bu bana gerçekten çok endişeli olduğunu hissettirmişti. "Jane, şu aşamada senin için en büyük endişemiz, bu krizlerin felç gibi beyin fonksiyonlarına zarar veriyor olması ihtimali. Bu müdahaleyle bu krizleri, beyninde meydana gelecek hasarı engelleyebileceğimizi umuyorum."

Ellerimi kucağımda sıkı sıkı bağladım. "Ya... müdahale etmezsek?"

Dr. Heller açıkça, "Bunun tek şansımız olacağına inanıyorum," dedi.

Kapı çalındı. Dr. Heller, "Girin," dedi. Biraz sonra Dr. Wyatt ile hemşire Kelly içeri girdiler.

Dr. Heller, "Kelly, tansiyonunu ölç, lütfen," dedi ve Dr. Wyatt'a döndü. Adam hafif kırlaşmış saçlarıyla, keskin yüz hatlarıyla ve kahverengi gözleriyle çok yakışıklıydı. Televizyonda yakışıklı doktor rolünü oynamaya iyi bir adaydı. "Arkadaşından haber geldi mi?"

Dr. Wyatt başını salladı ve bana döndü. "Jane, Hopkins'te çok iyi bir nöroloğa danıştık. Kendisi, benim eski bir hocam. O senin ciddi bir bilişsel zayıflama riski altında olduğunu düşünüyor. Tabii eğer..." Dr. Heller'a bakmak için durdu. "Ameliyat edilmezsen."

Kafamı salladım. "Ameliyat mı?"

Dr. Heller ile Dr. Wyatt anlamlı bir şekilde bakışırken Kelly de koluma tansiyon aletini geçirdi. Dr. Heller, "Jane," dedi. "Biliyorum, göze alacağın şeyler çok fazla. Ama bu krizlerin olmasını engelleyebileceğimiz bir prosedür olduğuna inanıyorum. Optik sinirin üstündeki tümöre giden kan akışını keseceğiz. Sen bunun için çok iyi bir adaysın."

Kelly tansiyonumu ölçerken kalbim gümbürdemeye başladı. Önce Kelly'ye, sonra yanımdaki iki doktora baktım. Görüşüm yine bulanmaya başladı. Gözlerimi ovuşturdum.

Dr. Heller, "Jane, iyi misin?" diye sordu. Yüzü endişeliydi.

"Yine oluyor," dedim. "Size söylemiştim..."

Hemen, "Uzan," dedi. "Kelly, ona biraz su getir."

Kelly başını salladı ve hemen kapıya koştu. Dr. Wyatt bir adım geri gitti. "Şimdi ikinizi yalnız bırakıyorum," dedi. "Bana ihtiyacınız olursa haber verin. Koridorda olacağım."

Dr. Heller ona teşekkür eder gibi gülümsedi ve bana döndü. "Endişeleniyorum, Jane. Bu ameliyatı hemen yapmazsak sağlığın bozulmaya başlayacak."

"Karar vermek için ne kadar zamanım var?"

"Bilemiyorum," dedi. "Ne kadar beklersen risk o kadar artacak."

Aldığım tıbbi ültimatomun sonuçları başımı döndürmüştü. Bu kararı vermeme yardım edebilecek tek bir kişi vardı. *Seattle Times*'a göre, Colette hastanede çalışıyor, gelen çiçeklerle ilgileniyordu.

Girişte, çıkıntılı bir burnu, altın halka küpeleri olan koyu renk saçlı bir kadına, "Hastanede çalışan birini arıyorum," dedim. "Adı Colette. Sanırım hastanedeki çiçeklerle ilgileniyor."

Kadın samimi bir tavırla, "Evet, Colette," dedi. Kafasını bilgisayardan kaldırdı ve işaret etti. "Ofisi koridorun sonunda, hediye dükkânının karşısında," dedi.

"Teşekkürler," dedim ve açık kapıya doğru yürüdüm. Kapıyı çalmadan kafamı içeri uzattım. İçeride bir sürü çiçek ve balon vardı. Birinde "Sen Şampiyonsun" yazıyordu.

Colette köşede dikiliyordu. Karanfillerden oluşan talihsiz aranjmanları bir dosyaya kaydediyordu. Ne kadar çok karanfil kullanıldığını görünce yüzümü buruşturdum. Kafasını kaldırıp beni görünce gülümseyerek, "A, merhaba Jane," dedi.

Bir adım atarak, "Merhaba," dedim. Onun yanındayken çekingen biri haline geliyordum. "*Times*'daki haberi görene kadar burada çalıştığınızı bilmiyordum. Ben... Çiçeklerle ilgili bir şeyler var, değil mi? Ve yeşil gözlerle. Hepimiz aynı özelliklere sahibiz, değil mi?"

Colette bir tutam gri saçı kulağının arkasına attı ve kapıya doğru yürüdü. Kapıyı kapattıktan sonra masanın arkasındaki sandalyeyi gösterdi. Masanın üstünde saksıda çiçek açmış menekşeler vardı. "Bir dakika oturursun, değil mi?"

Sandalyeye çöktüm. Gözlerim yaşlarla doldu. "Beyin ameliyatı olmamı istiyorlar."

Başını salladı ve bana doğru bir adım attı.

"Doktorların söylediği doğru mu?" diye sordum. "Bu krizlerin, bu geçici görüş kayıplarının beynime zarar verdiği doğru mu?"

"Gerçeğe ulaşmak zordur," dedi. "Kimse yeteneğimizi bizim anladığımız şekilde anlayamaz." Gözleri kısıldı. "Ama şunu sorayım: Beyninin... *hasar gördüğünü sen* kendin hissediyor musun?"

Kafamı salladım. "Hayır, böyle diyemem. En azından ben böyle düşünüyorum. Ama Dr. Heller acil ameliyat gerektiğini söylüyor. Ben kendimi bildim bileli ona güvenirim."

Colette ellerini kenetledi. "İnsanlar bir sonuca ulaşmayı ne kadar çok isterlerse istesinler, bizim yaşadığımız şeyin bilimsel bir açıklaması yok. 1950'li yılların sonunda buna benzer bir ikilemi yaşayan bir kadın vardı. Adı Felicia Harcourt'du. Yeteneğiyle baş etmek için yeterince gücü mü yoktu yoksa başka bir şey mi vardı bilmiyorum. Ama en sonunda lobotomiye razı oldu. Hayatının geri kalanını bir hastanede geçirdi. Kitaba bak. Onun sayfaları boş. O yolculuğu tamamlayamadı."

Titreyen sesimle, "Ne yapmam gerek?" diye sordum.

Colette, "Yapman gereken tek şey altı tür aşkı tanımlamak," dedi. "Jane, başarılı olman gerek. Bu şart. Söz ver bana."

Gözümdeki yaşı sildim. "Deneyeceğim."

"Güzel," dedi.

Uzanıp menekşenin yapraklarından birine dokundum. "Hayatınızı neden çiçeklere adadınız?"

Uzun bir an sessiz kaldı. Sonra derin bir nefes aldı. "Çünkü bu da benim aşkı yaşama biçimim."

Hastaneden çıkarken, Pike Place'deki otoparka park ederken, Sam'i yürüyüşe çıkarırken, mart güneşi yüzüme vururken Colette'in söylediklerini düşündüm.

Lo, "Harika görünüyorsun," dedi. Saat beşi geçiyordu. Beş buçukta Lowell's'te Cam ile buluşacaktım.

Eteğimi çekiştirdim. "Biraz abartmış mıyım sence de? Eve gidip kot pantolon mu giysem diyorum?"

"Asla olmaz," dedi. "Harika görünüyorsun. Biriyle çıkmaya alışık olmadığını biliyorum ama işte bu giydiğin var ya arkadaşım, insanlar biriyle çıkarken böyle şeyler giyiyor. Bu pamuk ipliğine bağlı bir denge işi ve sen bunu çok iyi becermişsin."

İç geçirdim. "Bilemiyorum. Bu adamdan hoşlanıp hoşlanmadığımı bile bilmiyorum. Bu adam biraz..."

"Biraz ne?"

"Öncelikle dobra. Kendine aşırı güveniyor. Ukala."

Lo gülerek, "Ukalalık, erkeklerde iyi bir özellik," dedi. "Kendine güven. Bu da çok büyük bir artı. Kendin de görürsün."

"Ben o kadar emin değilim," dedim. "Ayrıca biraz da endişeliyim çünkü ona... sırrımı anlattım."

Kasadan parayı çıkarırken, "Evet, şu aşk meselesi," dedi.

"Keşke ona söylemeseydim."

Sakin bir şekilde, "Ama söyledin," dedi. "Çünkü muhtemelen ona güvenebileceğini hissettin."

"Ama hâlâ gerginim."

Nakit ve çekleri bir deste haline getirdi. Daha sonra bankaya vereceği zarfa koydu. "Randevu olayları çok fenadır," dedi. "Son zamanlarda ne düşünüyorum biliyor musun?"

"Ne?"

"Annemin söylediği bir şey," dedi. "Bir kadının 29. yaşının en tehlikeli yaşı olduğunu söylerdi."

Gülümsedim. "İkimiz de yirmi dokuz yaşındayız. Sence bununla ne demek istemiş?"

Bir an düşündü, sonra kafasını salladı. "Bu yaşta, geleceğimizin hiç olmadığımız ve bir daha hiç olmayacağımız bir dönemecinde olduğumuzu söylüyor." Bir an durdu. Sanki annesinin sesini zihninin derinliklerinden çıkarmak ister gibiydi. O da benim gibi annesini genç bir kızken kaybetmişti. Bu, üniversitede birbirimize bağlanmamızın pek çok sebebinden biriydi. "Çok önemli bir dönemmiş. Bazı kadınların bu önemli yılda kaybolup gittiğini söyleyip beni uyarırdı. Ya sisin içinde kayboluyorlarmış ya da kendilerini olmak istemedikleri bir yerde buluyorlarmış. Diğerleri çok kötü kararlar alıyorlarmış. Sonra bir de cesurca, istedikleri gibi yaşayıp hayatlarına devam edenler varmış. Annem bana, 'Hayatının kontrolünü kendi eline al,' demişti. Bu sözü sevmiştim." İç geçirdi. "Herneyse, tehlikeli bir yılmış. Akıllı olmak zorundayız."

Pazarda yürürken Lo'nun söylediklerini düşündüm. Lowell's birkaç adım ötedeydi. Ve orada, içeride bir yerde Cam bekliyordu. Colette'i ve otuzuncu yaş günümden önce, daha doğrusu otuzuncu yaş günümde günbatımından önce bu yolculuğu tamamlamam konusunda nasıl ısrar ettiğini düşündüm. Yirmi dokuz yaşımdaydım. Colette'in de bu yaşın tehlikeli bir yaş olduğunu düşünüp düşünmediğini merak ettim.

Restorandan birkaç sokak uzaktaydım ki telefonum çaldı. Ekranda Flynn'ın adını gördüm ve telefonu açtım.

"Alo," dedim.

"Selam," dedi. "Akşam yemeği için bir planın var mı?"

"Evet, Cam ile buluşuyorum."

"Vay, randevu desene!"

"Evet," dedim. "Sanırım böyle de söyleyebiliriz."

"O zaman ondan hoşlandığını çıkarabilir miyim buradan?"

"Sanırım."

Flynn, "O iyi bir adam, Jane," dedi. "Gerçekten iyi bir adam. Sana Joanna'dan bahsetti mi?"

"Kimden?"

"Ölen kız arkadaşından."

"Ölen mi?"

"Evet, çok kötüydü. Hikâyenin tamamını bilmiyorum. New York'ta olanlardan sonra onunla birlikte yaşayan Adam'dan öğrendiğim kadarıyla işte. Sanırım o zaman nişanlılarmış. Hafta sonu için bir arkadaşlarının şehir dışındaki evine gidiyorlarmış. Arabayı Cam kullanıyormuş. Ne olduğunu tam bilmiyorum ama kaza olmuş, kötü bir kaza. Cam'in burnu bile kanamamış ama Joanna o kadar şanslı değilmiş. Uzun süre komada kalmış, bir daha da iyileşmemiş. Amnezi mi, travmatik beyin hasarı mı ne öyle bir şey. Cam işinden bir yıl izin almış ve ona bakmıştı hatta. Adam onu ziyarete gidiyordu. Bu, Adam'ın gördüğü ve bir adamın bir kadın için yapabileceği en güzel şeymiş. Onu yıkamış, elleriyle beslemiş. Ona tekrar yürümeyi öğretmiş. Aşkı anlatmış."

"Bu çok üzücü ve aynı zamanda ilham verici," dedim. "En sonunda ne olmuş?"

Flynn, "Kadın felç geçirmiş," dedi. "Beynindeki hasarlardan kaynaklanan bir komplikasyonmuş."

"Ne kadar... trajik," dedim. "Şoke oldum."

"Evet," dedi. "Sanırım bu olay onu değiştirdi. Her zorluğun insanı değiştirdiği gibi. Birini sevip de her şeyinin göz açıp kapayana kadar senden alındığını hayal edebiliyor musun?"

"Şimdi anlaşıldı," dedim. "Demek aşk konusunda ondan bu kadar bezgin. Elde ettikten sonra kaybetmiş."

"Evet," dedi. "Ama ben olsam bezgin demezdim, Jane. Sanırım artık daha ciddi. Hayatta hiçbir şeyin kesin olmadığını biliyor."

Restorana yürürken Flynn'ın söylediklerini düşündüm. İçeri girdim. Cam çoktan bir masaya yerleşmişti. Beni hemen gördü ve el salladı.

Kapıdaki görevlinin yanından geçtim ve masaya doğru yürüdüm. "Merhaba," dedim. Otururken midemde kelebekler uçuştuğunu hissettim.

"Harika görünüyorsun," dedi.

Kabanımı çıkardım ve sandalyemin arkasına astım. "Teşekkürler." Bakışlarının beni incelediğini hissediyordum ama ben ona bakmak yerine odayı inceledim. "Daha önce buraya gelmiş miydin?" diye sordum. Bakışları hâlâ bana odaklıydı. Ben de bakışlarımı ona çevirdim.

"Hayır," dedi. "Flynn ile okuldaki ilk yılımızda burası yoktu. Sonra da uzun süre Seattle'a gelmedim." Uzun bir an durdu. "Bir dakika, *Sevginin Bağladıkları* filminden bir sahne burada çekilmemiş miydi?"

"Evet," dedim. "Tom Hanks ve arkadaşının şey hakkında konuştukları sahne..."

İkimiz de aynı anda, "Tiramisu," dedik.

Gülümsedim ve kafamı çevirdim.

"Yılbaşından beri görüşmediğimize inanamıyorum," dedi.

"Evet," dedim. "Hayatın bu kadar hızlı akması komik." Dudağımı ısırdım ve bu kadar saçma bir yorum yaptığım için kendime kızdım.

Cam, “En sonunda tekrar bir araya geldiğimiz için mutluyum,” dedi. “Seni düşünüyordum.”

Bakışlarıyla buluştum. “Öyle mi?”

“Öyle.”

Kendinden emindi. Hatta ukalaydı. Lo olsaydı onaylardı. Ama ben hâlâ bu cesaret gösterilerine ne diyeceğimi bilemiyordum.

“Sen beni düşündün mü?” diye sordu.

Yanaklarımın kızarmaya başladığını hissederek, “Sanırım,” dedim.

“Neyi bir türlü aklımdan çıkaramadım biliyor musun?”

Kafamı salladım. “Neyi?”

“O gece bana anlattığın şeyi,” dedi. “Yeteneğini.” Sesini fısıltıya çevirdi. “Aşkı görme yeteneğini.”

“Aa,” dedim. “Sözün buraya gelmemesini umuyordum.”

“Neden?”

“Çünkü çok karmaşık bir konu.”

“Bana güveniyor musun?”

Sırıtarak, “Güvenmek mi?” dedim. “Seni tanımıyorum bile.”

“Ama tanıştığımız gece bana güvenmiştin,” diye karşılık verdi. “Niye güvenmeye devam etmiyorsun?”

Başımla onayladım. “Evet, hakkın var.”

Garson, Cam’in ben gelmeden önce ısmarladığı iki martiniyi getirdi. Bardaklarımızı tokuşturduk ve birer yudum aldık.

Cam, “Neyi merak ettiğimi söyleyeyim,” dedi. “Çiftlerin birlikte olduğu bir yerde bulunduğunda neler oluyor?”

Temkinli bir şekilde, “İlginç şeyler olabiliyor,” dedim.

“Nasıl?”

Tipik bir krizi anlattım. Kafasını şüphe veya hayranlıkla veya her ikisiyle salladı. “Büyülendim. Yani diyorsun ki, odaya baktığında... yeteneğini harekete geçirecek bir şeyler görebiliyorsun?”

Başımı salladım. “Aşk birçok biçime sahip ve her yerde. Gerçek aşksa görebilirim.”

Çenesini avcunun içine alarak, "Canını yakıyor mu?" diye sordu.

Kafamı salladım. "Pek değil. Daha çok başımda oluşan baskı gibi. Sonra gözlerim bulutlanıyor sanki. Bazen görüşümü tamamen kaybediyorum. Kafa karıştırıcı, biraz da can sıkıcı ama acı vermiyor."

Bir an düşündü. Sonra kafasını salladı. "Bunun bilimsel bir açıklaması olmalı. Olmak zorunda."

Sırıtarak, "Nöroloğum Dr. Heller gibi konuştun," dedim.

Başını salladı. "Gücenme ama bütün bu sihir işine pek inanamadım ben."

"Sihirden bahseden kim ki?" diye tersledim.

Cam, "Özür dilerim," dedi. "Öyle demek istemedim. Sadece kavramaya çalışıyorum."

"Kafam uzun süre yerinde kalmayabilir," dedim. "Doktorum ameliyat olmamı istiyor."

"Ameliyat?"

Bugün duyduğum çok da hoş olmayan tahmini anlattım.

"Ne yapacaksın?"

Omuz silktim. "Bilmiyorum. Açıkçası bazen lobotomi ile daha iyi olacağımı düşünüyorum."

Sırıttı. "Ben bunu çok iyi biliyorum."

"Nereden biliyorsun?"

"İlginç bir şey değil," dedi. "Makaleler için araştırma yapmıştım da biraz." Martini bardağından bir zeytini aldı ve ağzına attı. "Neyse, bu yıllar önceydi. Seni sıkmak istemiyorum."

Flynn ile Cam'in ölen kız arkadaşı konusunda konuştuklarımızı hatırladım. Konuyu buraya getirmesinin sebebi Joanna'nın hastalıkları mıydı acaba?

"Tıp alanında yazmaya nasıl başladın?" diye sordum.

Bir an düşündü. Bir tabakayı kaldırıp altındaki gerçeği gösterip göstermemeyi düşünüyor gibiydi. Ama gözlerindeki bakış hemen değişti. "Spor yazıları yazmaktan çok daha iyi para getiriyordu."

Gülümsedim. Garson bir kadeh daha martini isteyip istemediğimi sorunca evet dedim.

Cam konuyu değiştirerek, "Oradaki ikiliyi görüyor musun?" diye sordu. Önlerinde açık bir kırmızı şarap şişesi olan, muhabbete dalmış genç bir çifti gösterdi. Hemen kafamı çevirdim.

"Yaşları genç," dedi. "Güzel de görünüyorlar. Belli ki birbirlerinden hoşlanıyorlar. Sence âşıklar mı?"

Gözlerimi devirdim. "Bunu yapmak zorunda mıyız?"

Cam zalim bir gülüşle, "Evet," dedi.

İç geçirdim ve odayı taradım. Bakışlarımla söz konusu çifti buldum. Şaraplarını yudumlamalarını ve şakalaşmalarını izledim. Dekolteli mavi bir bluz giyen kadın masanın üstünden uzandı ve kısa bir an adamın bileğine dokundu. Adam gülümsedi. Gözlerimi kıstım ve kendimi beklediğim şeye, içine düşeceğim sise hazırladım.

Bekledim ama hiçbir şey olmadı.

Cam, "Ne oldu?" diye sordu. "Ne gördün?"

"Hiçbir şey."

"Hiçbir şey mi?"

"Hiç."

Kafasını salladı. "Yani, âşık *değiller* mi?"

"Benim görebileceğim şekilde değil."

Martinisinden bir yudum aldı. "Ama çok mutlu görünüyorlardı."

"Mutluluk aşk demek değil," dedim. "Âşık olduklarını düşündüğün kaç kişinin aslında aşkla alakası olmadığını görsen şaşardın."

"Yani rol mü yapıyorlar?"

Omuz silktim. "Âşıkmış gibi yapıyorlar desek daha iyi. Sanırım insanlar âşık olmak istiyorlar. Harika hayatlar yaşamak ve bunu çevrelerindeki insanlara göstermek istiyorlar."

Cam, "Ama sen her şeyi anlayabiliyorsun," dedi.

"Evet, galiba," dedim.

"Ama görmek istemiyorsun, değil mi?"

İç geçirdim. "Burnumu sokuyormuşum gibi geliyor."

"O nasıl oluyor?"

"En yakın arkadaşının kocasını sevmediğini bilseydin ne yapardın? Ona söyler miydin? Ya da abinin, ona karşılık vermeyecek birine delice âşık olduğunu görsen? Bir şey söyler miydin?"

Cam başını salladı. "Haklısın, ilginç." Gülümsedi ve martiniden bir yudum daha aldı.

"Bana hâlâ inanmıyorsun, değil mi?"

"Sana inanmadığımdan değil," dedi. "Hâlâ mantıken oturtamadım kafamda, hepsi bu."

"Aşkın mantıkla ilgisi yoktur," dedim.

"Yine ilginç bir çıkmaza düştük," dedi. Restorana bakındı, sonra pencerenin önündeki bir çifti gösterdi. "Ya bu ikisi? Onlara bakınca ne görüyorsun?"

Tekrar iç geçirdim. "Gerçekten bilmek istiyor musun?"

Başıyla onayladı. "Dur tahmin edeyim," dedi. "Aralarında aşk filan yok. Kabalık etmek istemem ama bence birbirlerine hiç uyumlu değiller. Kadın adama göre fazla güzel. Adama bak. Kel. Üstelik 1.70 filan herhalde." Kafasını salladı. "Bence hayır."

Cam'in bu kadar ilgilendiği insanlara bakmak için döndüm. Cam'in neden böyle bir analiz yaptığını hemen anlamıştım. Kadın *gerçekten* çok güzeldi. Manken gibi güzel. Adam, evet yakışıklı değildi. Hem de hiç. Cam'e başımı salladım. Tam o sırada görüşüm bulanmaya başladı. Gözlerimi ovuşturdum.

Cam, bana doğru eğilerek, "Ne oldu?" dedi.

Başımı salladım ve gözlerimi sıkı sıkı kapattım. "Evet, bu aşk. Büyük aşk."

"Büyük aşk mı?"

Gözlerim hâlâ kapalı bir halde başımı salladım. "Şu anda kafamdaki basıncı hissetmen lazım."

"İyi misin?"

Gözlerimi kırpıştırdım. "İyi olacağım," dedim. "Lavaboya gitmem lazım." Kendimi dengede tutmak için masanın kenarına tutundum ama bacaklarımdaki gücü yanlış değerlendirmiştim sanırım. Sendeledim.

Gözlerimi açtığımda şaşırdım. Başım da acıyordu. Cam üstümdeydi. Pencerenin önündeki adam da öyle. Alnımı peçeteyle siliyordu. Peçetenin kenarında kan lekesi gördüm. *Benim* kanım mıydı bu?

Cam, "Jane," dedi. Gözleri irileşmişti. Endişeyle bakıyordu. "Jane, beni duyabiliyor musun?"

"Evet," diye mırıldandım. "Ne oldu?"

"Düştün ve kafanı vurdun," diye açıkladı.

Süper modele benzeyen sevgilisi (karısı?) olan adam, "Kafanı fena çarptın," dedi. "Alnında kötü bir şişlik ve yara olacak. Önemli bir şey yok. Beyin sarsıntısı belirtisi göstermedin."

Cam önce adama sonra tekrar bana baktı. "Yine de sonradan miden bulanırsa veya uyku bastırırsa acile gitmek kötü fikir değil bence. Beyin sarsıntıları sinsi olabilir. Araştırmalarımdan biliyorum."

Adam başını salladı. "Bulantı olursa, hemen gitsin kesin."

Cam sırıttı. "Beyin cerrahından bir masa ötede düştüğün için çok şanslısın."

Adam, "Ben Andy Westfield," dedi. "Harborview Tıp Merkezi'nde çalışıyorum. Bu benim karım, Anna. Onuncu evlilik yıldönümümüzü kutluyoruz. On iki yıl önce burada tanıştık." Karısıyla tatlı tatlı bakıştılar. "Bende ne bulduğunu hâlâ anlamış değilim. Neyse, biz yemeğimize dönelim. Siz zaten iyileşeceksiniz."

Gülümsedim. "Yıldönümünüz kutlu olsun. Ve teşekkürler."

Cam elini uzattı. O eli tutup ayağa kalkmama yardım etmesine izin verirken karnımda kelebekler hissettim.

Yerime otururken, "Çok utanıyorum," dedim.

Cam, "Utanma," dedi. Ağzından çıkacak sözcükleri çok iyi tartıyordu. "Aslına bakarsan sana inanmaya başlıyorum."

Bakışlarıyla buluştum. O anda, beni gördüğünü hissettim. Sadece dışarıdaki beni değil. Beni. *Beni* görüyordu.

Sırıtarak, "Sevindim," dedim. "Çok sevindim."

On Birinci Bölüm

1112 Broadway Bulvarı E. #202

Josh nişanlısının arabadan çıkmasına yardım etmek için elini tuttu. Son on dakikadır Katie'nin gözleri kapalıydı. Josh'ın ona bir sürprizi vardı. Büyük bir sürprizi hem de.

Katie, "Şunu şimdi çıkarabilir miyim?" diye yalvardı. "Meraktan ölüyorum!"

Josh, "Bir dakika daha bekle," dedi. Arabanın kapısını kapattı. Katie'yi ikisi için satın aldığı üç katlı Capital Hill evinin girişine doğru götürdü. Emlakçı anahtarı bu hafta teslim etmişti ve Josh elindeki anahtara uzun süre bakmıştı. Tabii ki Katie bir yalıyı hak ediyordu ama karşılarında duran bu evi satın almak için biriktirdiği her bir kuruşu harcamıştı. Ev, kendi çapında çok güzel bir evdi. Yeni elden geçirilen üç katlı evin, kocaman bir mutfağı, altı gözlü ocağı, yukarıda Katie'nin çalışacağı bir çalışma odası, iki kişinin duş alabileceği şekilde düzenlenmiş büyük bir banyosu vardı. Bu sabah birlikte duş aldıklarını hatırlayınca kalp atışları hızlandı.

Evin olduğu sokak, çok iyi bir sokaktı. Komşuları da harikaydı. Josh dün bu komşulardan biriyle tanışmıştı. Kadın Dr. Heller adlı bir nörologtu. Kendisi, ilkokulun yürüme mesafesinde olduğunu, bu okulun müzik programının yakın zaman önce ulusal çapta ödül aldığını söylemişti. Bu da Josh'a burada Katie ile birlikte yaşayacakları hayatı düşündürmüştü. Bahçede çocuk seslerini. Geleceklerini.

Katie sabırsız bir şekilde, "Josh, neler oluyor hiç anlamadım," dedi. "Doğum günüm bile değil. Ne sürprizi bu şimdi?" Kollarını Josh'ın boynuna doladı ve parmaklarını saçlarından geçirdi.

Josh, Katie'nin böyle yapmasını seviyordu. Başka hiçbir kadın ona bu şekilde dokunmamıştı. Katie gibi başka kadın tanımamıştı. O hem yatağında, hem hayatında itici bir güçtü. Yeni evlerinin kapısına ulaştıklarında Josh gülümsedi. Anahtarı kilide sokarken, "Tamamdır," dedi. Sonra kapıyı açtı ve Katie'nin gözündeki bağı çözdü. "Evimize hoş geldin, güzelim."

Katie elini ağzına kapattı. "Josh, şaka mı yapıyorsun?"

"Şaka olsaydı çok acımasız bir şaka olurdu," dedi.

Katie, "Josh!" diye çığlık attı. "Bu o ev. *O* ev. İnternette gördüğüm. Sana gösterdiğim. Hiç gönlün yok sanmıştım."

Josh sırıtarak, "Kandırdım," dedi. "Ertesi gün eve bakmaya geldim."

Katie inanamayarak kafasını salladı. "Çok pahalı demiştin, çok merkezi demiştin?" Şaşkınlık içinde nişanlısına baktı ve kendini onun kollarına bıraktı. "Sen bu gezegendeki en muhteşem adamsın, biliyor musun?"

Josh nişanlısına göz kırptı, kalçalarını tuttu ve kendine doğru çekti. "Buraya gel. Seni eşikten taşıyarak geçireceğim."

Katie nişanlısının kapıdan geçerken güçlü kollarıyla onu kaldırışını, onu bir hediye, hazineymiş gibi tutuşunu seviyordu. Josh içeri girince onu yere bıraktı. Katie elini tırabzanda gezdirdi.

Josh, "Beğendin mi?" diye sordu. "Evet, sonsuza kadar sürmez tabii. Ama hayata birlikte başlamak için çok güzel bir yer bence."

Katie, "Harika bir yer," diye cevap verdi.

Josh, Katie'nin elini tutarak, "Hadi," dedi. "Gel sana evi göstereyim."

Katie onu takip etti. En son yatak odasına geldiler. Josh karşıdaki duvarı göstererek, "Yatağımız burada çok güzel olacak," dedi. "Uyanırız ve güneşin doğuşunu izleriz." Karşıyı gösterdi. "Baksana, biraz göl manzarası bile var. Gördün mü?"

Katie kafasını salladı ama göle bakmıyordu. O Josh'a bakıyordu. Varlığının her bir parçasıyla sevdiği bu adama karşı duyduğu arzuya mağlup olmuştu. Bu duygu çok yoğundu, elle tutulurdu. Bakışları buluştu. Derin ve tutkulu bir şekilde öpüştüler.

Katie, "Birlikte o kadar iyiyiz ki," dedi. "Benim seni sevdiğim kadar hiçbir kadının bir adamı sevdiğini düşünmüyorum."

Josh da, "Birlikte çok iyiyiz," dedi. "En güzel aşka sahibiz."

Katie başını salladı. "Yıldızlar için ne derler biliyor musun?"

"Ne derler?"

Katie, "Bazıları şiddetli yanarmış ama hemen sönermiş," diye devam etti. "Bunlar kısa ömürlüymüş. Diğerleri az ve ağır ağır yanarmış. Bunlar daha az parlakmış ama ışıkları binlerce yıl sürermiş." Katie kafasını salladı. "Biz her ikisinin de birleşimiyiz. Hem şiddetli hem uzun süre yanıyoruz."

Josh onu kendine çekti ve vücudunu vücuduna bastırdı. Kazağını başından çıkardı ve ahşap zemine bıraktı. Katie onun gömleğinin düğmelerini çıkardı, kemerini açtı. Dakikalar sonra ten teneydiler. Dudakları birbirlerine mühürlenmişti. Vücutları birleşmişti. Sonra, zevk çığlıkları çıplak duvarlarda yankılandı.

Artık yuvalarındaydılar.

On İkinci Bölüm

Mayıs

Pike Place Pazarı baharın son cömertlikleriyle bezenmişti ve çiçekçi dükkânı bu mevsimden birer işareti evine götürmek isteyen müşterilerle dolup taşıyordu. Salı günü öğleden sonraydı ve Katie'nin yaklaşan düğünü için nedime elbiselerini deniyorduk. Bu kadar kalabalık bir günde dükkânı kapatmaktan nefret etsem de, arkadaşımın istediğini kabul etmekte tereddüt etmemiştim.

Tam dükkânı kapatmak üzereyken telefonum çaldı. Arayan Mary'ydi. Ağlıyordu.

"Tatlım, ne oldu?" diye sordum.

Mary, "Hamileyim," dedi.

"Bu harika bir haber, eminim çok..."

"Eli eve dönmüyor, Jane."

"Ne demek istiyorsun?"

"Biriyle tanışmış," dedi. "Adı Lizzie. Yeni plak şirketinin pazarlama bölümünde çalışıyormuş."

"Hamile olduğunu söyledin mi? Bu bir şeyleri değiştirmedi mi?"

"Köpek alıyorum desem daha çok umursardı herhalde. Eve dönmüyor."

"Ah, canım," dedim. "Söyleyecek bir şey bulamıyorum."

Mary aynı anda hem gülüp hem ağlayarak, "Yok zaten," dedi. "Hem mutluyum hem üzgünüm. Aynen böyle."

Telefonumu çantama soktuktan sonra Lo, "Hazır mısın?" diye sordu.

Ona Mary'den bahsettim. İkimiz de Eli'nin erkek tarihindeki en bencil adam olduğu konusunda hemfikirdik.

İç çekerek, "Hadi yürüyelim," dedim. "Gelinlikçi Westlake'te ama hava öyle güzel ki."

Taze ürünler tezgâhlardaki yerini almıştı. Her yerde olasılık havası hâkimdi. İnsanlar uzun bir kış mevsimi ve yağışlı nisandan sonra artık daha iyi bir ruh halindeydiler. Martılar bile daha mutlu görünüyordu. Ama Lo mutlu değildi.

"Tabii ki," dedi.

Sabah işe geldiğinde de moralsizdi ama müdahale etmemiştim. "Seni rahatsız eden şeyi söyleyecek misin yoksa sormam mı gerekecek?" diye sordum.

Umutsuzca omuz silkti.

"Yoksa Grant ile ilişkiniz kötü mü gidiyor?"

"İşte konu da bu," dedi. "Her şey çok güzel gidiyor. Harika. Hayatım boyunca hiçbir adama bu kadar âşık olmadım. İlk defa biriyle gerçekten bir geleceğim olabileceğini düşünüyorum. Onunla. Bu kısım ise çok... belirsiz."

"Niye?"

"Öncelikle karısı var."

"Aa," dedim. "Karısından ayrılmadı yani."

Lo hemen, "Durum biraz karışık," dedi. "İki çocukları var. Varlıklı bir aileler. Paylaşılması gereken çok para var. Düşünülecek çok şey var."

"Onun beklemeye değeceğini nerden biliyorsun?"

"Aramızdaki bağdan," dedi.

"Nasıl yani?"

Gülümsedi. "Bunu sözcüklerle ifade etmek zor. Onu düşününce midende kelebeklerin uçuşması gibi bir his. Birinin sana ulaştığını, senin de ona ulaştığını hissetmen. Birinin seni olduğu gibi görmesi ve bu halinle sevmesi. Bana göre bağ bu."

Sözlerindeki ağırlığı hissederek, "Ama?" diye sordum.

"Tereddüt ettiğini hissediyorum." Saçını atkuyruğu yaptı ve bileğindeki tokayla tutturdu. "Bazen acaba bu gizliliği mi seviyor diye merak ediyorum."

"Yani hem karnım doysun hem pastam dursun istiyor mu diyorsun?"

Lo, "Sanırım böyle de diyebiliriz," dedi. "Sanırım beni görünce hissettiği heyecanı seviyor. Sonra eve gidiyor ve karısının rahatlığına sığınıyor."

"Misafir odasında yattığını söylemiştin."

"Evet, bir keresinde karısının çok iyi yemek yaptığını söyledi. Kıyafetlerini alıyormuş, kuru temizlemeye götürüyormuş. Böyle şeyler."

"Hem bir âşık hem de bir ev hanımı istiyor."

Lo gülümsedi. "Ah şu erkekler. Niye boşuna uğraşıyoruz ki?"

Bir kaşımı kaldırarak, "Bu seni diğerlerinden daha çok etkiledi," dedim. "Neden?"

"Ben sınırda yaşamaya alıştırılarak büyüdüm, Jane," dedi. "Kendi bilinçaltımda bile kendimi kaybetmiştim." Boğazını temizledi. "Aynı rüyayı tekrar tekrar görüyorum."

"Bu çok çarpıcı bir şeye benziyor."

"Soğuk, rüzgârlı bir gece. Ormana doğru giden terk edilmiş çakıl bir yolda tek başıma bekliyorum. Çakıllara ayağımla vuruyorum ve Grant'ın gelip beni almasını, kapıyı açıp 'Bin arabaya' demesini bekliyorum."

"Çakıllara ayağınla vuruyorsun," diye tekrar ettim.

Başını salladı. "Sanırım rüya o orta yerde sabırsız bir şekilde bekleyişimi vurguluyor." Kaşlarını çattı. "Orta yerden *nefret ederim.*"

"Rüyan çok pasif," dedim. "Başka birinin sürücü koltuğuna geçmesine izin veriyorsun. Kontrolü ele al."

"Başka ne yapabilirim, Jane? Grant'ı seviyorum. Onun için tek istediğim elimi tutması ve benimle birlikte bir hayatı paylaşması."

"Çok üzüldüm, Lo."

Bu sabah beyaz lalelerle beyaz sümbülleri bir araya getirmişti. Etkisi çarpıcıydı. Lo'nun çiçek düzenleme yeteneği harikaydı. Hatta belki benimkilerden bile iyiydi. "Büyükannem laleler için ne derdi biliyor musun?" diye sordum.

Lo, "O her çiçeğin sırrını bilirdi," dedi.

"Laleler koparıldıktan sonra bile iki üç santim kadar uzamaya devam eden tek çiçek türüymüş. Onları izledin mi hiç? Her zaman güneşe doğru uzanırlar, çabalarlar, tadını çıkarırlar. Solsalar bile çok güçlüdürler. Yaprakları buruşur ve cesur birer gözyaşı gibi dökülürler." Başımı salladım. "Sen bir lalesin, Lo." Elini tuttum ve sıktım. "Acı içindeyken bile zarifsin. Çabalamaktan da hiç vazgeçmiyorsun."

"Teşekkürler, Jane," dedi. "Bugün bunu duymaya ihtiyacım vardı."

Birkaç dakika sonra gelinlik dükkânına vardık, Katie bize el salladı.

"Selam!" diye bağırdı ve kollarını bize doladı. "Önümüzdeki ay evleniyor olduğuma inanabiliyor musunuz?"

Otuzlu yaşlarının başındaki güzel bir satış elemanı, "Şampanya ister misiniz?" diye sordu. Gözleri hüzünlüydü. Sanki biraz önce ağlamış, şimdi de belirtileri saklamaya çalışıyormuş gibiydi.

Önce Lo'ya sonra Katie'ye baktım ve omuz silktim. "Neden olmasın?"

Hepimize birer kadeh verdi. Köpüklerin kadehimde dans edişini izlerken yanımda duran kadını düşündüm. Bir insanın gelinlik mağazasında çalışması için aşka gerçekten inanması veya çok çaresiz kalmış olması gerekiyordu. Parmağında yüzük var mı diye baktım. Evli değildi. Katie ile Lo Vera Wang'ın bir elbisesine bakmaya gittiklerinde cebinden bir peçete çıkardı ve gözlerini sildi.

"Özür dilerim," dedi. "Çok zor bir gün geçiriyorum da."

"Bugün herkes aynı durumda gibi," dedim.

Yaşlar gözlerine doldu ama yine de gülümsedi. Sanki kederinden daha cesur, daha akıllı olmaya çalışıyordu. "Şu an hayatımda hiçbir şey yolunda değil," dedi. "Geçen sene bu zamanlar ben de bir gelindim. En güzel niyetlerle mihraba doğru yürümüştüm. Sevdiğim veya sevdiğimi düşündüğüm biriyle geleceği paylaşmayı umut etmiştim."

"Peki, ne oldu?"

"Onun hakkında bildiğim her şey yalanmış, yanılsamaymış," dedi. "İşi. Geçmişi. Verdiği sözler. Hepsi yalanmış." Gözlerini tekrar peçeteyle sildi. Yeteneğimi düşündüm. Onu bu durumdan nasıl kurtarabilirdim? Ona bunu anlatabilir miydim?

Banka oturduk ve kadınların müstakbel gelinlere "ayy", "ooo" ifadeleriyle iltifatlar yağdırmasını izledik. "Burada çalışmayı seviyor musun?"

"Doğruyu söylemek gerekirse hayır," dedi. "Burada sadece gelir olsun diye yarı zamanlı çalışıyorum. Kiramı buradan aldığım gelirle ödüyorum. Burada olmadığım zamanlar, sanatımı icra ediyorum."

"Nasıl bir sanat?"

"Çömlekçilik," dedi.

Flynn'ı düşündüm. Bu kadından hoşlanıyordu. Tabii ki güzelliğine vurulmuştu ama porselenindeki çatlakları da sevmişti. Bu kadın onun çıktığı diğer avanak ve havalı kadınlara benzemiyordu. "Abimin Pioneer Square'de bir galerisi var. İkinizi tanıştırayım."

"Teşekkürler," dedi. "Ama sanatım konusunda çok utangacım. Kedim Cezanne hariç kimseye gösteremiyorum."

Gülümsedim. "Böyle üzgünken bu kadar mutlulukla sarılı olmak zordur eminim."

Kafasını salladı. "Bana göre burası mutlu bir yer değil."

"Nasıl yani?"

"Gelinlik mağazaları yapay mutluluklarla dolu," dedi. "Tabii ki mutlu gelinlerin geldiği de oluyor. Ama genelde onlar gelinliğe veya nedime elbiselerine pek önem vermezler. Onlar sevdikleri kişiyle evlendikleri için mutludurlar." Kafasını salladı. "Bu kadınlar çok nadir. Çoğu kişi aşk için evlenmiyor. Kafalarındaki aşk fikri için evleniyor."

"Peki, sen de böyle mi yaptın?"

"Geriye dönüp bakınca, evet öyle yapmışım. Düğün günümde, içimde hissettiğim o tereddüdü önemsemem gerektiğini biliyordum. Keşke birisi beni kenara çekip 'Onunla evlenme' deseydi."

"Onu dinler miydin?"

"Dinleyebilirdim."

Lo ile Katie bir kucak elbiseyle geri döndüler. Katie'ye, "Özel bir şey var mı?" diye sordum.

Gülümsedi ve omuz silkti. "Doğrusunu isterseniz siz seçin kızlar. Nedime elbiseleri benim için o kadar önemli değil."

Satış elemanıyla bakıştık.

Pazara dönerken Lo, "Katie çok mutlu görünüyordu," dedi.

"Evet," dedim. "Biliyorsun bunu görmüştüm. Bir aradayken aşklarını gördüm. Çok güçlüydü, Lo." Onların yanındayken görüşümün nasıl bulutlandığını hatırlamak için durdum. Onlar için mutlu olmam gerekiyordu. Mutluydum da. Ama hayatımda böyle bir aşk görmediğim veya bilmediğim fikriyle zarar görüyordum.

"Cam ile bir şeyler içeceksiniz, değil mi?"

Saatime baktım ve gülümsedim. "Saat altıda Il Bistro'da."

Lo, "Kalbini esir aldı," dedi.

Gergin bir şekilde güldüm. "*Bunu* söyleyebilir miyim bilmiyorum."

"Senin yeteneğinden bende yok ama fark ettiğim birkaç şeyi söyleyebilirim. Sen bu adama tutuldun."

"Tutulmak mı?" dedim. "Ben o kadar emin değilim. İlgimi çekti evet ama biraz temkinliyim de. Onun hakkında bilmediğim çok şey var. Adamın kendisi tam bir sır küpü aslında."

Lo, "Öncelikle," dedi. "Sen kendi iyiliğin için fazla bile temkinlisin. Ayrıca gizem erkekte ideal bir özelliktir."

Başımı salladım. "Cam'in sürekli gizli tuttuğu bir yanı var. Mesela kariyerinden veya yazılarından hiç bahsetmiyor. Neden esinlendiğini, nelere önem verdiğini anlamak için internetten araştırma yapmak, hikâyelerini okumak zorunda kaldım."

"Neden esinleniyormuş?"

Tereddüt ettim. "Benim gibi insanlardan."

"Nasıl yani?"

"Alanı sinirbilimi. İsmini Google'da arat. Beyin bilimi hakkında bir sürü makale bulacaksın." Kafamı salladım. "Bilemiyorum."

Lo sırıtarak, "Beyinle ilgili makaleler yazıyor ve kafadan çatlak biriyle çıkıyor," dedi. "Fotoğrafçılar çekim yaptıkları mankenlerle çıkar. Aşçılar garsonlarla. Seninki de böyle bir şey işte. Bence abartılacak bir şey yok."

Sırıttım. "Kafadan çatlak demek?"

İronik bir gülümsemeyle, "Kafasız olmaktan iyidir," dedi.

Bir etekle şık bir bluz giymeden önce Sam'i pazarda hızlıca yürüyüşe çıkardım. Apartmanın lobisinden geçerken telefonla konuşan Bernard'a öpücük attım. Meriwether'ın yanından geçtim ama tezgâhta Elaine'i göremeyince uğramadım.

Mel, "Merhaba, güzelim," dedi. "Bir şey lazım mı? *Vogue*'un yeni sayısı? Gazete?"

"Teşekkürler, lazım değil," dedim. "Sam'i eve götürmem lazım." Sesimi alçalttım. "Bu akşam bir randevum var."

Mel sırıttı. "*Yazar* olan çocukla mı?"

"Evet."

Başını salladı. "Yakışıklı çocuk."

"Bir dakika. Siz tanıştınız mı?"

"Evet," dedi. "Dün buraya geldi. *Time* için çalıştığını söyledi. Flower Lady dükkânının sahibini tanıyıp tanımadığımı sordu. Ben de, 'Tabii tanıyorum,' dedim. Meraklı birine benziyordu. Ama sonuçta adam gazeteci, değil mi? İkinizin arkadaş olduğunu söyledi."

Gülümsedim ama bu işin içinde bir iş vardı sanki. "Çok garip," dedim. "Pazara geldiyse niye yanıma uğramadığını merak ettim."

Mel hemen, "Bir sürü soru sordu ama pek bilgi alamadı," dedi. "Tek anladığım, röportaja veya gazeteciler ne yapıyorsa oraya yetişmek için acele ettiğiydi."

"Anladım," dedim. "Onun hakkında ne düşünüyorsun?"

"Akıllı birine benziyordu." Gözleri, babam bizi terk etmemiş olsaydı yaşayacağını düşündüğüm türde bir endişeyle doldu. "Saksını çalıştır yeter, canım."

Gülümsedim. "Tamam. Her zaman çalıştırıyorum. Hatta bazen abartıyorum. Biraz da kalbimle düşünmeye çalışıyorum."

"Güzel," dedi. "Ama ne kadar çok kalbinle düşünürsen düşün, kontrolün beyninde olmasına dikkat et. Omuzlarının üstünde sağlam bir kafan var, Jane."

Tam o sırada İngiliz kadın Vivian yanımızdan geçti. Topukları arnavutkaldırımlarda yankılanıyordu. Şık görünen atkısı boynuna mükemmel bir şekilde bağlanmıştı ve bahar melteminde hafifçe sallanıyordu.

Mel ona bakmak için döndü. "Merhaba," dedi. Ağzı açık kalmıştı.

Vivian ona bakmak için döndü. Güneş gözlüklerini burnunun üstüne indirdi. "Pardon," dedi. "Bir şey mi dediniz?" Teriyer cinsi köpeği ayaklarının dibinde acı acı havlıyordu. Gözlerimi bir sis kapladı.

Mel hemen, "Hayır hayır," dedi. "İyi günler diyordum."

Vivian oflayarak, "Size de iyi günler," dedi.

Vivian uzaklaştıktan sonra Mel, "Hoppa," diye fısıldadı.

Aralarındaki şeyin nasıl aşk olabileceğini düşünerek gözlerimi ovuşturdum. Evet, Mel ona ağzının suyu akarak bakıyordu ama Vivian'ın ona hiç ilgisi varmış gibi görünmüyordu.

"Neyse," dedi. Kadının davranışının onu incittiği belliydi. "Sanırım randevun için hazırlanman lazım."

Gülümsedim. "Üstüne alınma bence," dedim. Bir an tereddüt ettim. *Ona söylemeli miydim?* "Bence... Senden hoşlanıyor."

Mel'in gözleri büyüdü. "Benden hoşlanmasına imkân yok. Ben basit bir büfe sahibiyim. O muhtemelen bir sarayda büyümüştür."

Kafamı salladım. "Bunların hiçbiri önemli değil. Bunu sen de biliyorsun. Bence senden hoşlanıyor."

"Kibarlık ediyorsun, Jane," dedi. "Sorun değil. Bir adam kendini aşan kadınları bilir."

"Bence öyle değil," dedim. "Henüz nasıl hissettiğinden emin değil. Sabırlı olman lazım."

İlgisini çekmiş gibi görünüyordum. Ona boş yere umut vermediğimi umuyordum. Ama gözlerim yalan söylemezdi. En azından ben böyle düşünüyordum.

Elini sıkarak, "Tamam," dedim. "Gidiyorum." Birkaç adım attım, sonra ona döndüm. "Bu arada papyona bayıldım!"

Papyonun kenarlarını çekiştirdi, düğümü sıktı ve teşekkür eder gibi gülümsedi.

Yürürken Facebook sayfama baktım ve Mary'nin hamileliğini açıkladığını gördüm. Sonogram fotoğrafın altında çeşitli aile üyelerinden, arkadaşlardan bir sürü yorum ve Mary'nin neşeli cevapları vardı. Gülen yüzlerin ve çeşitli mutlu ifadelerin arasında arkadaşımın en derin üzüntüsünü de sezebiliyordum.

Hemen onu aradım. "Facebook iletini gördüm," dedim. "Çocuğun sana benzemesi için dua edelim."

Mary, "Teşekkürler," dedi. Ağladığı belliydi.

"Dayanabiliyor musun?"

"Deniyorum," dedi.

Arkadan bir gürültü geldi. "O ses neydi?"

"Luca sadece."

"Luca mı?"

"Bizim müteahhit. Mutfağı yeniliyorum demiştim ya?"

"Aa, doğru," dedim.

"Evet, inşaatın içinde yaşıyor gibiyim. Her yer toz içinde. Bulaşıkları küvette yıkıyorum. Luca'nın İngilizcesi de iyi değil. Jane, çok tuhaf ama onun etrafımda olmasını gerçekten çok seviyorum. Eli'yi bu kadar çok özlerken Luca yanımda olmasaydı ne yapardım bilmiyorum."

"Güzel," dedim. "Seni biraz olsun teselli edebilmesine sevindim."

Ağladığını duyabiliyordum. Zayıf bir sesle, "Jane," dedi. "Bir kalbin iyileşmesi ne kadar sürer?"

"Canım benim. İyileşeceksin. Zaman içinde."

"Ama ne kadar sürer? Kalbimdeki bu acıyla hayatıma devam edebilecek kadar güçlü olduğumu düşünmüyorum. Sanki Seattle'ın dört bir yanına kanımı akıtıyor gibiyim."

"Uzun sürmeyecek," diye güvence verdim. "Söz veriyorum." Durdum ve babam bizi terk ettikten sonra annemin ne kadar acı çektiğini hatırladım. "Annem derdi ki birini sevdiğin her yıl için iyileşmek bir ay sürermiş."

Mary iç geçirdi. "Dokuz ay. Yani bebek doğarken yeniden kendime gelmiş olabilirim."

"Olabilirsin değil Mary, *olacaksın*. Tekrar sen *olacaksın*. Bunu kendin göremiyorsun ama *ben* görebiliyorum. Bir yarışa başlayan bir koşucu bitiş çizgisini göremez. Ama oradadır, seni bekliyordur. Sadece inan."

"Teşekkürler, Jane," dedi. "Bir ara uğra, tamam mı? Sana mutfağı gösteririm. Dışarıdan yemek söyleriz."

Il Bistro'ya beş dakika erken vardım. Sokak arasındaki bu sessiz İtalyan restoranı, neredeyse Flower Lady ile aynı yaştaydı. Eski binanın duvarlarında bilgelik vardı. İçeri girdim ve montumu kapının yanındaki askıya astım. Burada gerçekleşen bütün evlilik tekliflerini, ayrılıkları ve ilan-ı aşkları düşündüm. Cam'i bar kısmında gördüm ve el salladım.

Dizüstü bilgisayarını kapatarak, "Merhaba," dedi. Bir bardak viskiyi önüme koydu. Bir yudum aldım.

"Barda çalışıyorsun ha?"

"Evet," dedi. "Yarın teslim edeceğim de. Tamamlıyordum. Günün nasıl geçti?"

"İlginç," dedim.

Barmen geldi. "Ne içmek istersiniz, hanımefendi?"

"Bir Manhattan lütfen."

Cam, "Günün neden bu kadar ilginçti?" diye sordu.

"İlk olarak, büyük bir gelinlik mağazasında şampanya içtim."

Şaşırdı. "Herhalde bu her gün yaptığın bir şey değil?"

Sırıttım. "Hayır, değil."

Bakışlarını bana kilitleyerek, "Seni düşündüm," dedi.

"Ben de seni düşündüm."

Gözleri büyüdü. "Neyi mesela?"

"Birçok şeyi," dedim. Düşüncelerimi toplarken gözlerim barı inceledi. "Seni pek tanımadığımı hissediyorum. Sen kesinlikle benim hakkımda daha çok şey biliyorsun."

Kollarını göğsünde kavuşturdu. "Ne anlatayım sana?"

"Kariyerini," dedim. "Kariyerinden bahsetmiyorsun. İnternette araştırma yaptım. Bilim muhabirliğinde önemli bir kişiymişsin. Pulitzer Ödülü'n olduğunu niye söylemedin?"

Cam, "Sanırım utandım," dedi.

"Sen utangaç diye tabir edeceğim son kişisin."

"İlk randevuda sana kendimden övünerek bahsetmemi mi isterdin?"

"İyi noktaya değindin," dedim. "Ya önceki ilişkilerin? Uzun süreli bir birlikteliğin oldu mu? Âşık oldun mu?"

"Ah," dedi. "İşte yine bu belirsiz aşk konusu."

"Doğru. Sen aşka inanmıyorsun. Bu gerçeği de unutmayalım."

"Bu doğru değil," dedi. "Ben sana aşkın bir seçim olduğuna inandığımı söyledim. His değil de bir seçim işi."

"Yani sen aşkla ilgili bir duygunun *var* olduğunu kabul ediyorsun?"

Cam uzlaşmacı bir gülümsemeyle, "Sanırım burada gerçeklik payı var," dedi.

"Peki, sen bu şeyi ne zaman hissettin..."

İkimiz de aynı anda, "Hissi," dedik. Yanaklarımın yandığını ve kalp atışlarımın hızlandığını hissettim.

Flynn'ın Cam'in bir zamanlar sevdiği kadının ölümünden bahsettiğini hatırladım. Birden burnumu sokuyormuşum gibi hissetmiştim.

"Adı Joanna'ydı," dedi. Kadının ismini söylemenin bile onu hâlâ etkilediğini gösteren bir şekilde boğazını temizledi.

Elimi bileğine koydum. "Sorun değil," dedim. "İstemiyorsan anlatmak zorunda değilsin. Burnumu sokmak..."

Yumuşak bir ifadeyle, "Devam etmek istiyorum," dedi. "Bu yönümü tanımanı istiyorum."

Başımı salladım ve o, Joanna'nın hastalığıyla ölümünü anlatırken onu dinledim.

"Sanırım," dedi. "Bu konularda makale yazarak ona hakkını vermeye çalışıyorum."

Nazik bir şekilde, "Veriyorsun da," dedim. Birden hepsi anlam kazanmıştı: gizemli tavırları, aşk konusunda temkinli davranışı.

Cam sessizliği bozarak, "Baksana," dedi. "Önümüzdeki hafta toplantıya New York'a gideceğim. Ondan sonraki hafta da Chicago'da görevim var. Ama kısa bir süre sonra ailem ziyaretime gelecek. Sizi tanıştırmak isterim. Tabii senin için de uygunsa."

Işıldayarak, "Onlarla tanışmayı çok isterim," dedim.

Sırıtarak, "'Aileyle tanışmak' için biraz erken olduğunu biliyorum," dedi. "Ama burada pek arkadaşım yok. Bana iyilik etmiş olacaksın. Seni tanıştırmazsam, annemden neden güzel bir kızla çıkmam konusunda bir saatlik bir nutuk dinlemek zorunda kalacağım."

Sırıttım. "Güzel bir kız, demek?"

O da gülümsedi. "Bu gecelik 'güzel kızım' olur musun, lütfen?"

"Zevkle."

Elimi tutup beni kendine doğru çekince midemde kelebekler uçuştuğunu hissettim. "Gidelim mi?"

"Tabii," dedim. "Nereye?"

"Dairem üst sokakta. Balkonum da var," dedi. "Dışarıdan yemek söyleyip feribotların gelip gidişlerini izleyelim mi?"

Gülümseyerek, "Olur," dedim. "İyi fikir."

Cam'in dairesine doğru yürürken Flynn aradı. Özür dileyerek, "Arayan abim," dedim. "İki dakika sürer."

Cam kaldırımda bir adım geri çıkarak, "Önemli değil," dedi.

Telefonu açtım. "Selam Flynn."

"En sevdiğim kız kardeşim nasılmış bakalım?"

"İyiyim," dedim. "Cam ile birlikteyim."

"Onu telefona ver bakayım. Sana iyi davranacağına dair söz almak istiyorum."

Cam'e baktım. Gözleri telefonuna kilitlenmişti. Hızlı hızlı mesaj veya eposta yazarken kollarındaki kasların gerilişini izledim. Alıcının kim olduğunu merak etmeden edemedim.

"Şu an müsait değil ama o sözü aldığın zaman benim de haberim olsun isterim," dedim. "Sende ne var ne yok? Hayatındaki son kız kim bakalım?"

Bir an durdu. "Kimseyle çıkmıyorum."

"Benim abim kimseyle çıkmayacak? Bu doğru olamaz," diyerek güldüm. "Bir dakika, yoksa karşı caddedeki apartmanda yaşayan kıza mı takıksın hâlâ?"

Sessizliği haklı olduğumu gösteriyordu.

"Öyle, değil mi? Daha tanışmadınız mı? Bu arkadaşlığı en azından hayata geçirdiğini söyle."

"Onunla daha tanışmadım," dedi. "Biliyorum, hiç mantıklı değil, Jane ama bu kızla tanışmaya korkuyorum. Aramızdaki şey uzaktan çok yoğun. Tanışırsak ikimizin de diğerinin beklentisine uymayacağından korkuyorum."

"Yani her zaman böyle uzaktan uzağa mı flört edeceksiniz?"

"Hayır," dedi. "Yani bilemiyorum. Onun için endişeleniyorum. Her zaman çok üzgün görünüyor. Kederinin bir kısmını ondan alabilmek için neler vermezdim."

"O zaman git kapısını çal."

Cam, Cedar ve Elliott sokaklarının köşesinde yeni bir apartmanda yaşıyordu. Binanın koyu renk ahşap zemini, Elliott Körfezi'ne bakan bir balkonu ve büyük pencereleri vardı. Oturma odasına girince, "Çok düzenlisin," dedim. İçeride siyah deri bir koltuk, bir sandalye, birbirine paralel bir şekilde düzenlenmiş uzaktan kumandalı bir sehpa vardı. Sandalyenin üstündeki dekoratif yastık bile yerini benimsemiş gibiydi.

"Pek sayılmaz," dedi. "Çok eşyam yok, harika bir temizlikçim var ve evde pek durmuyorum. Düzenli dairenin püf noktaları."

Pencereye doğru yürüdüm. "Manzara harika."

"Evet," dedi. "Gerçekten harika. Seattle'ı bu kadar seveceğimi sanmıyordum."

"Şehir, insanın içine işliyor, değil mi?"

Cam bir şişe şarap açtı, iki kadehi doldurdu. Balkona geldi, yanımda durdu ve bir kadehi bana uzattı. Bakışlarımız buluştu. "Sen de içime işledin," dedi. Elime uzandı. Tutmasına izin verdim. "Mümkün olan en güzel şekilde."

Şaraptan bir yudum aldım ve gülümsedim. "Teşekkürler."

Mutfak tezgâhının üstündeki telefonu çaldı.

"Açmak istersen sorun değil," dedim.

Telefona doğru kızgın bir bakış fırlattı. "İstemiyorum ama muhtemelen açmam gerekli. Bütün hafta boyunca önemli bir kaynağın peşinden koştum. O arıyor olabilir."

Gülümsedim. "Aç hadi."

Telefonu eline aldı. Kendine güvenen, iş insanı tonuyla, "Ben Cameron Collins," dedi. Böylesine kendinden emin ve seksi olan bu ses tonunu seviyordum. "Evet, merhaba. Aradığınız için çok teşekkürler." Özür diler gibi bir bakış fırlattı ve "iki dakikaya dönerim" der gibi iki parmağını kaldırdı.

Başımı salladım. Yatak odasına doğru geçti. Yarı aralık kapının arkasından sesi mırıltı halinde geliyordu ama ses tonundaki yoğunluk barizdi.

Beş dakika sonra döndü. Huzursuzdu ve dikkati dağılmıştı. "Kusura bakma," dedi.

Telefonun bozduğu yakınlığı yeniden yaratmak için eline uzanarak, "Manzarayı izledim," dedim. "Bana... Joanna'dan bahsettiğin için teşekkürler."

Yanıma oturarak, "Anlatmak istedim," dedi. "Beni şekillendiren koşulları bilmen önemli." Bir an düşündü. "Biliyor musun, ameliyat olacaktı. Hayatını kurtarabilecek, onu tedavi edebilecek bir ameliyattı bu. Ama ameliyattan üç gün önce öldü."

Dingin bir sesle, "Çok üzüldüm," dedim.

Alnını ovuşturdu. "Nöroloğunun ameliyat olmanı istediğini söylemiştin. Dürüst olmak gerekirse senin için endişeleniyorum. Ya ameliyat doktorların endişe ettiği bilişsel zayıflamayı gerçekten durdurabilirse?"

İç geçirdim. "Şimdilik ameliyata hazır değilim. Tabii ki Dr. Heller benim aptal olduğumu düşünüyor. Sen de öyle."

"Hayır, öyle düşünmüyorum," dedi. "Ama bilimden yana olduğumu biliyorsun. Yine de bu senin kararın, Jane. Başka kimsenin değil."

Başımı salladım. "Biliyorum çok saçma gelecek ama gördüğüm şeylerin gerçek olduğuna inanıyorum."

"Yani aşkı görme yeteneğinin mi?"

"Evet," dedim. "Bu çok önemli bir duygu. Dr. Heller'ın krizlerin beynime zarar veriyor olabileceği konusunda beni uyarmasına rağmen, bu süreci tamamlamam gerektiğini biliyorum."

Cam ilgilenmişe benziyordu. "Yani aşkın altı türünü tanımlamayı mı?"

"Evet."

Bana doğru yaklaştı. "Hiç kendi özel hayatındaki aşkı da görebilmeyi umduğun oluyor mu?"

"Evet," dedim. "Bu işleri oldukça kolaylaştırırdı, değil mi?"

"Belki kolaylaştırırdı. Belki de kolaylaştırmazdı." Birden kafasını çevirdi ve eliyle koyu renk saçlarına dokundu.

"Niye böyle dedin şimdi?"

Kafasını salladı. "Yok bir şey."

Niyetlendiğimden daha sert bir ses tonuyla, "Hayır," dedim. "Seni rahatsız eden şeyi söyle."

Bana baktı. İlk başta tereddüt etti. Sonra bakışları yumuşadı. "En sonunda beni hatırlamadı," dedi. "Onca yıl onu sevdikten sonra, ona baktıktan sonra, beni tanımadı."

"Ama bu hastalığı yüzündendi," dedim. "Kalbinden değil."

"Ben de kendime böyle söylüyorum," dedi. "En sonunda gözlerine baktım ama orada hiç aşk yoktu."

"Tabii ki seni sevdi. Hem de derinden," dedim. "Sadece gösteremiyordu. Hastaydı."

Başını salladı. "Bunca yıl, aşkın bir düğmeye basar gibi açıp kapanan bir şey olması beni rahatsız etti. Çok hızlı bir şekilde kararıp aydınlanabiliyor. Hiç çaba sarf etmeden. Buna nasıl güvenebiliriz ki?"

"Ah, Cam," dedim ve tekrar eline uzandım. Elimi tuttu.

Ona doğru yaklaştım. "Seni öpmek istiyorum."

Gülümsedi ve bana doğru yaklaştı. Teni sabun, yumuşatıcı ve erkek kokuyordu. "Hikâyenizi anlattığın için teşekkür ederim," dedim. "Sanırım seni artık anlıyorum."

Sırıttı. "Ben sihre hâlâ inanmıyorum," dedi. "Bunun bilimsel bir açıklaması olduğu konusunda doktoruna..."

Parmağımı dudağına koydum. "Aynı fikirde olmadığımız konusunda hemfikiriz. Şimdilik sadece seni öpmek istiyorum."

Gülümsemesi büyüdü. Elimi dudağına götürdü ve nazik bir şekilde öptü. Sonra yanağımı ellerinin arasına aldı ve ağzımı kendine doğru çekti. Önce beni nazik bir şekilde öptü. Sonra yoğunluk arayışıyla anı, mevsimi, ayı, günü unuttum. Cam ile birbirimize tutulduk.

On Üçüncü Bölüm

342 Pine Caddesi #4

Mel aynadaki yansımasına baktı. Haziranın ilk günüydü ve Mel her yıl bu zamanlarda olduğu gibi, yine rahmetli karısını özlüyordu. Yılın bu zamanlarında, kuşlar cıvıldıyor, çiftler el ele pazarda dolaşmaya başlıyordu. Karısını, eskiden olduğu gibi kolları sevgi dolu bir şekilde Mel'in omuzlarına dolanmış bir halde hayal edebiliyordu. Bu serap o kadar gerçekçiydi ki Mel onun parfümünü duyduğuna bile yemin edebilirdi.

Asansöre doğru yürürken, apartmanın lobisinden geçip caddeye çıkarken Adele'i düşündü. İkisi elli yıl önce haziranın ilk haftasında evlenmişlerdi. Bunu, uzakta bir düğün gördüğünde, Pike Place Pazarı'nın heykelinin önünde poz veren çifti görünce anımsadı. Gülümsedi ve yanında yeni kocasıyla beyaz kabarık elbisesi, topuklu ayakkabılarıyla pazarın arnavutkaldırımlarında yürüyen geline el salladı. Fotoğrafçı da arkalarından takip ediyor, aşklarını bütün mükemmelliğiyle ölümsüzleştiriyordu.

Adele düğünleri çok severdi. Bir elini kalbinin, diğerini Mel'in elinin üstüne koyar, "Şunlara bak, canım. Çok güzeller, değil mi?" derdi.

Adele özel biriydi. Onu adeta bir kitap gibi okurdu. Kötü bir paragrafa denk gelse bile kitabı asla rafa bırakmazdı. O aşk hikâyelerine bayılırdı. Zor bölümlerde bile.

Lise aşkları çoğunlukla uzun sürmezdi ama Mel ve Adele zamana meydan okumuşlardı. Adele'in kanseri ortaya çıktığında Mel bununla yüzleşememişti. Bir hastalığın onun hayatının aşkını elinden almasına izin verme fikrini kavrayamıyordu. Ama öyle olmuştu işte. Hastalık önce onun bedenini almıştı. Adele kırk kiloya düşmüştü. Sonra onun zihnini elinden almıştı. Beynine zarar vermişti. Ta ki Mel'i tanıyamayana kadar.

Adele sekiz yıl önce 2 Haziran'da vefat etmişti. Son nefesini saat dokuzu çeyrek geçe vermişti. Mel elini tutuyordu. Kirpiklerinin son kez titreyişini izlemiş ve hastane yatağına yatıp ona saatlerce sarılmıştı. Ta ki Mel'in yanındaki küçük beden soğuyana ve hastane görevlileri onu odadan yollayana kadar.

Öldüğü gece pazarın üstündeki evlerine gitmişti ve ilk defa kendi evinde yabancı gibiydi. Adele olmadan ev kasvetli bir yerdi. Bir zamanlar aşk ve kahkahanın olduğu bu evde şimdi sadece üzüntü, acı vardı. Adele'in severek diktiği yorganlarla, büyük yataklarında yatmaya dayanamadı. O gece ve bundan sonraki sekiz sene her gece bu kanepede yattı.

Bazen, hatta şimdi bile, özellikle de sıcak haziran günlerinde, köşeden dönmesini, uzakta gülümseyerek belirmesini bekliyordu sanki. Ona sandviç verirdi, onu öperdi ve akşam yemeği için kaçta evde olacağını sorardı. Her gün saat tam beşte evde olacağını bilmesine rağmen. Kocasına bu soruyu sormaktan bıkmazdı. Kocası da cevaplamaktan. "Akşam kaçta evde olacaksın, canım?" "Beşte sevgilim."

Ay ile medcezir gibi, aralarında doğal olarak sürüp giden bir ahenk, ritim vardı. Çekiyorlar, veriyorlar, birbirlerini dengeliyorlardı. Adele ölünce Mel ayını kaybetmişti. Ritmini kaybetmişti. Her şey çığırından çıkmıştı. Uyku, yemekler, günün saatleri. Artık ne zaman gelip gideceğini bilmeyen bir medcezirdi sanki. Elliott Körfezi'ndeki bir tahta parçası gibi akıntıya kapılmış halde sürükleniyor, yolunu buluyordu. Ta ki bir gün güneşli bir haziran gününde kendini kıyıda bulana kadar. Uzun zaman sonra, belki de yıllar sonra ilk kez sıcak kumların üstünde kurumaya başlamıştı.

Mel gazete büfesinde durdu ve yüzüne vuran güneşi hissetti. Yetmiş üç yaşındaydı. Bu şekilde her gün çalışmak için fazla yaşlıydı ama başka ne yapabilirdi? Golfe mi başlasaydı? Dairesinde oturup maçları mı izleseydi? Emeklilik fikri tüylerini diken diken ediyordu. Ayrıca o, hayatın içinde olmak istiyordu. Pazar, güzel bir nehir gibiydi. Ellerinde çiçekler, kuşkonmaz poşetleri, kırmızıturplar, plastik kaplardaki bal petekleriyle gelip geçen insanlarla doluydu. Deniz kenarında oturup el sallamayı, geçenleri izlemeyi, hayatı takip etmeyi seviyordu. Genellikle onu etkileyen şeyler geçiyordu. Bir anneyle çocuğu. Bir delikanlıyla, titreyen ellerle korsajı elbiseye geçirmeye çalışan sevgilisi. Veya... bir kadın.

Vivian'ı ilk kez Noel'de pazarda görmüştü. Kürklü kabanı, huysuz tavırları ve İngiliz aksanıyla ondan iki gömlek üstündü.

Kendi kendine bunun çocuksu bir şey olduğunu söylüyordu. Tıpkı Adele Seattle'a taşınıp West Seattle Lisesi'ne kaydolmadan önce, okuldaki en popüler kız olan Betty Lou Mansfield'den hoşlanması gibi. Bir cuma günü okuldan sonra onu yemekte kendisiyle Coca Cola içmeye davet etmişti. Ama kız onu öyle bir zalimlikle reddetmişti ki bir daha kendi yerini unutmayacağına dair yemin etmişti.

Şimdi Vivian ile Betty Lou durumuna geri dönmüştü. Vivian'ın onunla uzaktan yakından ilgili olup olmadığını bilmenin bir yolu olmasa da, ona olan ilgisi artıyordu. Mesela, yumurtayı nasıl yemeyi sevdiğini, operayı kendisi gibi sevip sevmediğini, her gece kendi yaptığı gibi aya bakıp bakmadığını, bulutların arasından biraz da olsa görünmesini bekleyip beklemediğini merak ediyordu.

Tıpkı kendisinin onu tanımak istemesi gibi, onun da kendisini tanımak isteyebileceğini düşünmek aptallıktı. Öyle söylüyordu kendine. Yine de o büfenin önünden geçerken bakmadan edemiyordu.

Bu haziran sabahında Mel kendisini kolalı bir gömlek ve yapılı saçlarla (tabii saçlardan geriye ne kadar kaldıysa) pazardaki Vladimir's Egg Nest restoranında buluvermişti. 1970'li yıllarda göçmen bir Rus tarafından kurulan bu restoran Seattle'daki en iyi omletleri ve Benedict usulü yumurtaları yapıyordu. Her cuma, Mel pencerenin önünde, köşedeki masaya otururdu. Gazetesini okumayı ve martıların pencere pervazındaki yemleri didiklemelerini izlemeyi severdi.

Vladimir'in torunu Johnny, Mel'in masasına doğru yaklaştı. "Her zamankinden mi?"

Başını sallayarak, "Evet," dedi. Siparişini uzun uzun söylemesi gerekseydi ki gerekmemişti, şöyle söylerdi: "İki yumurta, her iki tarafı da pişmiş olsun. Tam buğday ekmeğinden tost. Lütfen acı sos da getirin."

Tam Johnny mutfağa doğru kaybolmuştu ki restoranın kapısı açıldı. Mel döndü ve kapıda Vivian'ı gördü. Siyah elbisesi ve gri kaşmir hırkasıyla çok güzel görünüyordu. Boynunda bir dizi inci vardı. Onu gördü ve kısa bir an dudakları kıvrıldı. Onun bu küçücük gülümsemesi bile Mel'i neşelendirmeye yetmişti.

Johnny mutfaktan gelmişti. "Tek kişilik masa?" diye sordu.

Vivian sakin bir şekilde, "Evet," dedi. Sorusu Vivian'ı rahatsız etmişti. İnsanlar tek kişilik yemek yemeye dikkat çekmemek gerektiğini bilmiyorlar mıydı?

Johnny onu Mel'in yanındaki masaya oturttu. Sandalyesini tutarken, "Şehirdeki en güzel manzara buradadır," dedi.

Vivian körfeze bakarak, "Evet, görebiliyorum," dedi.

Johnny ona bir menü uzattı. Mel onun nazik, manikürlü ellerinin menüyü tutuşunu, kapatışını izledi.

"İki yumurta, her iki tarafı da pişmiş olsun. Tam buğday ekmeğinden tost. Tereyağsız." Belli ki ezberden konuşuyordu.

Johnny, Mel ile bakıştı. "Harika bir seçim," dedi. "Hemen getiriyorum."

Vivian pencereden manzarayı izliyordu. Mel kucağındaki peçeteyi onlarca kez katladı. Konuşmak için ne zaman ağzını açsa, hemen tekrar kapatıyordu. Nedense söylemeye değer bir şey bulamıyordu. O da sessizce oturdu ve onun yanında olmanın tadını çıkardı.

Johnny birebir aynı olan siparişlerini getirdi ve Mel'in masasına bir şişe acı sos koydu. "Afiyet olsun," dedi ve restorana yeni giren bir grup insanın yanına gitti.

Mel yumurtasına acı sostan bolca döktü. Daha bir ısırık bile almadan, kafasını kaldırdı ve Vivian'ın bakışlarıyla karşılaştı.

Vivian, "Pardon," dedi. "Acı sosu alabilir miyim? Benim masamda yok da."

Mel'in gözleri parladı. Çatalını indirdi. "Benim için bir zevk," dedi. Bu sözcükler bu gizemli kadın hakkındaki düşüncelerini özetliyordu. Onun yanında oturmak, ona acı sosu uzatmak, kahvaltı masalarının arasında yandan bakışlar atmak onun için bir zevkti.

Onun için zevk olacaktı.

Yemeğini bitirdikten sonra Vivian hesabı ödedi ve gitmek üzere ayağa kalktı. Ama kapıdan çıkmadan önce Mel'e döndü ve iki çift kelam etti: "İyi günler."

Kapı kapanıp da Vivian pazarda kaybolurken, Mel kendi kendine düşündü. *Evet, gerçekten de çok güzel bir gündü.*

On Dördüncü Bölüm

9 Haziran

Mutfakta tezgâhın yanındaki prize takılı olan telefonum çalmaya başladı. Yataktan kalkarken inledim. Sam köşedeki şiltesinden kafasını kaldırdı ve saat sekizden önce uyandırıldığı için benim verdiğim tepkinin aynısını tekrarlayarak kafasını eğdi. Dün gece, Katie'nin düğününe gidecek aranjmanları yapmak için geç saate kadar dükkânda kalmıştım. Süsenlerle birlikte altmış vazo beyaz ortanca hazırlamıştım. Kilise için hazırladığım gösterişli tören dekorundan bahsetmiyordum bile. Törenin hem çiçekçisi hem de nedimesi olmak için ihtiyacım olan enerjiyi toplamak üzere bir saat daha fazla uyuyacağıma güveniyordum. Ne yazık ki dün gece telefonumun sesini kısmayı unutmuştum ve işte... uyanmıştım.

Sendeleyerek mutfağa doğru gittim. Ekranda Dr. Heller'ın adını gördüm. Uyku sersemliğiyle, "Alo?" dedim.

"Jane, bu kadar erken saatte aradığım için özür dilerim," dedi. "Ama seni merak ettim. Birkaç aydır muayenehaneye uğramadın. Ameliyat konusundaki görüşlerimi biliyorsun. Bu, riski minimum olan yeni bir prosedür. Bence tek seçenek bu ve bunu kullanmalısın. Senin için endişeleniyorum."

İç geçirdim. "Dr. Heller, bu yılı cerrahi müdahalesiz atlatmak istiyorum."

"Hâlâ o kadının anlattıklarına inanıyorsun, değil mi? Sağlık durumunun yetenek olduğuna?"

"Evet," dedim. Colette'i ve aşkın altı türünü tanımlamam konusunda başarısız olmamamı söyleyen talimatlarını hatırlayınca kalp atışlarım hızlandı. "Her ne kadar size güvensem ve endişenizi anlasam da, bunu yaşamam gerektiğini hissediyorum."

Dr. Heller'ın hayal kırıklığını hissedebiliyordum. "Bu beyninde hasar oluşması anlamına gelse bile mi? Bu krizlerin beynine neler yaptığı konusunda elimizde ölçülebilir sonuçlar var, Jane. Her krizde hasar görüyorsun. Her kriz beyin dokularını biraz daha tüketiyor. Gitgide kötüleşiyor."

Kanepeye çöktüm. "Haklı olabilirsiniz," dedim. "Bu kararımdan sonradan pişmanlık da duyabilirim. Ama devam etmem gerektiğini hissediyorum. Niyesini veya nasılını açıklayamam ama böyle hissediyorum."

Dr. Heller, "En iyi tavsiyemi verdim," dedi. "Sadece bu konuda düşünmeye devam etmeni umuyorum."

"Düşündüm ve düşüneceğim," dedim.

Dr. Heller, "Jane," dedi. "Başka bir konu daha var. Söylesem mi bilemiyorum ama... Neyse önemli değil."

"Ne demek istiyorsunuz, Dr. Heller?"

"Kusura bakma," dedi. "Hiçbir şey söylememem gerekirdi. Benim üstüme vazife değil."

"Anlamadım."

"Sadece dikkatli ol," dedi.

"Ne demek istediğinizi hiç anlamadım."

"Çok bile söyledim."

Kilisenin basamaklarında durup gökyüzüne bakınca, Lo, "Ne düşünüyorsun?" diye sordu. Bulutlar dağınık ve parça parçaydı. Mavi gökyüzünün üstüne bir kat dantel çekilmiş gibiydi.

Hafifçe gülümseyerek, "Annemi," dedim. "Düğünleri pek severdi."

Lo yumuşak bir sesle, "Evet, biliyorum," dedi.

"Duvağını denememe izin verirdi," dedim. "Babamla evlenirken taktığını. Bir tabure çeker, çekmecesinin üstüne tırmanır ve dikkatli bir şekilde elime alırdım. Duvağı bana takardı ve kendimi prenses gibi hissederdim."

Lo bakışlarını bulutlardan bana çevirdi. "Böyle bir gün yaşayamayacağından korkuyorsun, değil mi?"

Omuz silktim. "Düğünü mü kast ediyorsun? Hayır, benim derdim bundan daha büyük. Benim endişelendiğim düğün değil."

Sakince, "Aşk," dedi.

Başımı salladım.

Elimi sıkarak, "Benim de," dedi.

Birlikte merdivenleri çıktık. Tören saat üçteydi. Kilisedeki çiçekleri, frezya ve beyaz gülleri, beyazdan yeşile kadar ortanca karışımlarını son bir kez gözden geçirecek vaktimiz vardı.

Katie ve annesi gelin odasından çıktılar. Çiçekleri görünce nefesleri kesildi. Katie mutluluk gözyaşlarıyla, "Harika olmuşlar," dedi. Eğildim ve küçük demetlerin bulunduğu arka sıralardan birindeki bir fiyongu düzelttim. "Hadi gelin de giyinin. Mary şimdi geldi ve size topuz yapmak istiyor."

Lo gibi sırıtarak, "Topuz mu," dedim ve Katie'yi takip ettim.

Biraz sonra, Mary bir tutam saçımı alıp saç maşasına dolarken, "Düğünleri çok seviyorum," dedi. "O olasılık hissi. İki insanın aşklarını herkesin içinde ifade etmesi."

Gülümsedim. "Ben de. Havaalanları, düğünler ve hastaneler midemde kelebekler uçmasını sağlıyor."

Mary kafamdaki bir bukleyi döndürürken nostaljik bir şekilde, "Bu kadar dokunaklı olan başlangıç ve bitişler," dedi. "F. Scott Fitzgerald ne demişti? 'Onu seviyorum ve bu her şeyin başı ve sonu,' gibi bir şey." Başını salladı. "Ben de böyle sevilmek istiyorum. Bu kadar kararlı. Maksatlı."

Bu sözlerin Lo'yu üzdüğünü biliyordum. Çünkü saçını yaptırmak için sandalyeye oturduğunda konuyu hemen değiştirdi. "Kızlar olarak bir tatil ayarlayalım. Kış için ve güneşli bir yerlere."

Mary şişmiş karnını gösterdi. "Ama benim küçük bir misafir de getirmem gerekiyor."

Lo, "Sorun değil," dedi. "Biz bebek dostuyuz."

Mary gülümsedi. "Sanırım kızım da yanımıza yakışacak."

Gözlerim büyüdü. "*Kızın mı?*"

Mary, "Evet," dedi. "Yeni öğrendim. Kızım olacakmış."

Katie elinde daha yeni açılmış bir şampanya şişesiyle, "İşte bu haber şampanyayı hak ediyor," dedi. Gelinliğinin içinde çok çekici görünüyordu. Ben duvağını, karışık topuzuna takmasına yardım ederken, Lo da aynaya doğru eğildi ve kırmızı rujunu tazeledi.

Katie, bana ve Lo'ya bakarak, "Belki gelin buketini yakalarsınız," dedi.

Ben gülümsedim ama Lo bu yoruma şaşırmıştı. Kafasını coşkulu bir şekilde sallayarak, "Ben bu geleneği sevmiyorum," dedi.

Gözlerindeki kederi gördüm ve ona daha sonra Grant'ı sormayı kafama not ettim. Bir şey olmuştu veya olmamıştı.

Birden Katie bana döndü. "Törenden önce kaç dakikamız var?"

Şifonyerin üstündeki cep telefonuma baktım. "Beş."

Suratını buruşturdu. "Lavaboya gitmem gerek."

Gülümseyerek, "Ben sana yardım ederim," dedim. "Bütün bu... katmanlarla yardıma ihtiyacın olacak."

Sırıttı. "Gelinliği şimdiden sorgulamaya başladım."

Kilisenin arkasındaki koridorda yürüdük ve köşeden döndük. İşte o zaman iyi dikilmiş smokinin içindeki Josh'ı fark ettim. O da en az Katie kadar güzeldi ama aşkları yüzeysel değildi. Bunu görmüştüm. *Hissetmiştim.*

Josh'ın bize doğru geldiğini görünce Katie koridorda, "Dur!" diye bağırdı. "Gözlerini kapat. Bana bakma! Kötü şans getirir derler!" Ben de gözlerimi kapattım. Aşkları benim bakamayacağım kadar güçlüydü.

Ama Josh onu dinlemedi. Kısık gözlerimden bize doğru gelişini izledim. Gözlerini gelininden ayıramıyordu. Tek bir söz bile etmeden veya bana dikkat etmeden, güçlü ellerini Katie'nin elbisesinin korsajına doladı ve onu kendine çekti. Aralarındaki elektriğin gücüyle kalbim pırpır etti. Josh gelinini öperken ben kafamı çevirdim. Aşkları çok güçlüydü, düğünden önce onları ilk gördüğümde yaşadığım gibi bir kriz yaşamayı göze alamazdım.

Katie'ye, "Sen," dedi. "Mükemmel görünüyorsun. Hayatımda daha güzel bir kadın görmedim. Asla."

Katie sırıttı. "Teşekkürler yakışıklı," dedi. "Ama makyajımı bozacaksın. Daha mihraba da yürümedim. Lavabo nerde?"

İleriyi gösterdi. "Hemen köşede."

Josh ona son bir öpücük verdi. "Mihrapta görüşürüz."

Katie, "Dilerim bu kötü şans getirmez," dedi.

Müstakbel kocası kafasını salladı. "Biz kötü şansa inanmıyorduk, hatırladın mı?"

Çiçek tasarımı ve nedime işlerini Lo ile paylaşırken düğünde yanımızda kavalye getirmeyi konuşmuştuk. Tabii ki Lo, Grant'ı davet edememişti. Baharda ilişkilerini açıklamayı umut etmelerine rağmen, Grant henüz karısından ayrılamamıştı. Sonuç olarak, daha gölgelerden kurtulamamışlardı. Katie, Cam'in gelmesi için ısrar edince ve Lo yalnız olmayı sorun etmeyeceğini söyleyince ben de Cam'i davet etmiştim.

Katie'nin beyaz güllerine bakarken, Lo sinsi bir gülümsemeyle, "Gelmesi iyi bir şey," dedi. "Takım elbise içinde ne kadar hoş göründüğünü göreceğiz. Çuval gibi kıyafetler ona göre değil."

Cam yakasının kenarlarında gri detayları olan bir Tom Ford takımın içinde içeri girdi. Bana doğru yürüyüp yanağımdan hafifçe öpünce Lo bana zafer dolu ve onaylayıcı bir gülümseme gönderdi.

Four Seasons Oteli'nin balo salonunda ışıklar loştu ama masadaki aranjmanlar mum ışığıyla gayet güzel aydınlanmıştı.

Cam eğildi ve kulağıma, "Nedime elbiselerini düşünecek olursak, üstündeki sana çok yakışmış," diye fısıldadı.

Gülümsedim ve şarabımdan bir yudum aldım. Böyle sosyal durumlarda, özellikle de düğünlerde başımı mümkün olduğunca önde tutuyordum. Salona bakarsam, salondaki çiftlere odaklanırsam, görüşüm tamamen kapanabilirdi.

Lo üzgün bir şekilde telefonuna bakıyordu. "Haber alamadın mı?" diye sordum.

Kafasını salladı ve iç geçirerek telefonu masanın üstüne koydu. "Hayır," dedi. "Alamam da. Bu akşam bir programları vardı. Karısıyla birlikte."

Sandalyemde geriye yaslandım ve iç geçirdim. "Çok kötü bir histir."

Başını salladı. "Aynen öyle. Ama bu süreçte ona güvenmeye çalışıyorum. Beni sevdiğini söylüyor. Tanrım, ben de onu seviyorum..."

Gözleri balo salonunu incelerken sesi de kesildi. Bir dakika sonra benim gördüğümü gördü: Grant'ı ve güzel karısını. Kolunu minyon sarışın kadının beline dolamıştı. İkisi de gülümsüyorlar ve Katie'nin ailesiyle konuşuyorlardı.

Lo kafasını salladı. "Buna inanamıyorum," dedi. "O *burada* mı?"

"Sakin ol," dedim. "Demek ki ortak bir tanıdığınız varmış. Belli ki gelmek zorunda kaldı."

"Ama şunlara baksana," diye soludu. "Çok... *mutlu* görünüyorlar. Hayal ettiğim görüntü bu *değildi.*"

Salona baktım. "Mutlu *görünmeleri* mutlu oldukları anlamına gelmiyor."

Salonda tur atan Katie, bizim masamıza da uğradı. "Birisi bana bir kadeh beyaz şarap verebilir mi?" diye fısıldadı. "Bu herkese hoş geldin deme kısmı çok zor."

Gülümsedim ve ona bir kadeh doldurdum. İşte o zaman Lo'nun yüzündeki kederli ifadeyi fark etti. "Ne oldu, tatlım?" diye sordu.

Lo, Grant ve karısının başka bir çiftle birlikte gülüp eğlendiği köşeyi gösterdi. "Onları nereden tanıyorsunuz?"

Katie gözlerini kısarak baktı ve başını salladı. "Altın sarısı elbiseli kadın mı?"

Lo başını salladı.

"Yanlış söylüyor da olabilirim ama sanırım Josh'ın iş arkadaşlarından biri ve karısı," dedi. Kaşlarını çattı. "Açıkçası emin değilim. Müstakbel kayınvalidem sanırım Seattle'daki herkesin gelmesi konusunda ısrarcı olmuş..." Durdu ve Lo'nun yüzüne baktı. "Bir sorun mu var?"

Lo bana döndü. "Görüyor musun, Jane? Söyle lütfen. Âşıklar mı? Bilmek zorundayım."

Katie kafası karışmış bir halde bize bakıyordu. İleriye doğru odaklandım. Gözlerim Grant ile karısını buldu. Lo'nun gerilimini fark ediyordum. İkisi de mutlu, sevgi dolu bir çift olarak görünüyordu. İkisi de güzeldi, gülümsüyorlardı, güzel giyinmişlerdi, vücut dilleri sevgi doluydu, birbirlerine saygılıydılar. Onlara bakarak bekledim, bekledim.

Lo sabırsız bir şekilde, "Ne görüyorsun?" diye sordu.

Birkaç dakika geçtikten sonra, "Hiçbir şey," dedim.

Sandalyesinde geriye doğru yaslandı. Biraz rahatlamıştı ama yine de hâlâ huzursuzdu. Taşıdığı aşkın ağırlığı çok fazlaydı. Artık yorulduğunu biliyordum.

Lo'nun bakışları Grant'a kilitlenmişti. Grant bizim olduğumuz tarafa doğru bakınca Lo'yu gördü. Bakışlarının onun bakışlarına kilitlenişini, yüzündeki duraksamayı gördüm. Bu bana Lo'nun ona ulaştığı kadar onun da Lo'ya ulaştığını gösteriyordu. Yüz ifadesi yalvarır, özür diler gibiydi. Anlayış göstermesi için yalvarıyordu sanki. Karısının kulağına bir şeyler fısıldadı ve bize doğru yürümeye başladı.

Bir dakika sonra Lo'nun sandalyesinin başında dikiliyordu. Lo göz teması kurmaktan kaçınarak ileri bakıyordu. "Lo, ben..."

Lo, "Sorun değil," dedi. "Açıklama yapmak zorunda değilsin." Sesi kararlıydı, güçlüydü. Ama içinde kırıldığını, kafasının çok karıştığını biliyordum.

Salona baktım ve Grant'ın karısının bu sahneyi, kocasının başka bir kadına yalvarışını izlediğini gördüm. Önceden bilmiyorduysa da artık biliyordu. Benim yeteneğim olmasa da, salondaki herkes Grant'ın Lo'ya âşık olduğunu görebilirdi. Lo özür dileyerek masadan kalkarken Grant'a küçük bir bakış fırlattı. İşte o zaman oldu. Görüşüm bulutlandı. Önce yavaş yavaştı. Sonra Josh ve Katie'de yaşadığım gibi aynı yoğunlukla oldu. Bakışları, iki yap-boz parçası gibi birbirlerine uymuştu.

Lo, Katie'ye, "Özür dilerim," dedi. "Kendimi iyi hissetmiyorum. Bu akşamlık beni mazur görün."

Katie elini Lo'nun omzuna koyarak, "Canım benim," dedi. "Dert etme sen."

Lo gittikten ve Grant karısının yanına döndükten sonra gözlerimi ovuşturdum. Masaya elinde iki şampanya kadehiyle dönen Cam hemen durumu fark etti.

Yumuşak bir şekilde, "Otur, Jane," dedi.

Katie yanımda diz çökerek, "İyi misin?" diye sordu.

Cam elimi sıkıyordu. Hemen, "Evet evet," dedim. "İyiyim. Sadece... Migren ağrısı işte."

Cam, "Düzelecek, merak etme," dedi.

Katie omuz silkti. "Düğünüm mahvoluyor."

Görüşüm düzelmeye başlarken başımı salladım. "O adam," diye fısıldadım. "Lo ona âşık. Ama adamın karısı var."

Katie şaşkın bir şekilde salona baktı. "Aa," dedi. "Onu burada bu şekilde görmek çok canını yakmıştır."

"Evet," dedim. "O yüzden gitmek zorunda kaldı." Tekrar gözlerimi ovuşturdum. "Atlatır."

Katie, "Eve gidip dinlenmen lazımsa anlayış gösteririm," dedi.

Kafamı salladım. "Kesinlikle hayır. Kalıyorum." Cam'e döndüm. "Bu delikanlıyla dans etmedim daha."

Katie gülümseyip bir sonraki masaya geçerken Cam de masanın altından elimi sıktı. Bir dakika sonra Josh da Katie'ye katılıp kolunu onun beline dolarken onları izledik.

Cam, "Harika bir çift," dedi. "Belli ki birbirlerine âşıklar."

Başımı salladım. "Evet ve bu aşk çok yoğun. Törende onlara bakamadım bile. Yoksa kilisenin ortasına devrilip kalacaktım."

Cam gülümsedi. Masanın üstündeki telefonum titredi. Arayanın Elaine olduğunu görünce açmaya karar verdim. Ama önce Cam'e özür diler gibi bir bakış fırlattım.

"Alo," dedim. "Son birkaç gündür sana ulaşmaya çalışıyorum."

Elaine, "Bir dakika konuşabilir miyiz?" diye sordu. Sesi zayıf çıkıyordu. Ağladığı belliydi.

"Evet," dedim. "Şu an bir düğündeyim ama seni daha iyi duyabilmek için salondan çıkacağım."

Otelin lobisinde kapitone bir sandalye buldum ve ona çöktüm. "Tamam," dedim. "Seni dinliyorum. Neler oluyor?"

Elaine, "Jane," dedi. "Perişan haldeyim."

"Ne oldu?"

"Birine âşık oldum," dedi. "Karşı sokaktan Charles. Yılbaşında tanışmıştınız, hatırladın mı?"

"Hatırladım." Ona şaşırmadığımı söylemedim. Aşklarını görmüştüm. Gün gibi ortadaydı.

"Jane, bu yükü çok uzun zamandır taşıyorum. Birine söylemek zorundaydım." Duraksadı. Ağladığını duyuyordum. "Çok utanıyorum."

"Sakin ol," dedim. "Utanma. Evet, senin için de kolay değil. Evet, beklenmedik bir şey ama hiçbirimiz kime âşık olduğumuz konusunda utanmamalıyız bence." Lo ve Grant'ı düşündüm. Aşklarının gücü yıkıcıydı. Arkasında enkazdan bir patika bırakıyordu. O zaman bile, katmanlarını soyup koşulları önemsemeyince, aşk aşktı işte. Bazılarımızın, aşkı daha az külfetli koşullar altında bulma şansı oluyordu. Bunu şimdi fark ediyordum. "Elaine, sana nedenini söyleyemem ama son zamanlarda bu konuda ciddi ciddi düşünüyordum. En sonunda, ta derinlerde, âşık olacağımız kişileri seçemeyeceğimize inandım. Âşık olduğumuz kişinin kimliği zaman içinde değişebilir."

Matthew ile Elaine'i düşündüm. Birbirlerini gerçekten sevmişler miydi? Onları tanıdığım bunca yıl boyunca, yanlarında hiç kriz geçirmemiştim. Ama bu onların kendi biçimlerince birbirlerini sevmedikleri anlamına mı geliyordu? Belki de sevgileri değişmişti. Sonuçta aşk iniş çıkışları olan bir şeydi. Tamamen yok olabilir veya kalbinin sessiz bir köşesinde yarım yüzyıl boyunca kimseye, hatta bana bile görünmeden bekleyebilirdi.

Kendini toplayarak, "Evet," dedi. "Ama Jane, ne yapacağım ben? *Evliyim.* İki çocuğum var. Karşı sokaktaki adama âşık oldum."

"Evet, ona âşık oldun," dedim. "Ama ben bu konuda bir şey yapmanı söylemiyorum sana. Ben hiçbir şey söylemiyorum. Ben sadece bu aşka sahip çıkmanı ve bunun için utanmamanı söylüyorum."

"Evet," dedi. "Ben böyle bir şey aramıyordum bile. Yılbaşı gecesi mutfağıma giriverdi. Bom. O kadar belliydi işte."

"Biliyorum," dedim. "Şahit oldum."

"Öyle mi?"

"Evet."

"Hiçbir şey söylemedin ama."

"Bana düşmezdi."

"Ah, Jane," dedi. "Ne yapacağım ben?"

"Mutsuz olduğunda ne yapıyorsun? Seni ne neşelendirir?" dedim.

Bir an düşündü. "Turta. Turta yapıyorum."

"O zaman turta yap," dedim. "İki tepsi, üç tepsi yap. Kendini turtalarda kaybet. Sonra uyu, uyan. O zaman her şeyi daha net göreceksin."

"Evet," dedi. "Haklısın."

"Matthew nasıl? Haberi var mı?"

"Hayır," dedi.

"Biraz zaman ver. Hiçbir şeyi aceleye getirme."

Telefonu kapatırken, otelin koridorunun köşesinden dönen tanıdık birini gördüm. O beyaz renkteki topuzu nerede görsem tanırdım. Bu Colette olabilir miydi? Benim gösterdiğim gelişmeyi mi izliyordu?

Masadaki yerime otururken, Cam'e, "Kusura bakma," dedim. "Arkadaşımın bir sorunu vardı da."

"Aşk hayatı mı?"

"Evet."

Gülümsedi. "Bence sen bu işi ticarete dökebilirsin. Jane Williams, aşk doktoru."

"Haha," dedim. "Olmaz. Bir süpermarketteki falcı kadar başarılı olurum ancak."

Omuz silkti. "Gördüklerine inanıyorsan insanların iyiliği için bir şeyler yapabilirsin. Onları doğru yola sevk edebilirsin."

Kafamı salladım. "Keşke başka bir yeteneğim olsaydı. Fotografik hafıza veya ağrıyan dizlerle hava durumunu tahmin etme yeteneği gibi."

Cam güldü. "Senin yeteneğinin meteorolojik yetilere sahip bir dizden daha havalı olduğuna emin olabilirsin."

Gülümsedim ve kucağımdaki peçetemi katladım. "Keşke annem burada olsaydı. O düğünleri çok severdi."

"Üzgünüm," dedi. "Eminim onu çok özlüyorsundur."

"Evet," dedim. "Ailen hâlâ hayatta olduğu için şanslısın."

Başını salladı. "Kırk beş yıldır evliler ama ne kadar mutlu olduklarından emin değilim. Yani mutlular da pek romantizm kalmamıştır gibi geliyor." Dans pistine çıkan Katie ve Josh'a doğru kafasını salladı. "İkisinin aşkını görebildiğini biliyorum. Annemlere bakman da ilginç bir deney olabilir. Görüşünün çok net olacağından eminim."

Cam'in önerdiği fikre gülmeye çalıştım. "Annen, baban ve onların durumu senin bilim projelerinden biri değil."

Kendi ailemi, paylaştıkları aşk konusunda ne kadar az bilgi sahibi olduğumu düşündüm. Tabii bu aşksa ve gerçekse. Babam hayatımızdan çıkmış olmasına rağmen, bunu bir kereliğine kısa bir an için görmüştüm. Biraz nefes nefese bir halde, "Annem ben lisedeyken öldü," dedim. İnsanlara bunu o kadar nadir olarak söylerdim ki bu bilgiyi şimdi burada Cam ile paylaşmak bana bir samimiyet hissettirmişti.

Hemen, "Çok üzüldüm," dedi. "Peki baban? Onunla yakın mısınız?"

Kafamı salladım. "Hayır, o küçüklüğümden beri kayıp. Sanırım sokakta yanından geçsem tanımam. Ama onu düşünüyorum. Nasıl olduğunu, nerede yaşadığını merak ediyorum. Belki de yepyeni bir ailesi vardır. Hiç tanışmadığım üvey çocukları vardır. Annemi, abimi ve beni niye terk etti gibi birçok şeyi merak ediyorum. Annemi sevdiğini biliyordum ama her nasılsa ona duyduğu sevgi bizim yanımızda kalmasına yetmedi."

Cam başını salladı ama dikkati dağılmış gibiydi. Cebinde telefonunu bulmaya çalıştığını fark ettim. "Kusura bakma," dedi. "İşten arıyorlar." Suratı asılmıştı.

Başımı salladım. "Sorun değil gerçekten. Açabilirsin."

Masadan uzaklaşarak, "Teşekkürler," dedi. Birkaç dakika sonra geldi. Tam o sırada şarkı değişti. Cam gülümsedi. "Bu şarkıyı biliyor musun?"

Başımı salladım. "'The Look of Love.' Bir klasiktir."

Elime uzandı. "Benimle dans et?"

Müzik büyüleyiciydi. Cam'in bakışları da öyle. Ayağa kalktım ve onun kolu belime dolanmış bir halde dans pistine adım attım.

Kulağıma, "Bu şarkıyı ne zaman duysan, bu anı, beni hatırlamanı istiyorum," diye fısıldadı. "Beni hissetmeni istiyorum."

Başımı göğsüne dayayarak, "Tamam," dedim.

Aşk bakışı. Kendi hayatımda aşkı göremiyor olabilirdim ama bu akşam, onu hissedebiliyordum.

On Beşinci Bölüm

Ağustos
2201 Hamlin Caddesi

Elaine mutfaktaki mermer tezgâhın üstünde turta hamurunu açtı. Matthew yarın evde olacaktı. Çocuklar arkadaki kiraz ağacından bir kâse kiraz toplamışlar ve tırnakları kıpkırmızı olana kadar mıncıklamışlardı. Ella, abisinin yanında sırıtarak, "Babam kirazlı turtamıza bayılacak," dedi.

Evet, Matthew kirazlı turtaya bayılırdı. Elaine, arka bahçedeki eski kiraz ağacını keşfedince ne kadar sevindiğini hatırladı. Bu, onun küçük bir kız olarak çıktığı ilk kiraz ağacıydı. Aynı ağacın verdiği kirazlarla büyükannesi bir sürü kirazlı turta yapmıştı.

Elaine kâsedeki kirazlarla şekeri karıştırdı. Sonra tıpkı büyükannesinin yaptığı gibi biraz tarçın attı. Karışımı çırparken, küçük bir kızken büyükannesi turta yaparken bu tezgâhta oturup onu izleyişini hatırladı. Büyükbabası mutfağa girer ve her ne yapıyorlarsa onun tadına bakar, karşılığında büyükannesinden bileğine şaplak yerdi. Onların ilişkileri eğlenceli ve sevgi doluydu. Elaine bunu gerçek aşk olarak görürdü. Hâlâ da öyle görüyordu. Kocasını düşündü. Matthew'u. Evet. Matthew onu seviyordu. Tabii ki seviyordu. Ama ona büyükbabasının büyükannesine baktığı gibi bakmıyordu.

Ella şekerlenmiş kirazdan bir tane ağzına attı ve abisinin peşinden arka bahçeye gitti. Elaine hamurun üstüne delikli turta kalıbını koydu ve hamurun üstünde uzun çizgiler çizdi. Charles'ın arabasının evin önüne park ettiğini duyunca kafasını kaldırdı. Charles sokağa doğru baktı ve pencereden onu gördü. Bakışları buluşunca dün gece bir film gibi gözlerinin önüne geldi. Görüntüler zihninde film şeridi gibi akmaya başladı. Kalbi kabardı.

Çocukları Green Lake'in yakınlarında bir sirke götürmüşler ve günü onların başında durarak, pamuk şekerli suratlarla, dönmedolap, hız treni, oyun salonu arasında harcamışlardı.

Günün sonunda, otoparkın yakınlarında bir bitpazarında durmuşlardı. Herkes yorgundu ama meraklı Ella annesinin elini çekiştirdi. "Gidip bakabilir miyiz, anne, lütfen?"

Charles gülümsedi. "Antikaları ve ilginç şeyleri çok severim," dedi. "Hadi gidip bakalım."

Kendilerini, el örgüsü kazaklar, fırınlanmış çömlekler arasında tezgâhtan tezgâha gezerken buldular. Sonra Ella antika takıların bulunduğu bir tezgâha koştu. Burada çoğunlukla çocukların bebekleri için süslü elbiseler vardı. Ella birden masanın en uzak köşesinden bir bilekliği kaldırarak, "Bak," dedi. "Senin de eskiden böyle bir şans bilekliğin yok muydu, anne?"

Elaine hemen kızının yanına gitti. Şans bilekliğini görünce gözleri yaşlarla doldu. Bu, on iki yaşındayken bugünkü gibi bir karnavala gittiklerinde kaybettikleri şans bilekliğiydi.

Elaine bilekliği elinde tutarak, "Buna inanamıyorum," dedi. Eklemeler hâlâ yerindeydi: pasta, kürek ve yarım kalp. "Bu o. Bu benim bilekliğim. Çocukken kaybettiğim bileklik."

Daha neler olduğunu bile anlamadan Charles cüzdanını açtı ve iki banknot uzattı. "Buyrun," diyerek paraları tezgâhın arkasındaki omzunda tek boynuzlu at dövmesi olan orta yaşlı kadına uzattı.

Elaine bilekliği taktı ve, "Hâlâ oluyor," dedi.

Elaine akşam, hâlâ akşamüstünü düşünürken yalnızdı. Ella ve Jack kuzenlerinde kalacaktı. Matthew da iş için şehir dışındaydı. Charles elinde bir şişe şarapla kapıda belirince tereddüt etmeden onu içeri aldı.

Tabii ki mantığı aksini söylüyordu. Ama o bir komşuydu, arkadaştı. Çok daha fazlasıydı. Çocuklarının birlikte oynayışını izleyerek kaldırımda dikilmişler, sokağın karşısından selamlaşmışlardı ve yavaş yavaş bu karşılıklı etkileşim doruk noktaya ulaşmıştı. İşte Charles, çenesinde bir tutam sakalı ve gözlerinde hasret dolu bir bakışla kapıya yaslanıyordu.

Fısıltıyla, "Lütfen, içeri gelebilir miyim?" dedi.

Elaine, "Evet," diye cevap verdi. Bu tek bir kelimeydi ama her şeyi ifade etmişti. Bir müzisyenin bir tek notayla duygu yaratması gibiydi.

O da onu içeri davet etmişti. Birlikte şarap içmişlerdi. Sohbet etmişlerdi.

"Sevdiğin bir şeyi kaybetmiştin. Bilekliği bu yüzden satın aldım. Çünkü kalben bir daha asla göremeyeceğini bildiğin bir şeyi aramanın nasıl bir şey olduğunu biliyorum."

Açık sözlülükle, "Karını çok özlüyorsundur," dedi.

"Evet," dedi. "Her gün. Her şey bana onu hatırlatıyor. Müzik. Kızımızın söylediği şeyler. Bahçedeki güller." Uzun bir an durdu ve irileşmiş gözlerle Elaine'e baktı. "Sen bile biraz bana onu hatırlatıyorsun."

Elaine, "Beni sever miydi?" diye sordu.

Charles, "Cara sana bayılırdı," dedi. Sözcükleri kalbini ısıtmıştı. "Tekrar böyle âşık olacağımı hiç sanmıyordum. Sonra senin mutfağından içeri girdim."

Önce elleri birbirlerini buldu. Sonra dudakları. Sonra vücutları. Elaine bunun basit bir etkileşimden daha büyük, arzudan daha derin bir şey olduğunu biliyordu. Bunu, ilk gün, aylar önce mutfaktaki o ilk anda Charles'ın gözlerine baktığında anlamıştı. Onun gözlerinin ötesine baktığında, hayatı görmüştü. Büyük, dopdolu, güzel bir hayat. Bir ev ve bahçe. Çocuk sesleri. Noeller, Paskalyalar, yıldönümleri. Bu gözlerde Elaine aşkı görmüştü.

Alevler şöminede oynaşıyor, yerde yatan çıplak vücutlarının üstüne gölgeler düşürüyordu. Elaine perdeleri çekmemişti. Evin önünden geçen herhangi bir komşu, kaniş cinsi köpeğini gezdiren Bayan Wilkinson veya sorunlu bebeklerini yatmadan önce gezdirmeye çıkaran Jonathan ve Lisa West onları birlikte, vücutları birleşmiş, bakışları birbirlerine mühürlenmiş bir halde görebilirdi. Bu pervasızlıktı. Elaine bunu biliyordu. Kendisi gibi hareket etmemişti. On altı yaşındaki versiyonu gibi davranmıştı. Ama Elaine'in ona sahip olması gerekiyordu. Charles'ın da öyle. Birbirlerine göre onlar bütün bir ömür aradıkları hazineydi. Bitpazarında, tozlu bir ucuzluk sepetinde satın alınmayı bekleyen bir hazine.

Sonra ikisi de bunu almıştı. Bu buldukları hazinede kendilerini kaybetmişlerdi.

Elaine gözlerini kırpıştırdı ve Charles'ın onun için aldığı bilekliği kavradı. Sokağın karşısında, evinin önünde bekliyordu. Elaine'e nasıl dokunduğunu hatırlıyor muydu acaba? Daha üstünden on iki saat bile geçmemişti. Elaine'in *ona* nasıl dokunduğunu hatırlıyor muydu? Kulağında Elaine'in sesini duyuyor muydu? Çünkü Elaine onu duyabiliyordu. Onu hâlâ *hissedebiliyordu.*

Ella arka kapıdan, "Anne! Anne!" diye bağırdı ve Elaine'i bu şaşkın halinden uyandırdı. "Babam eve erken gelmiş!"

Elaine olduğu yerde döndü ve Matthew'un mutfak kapısının önünde dikildiğini gördü. Arabasının sesini duymamıştı. Ne kadardır orada duruyordu?

Elaine'e doğru yürüdü. "Chicago'dan daha erken bir uçak buldum," dedi ve alnını öpmek için durdu.

Elaine önlüğünü bağladı ve hiçbir şey değişmemiş gibi gülümsemeye çalıştı. O sonuçta Matthew'un evlendiği kadındı. Sevgi dolu, pratik, aldatma yeteneği olmayan. Tezgâha, kirazlı turtasına döndü. Matthew karnını Elaine'in sırtına yasladı ve kollarını onun beline dolayarak arkadan yanağını öptü. Elaine kafasını kaldırdı. Charles posta kutusunun yanında dikiliyordu. Birlikte mutfakta durduklarını gördüğünü biliyordu.

Matthew kafasını sağa doğru çevirerek, "Sence evi boyatacak mı?" diye sordu.

Bakışları tekrar buluştu. Elaine gözkapaklarından akmak isteyen yaşlarla mücadele ediyordu. Yaşları içine akıtmak istiyordu. "Evet," dedi. "O mavi çok kötü bir renk, değil mi?"

Matthew başının üstünü öptü. "Kirazlı turta mı? Nasıl bu kadar şanslı olabilirim?" Ağzına bir kiraz attıktan sonra mutfaktan çıktı.

Elaine pencereden baktı ve mutfak tezgâhına tutundu. Kalbi patlayacak gibi hissediyordu.

On Altıncı Bölüm

Eylül

Lo çiçekçide tezgâhın arkasında oturuyordu. Mavi bir elbise giymişti ve belini olduğundan daha zayıf gösteren siyah bir kemer takmıştı. Topuz yaptığı saçlarıyla çok güzel görünüyordu ama gözleri kederliydi. Ben dükkândan içeri girdiğimde kafasını kaldırıp baktı. Ağladığı belliydi. Telefonuna bakarak, "Bir haftadır ne arıyor ne mesaj atıyor," dedi. Uzun bir nefes koyverdi.

Lo, Katie'nin düğününden sonra Grant ile yüzleşmişti. Onu orada karısıyla görmek Lo'yu derinden incitmişti. Özellikle de ona evdeki mutsuzluğundan ve gelecekteki planlarından bahsettikten sonra.

Kendini toplayarak, "Sorun değil," dedi. "Sürekli bu konuda, ona takıntılı olmaktan vazgeçmem gerek. Belli ki kararını verdi, karısıyla kalmayı seçti. Tamam. Ama neyi unutamıyorum, biliyor musun, Jane? Beynimi kemirip duran şey ne biliyor musun?"

Ona doğru yürüdüm ve çantamı tezgâhın arkasına koydum. "Ne?"

"Ben hiç bu kadar yoğun bir aşk yaşamadım," dedi. "Onun da böyle hissettiğini biliyorum. Bu aşk, ikimizin de yaşadığı şeylerden çok daha büyük. Ben de buna arkasını dönüp nasıl gidebildiğini anlamaya çalışıyorum." Kafasını şaşkınlık içinde salladı. "Peki *ben* nasıl arkamı dönüp gideceğim? Bu şekilde bir daha kimseyi sevmeyeceğimi bilerek her gün nasıl uyanıp başkalarıyla randevulara gideceğim?"

Keşke ona yeniden seveceğini, aşkın her köşe başında olduğunu, gerçek aşkın tekrar bulunabileceğini, tekrarlanabileceğini söyleyebilseydim. Nedense ben böyle düşünüyordum. Ama Lo'nun Grant'a karşı hissettiği gibi bu kadar büyük, yoğun bir aşka sahip olduğunuzda, *bunu* tekrar bulabilir miydiniz? Ben sadece gördüğüm şeyi biliyordum. Grant ile Lo arasında aşkı görmüştüm. Yoğun bir aşktı bu. Arkadaşım gibi ben de kalbin eşiyle birlikte olamadığında yoluna nasıl devam ettiğini merak ediyordum.

"Bu aşk işleri çok büyük risk," dedim. "Seviyorsun ve umut ediyorsun ama garantisi yok. Kalenizi kalplerinizde birlikte kuruyorsunuz. Bir anda hepsi yıkıladabilir." Kafamı salladım. "Bundan ben de korkuyorum."

Lo kafasını kaldırıp baktı. "Cam ile mi?"

"Evet," dedim. "Beni ailesiyle tanıştırmak istiyor. Birkaç ay önce geleceklerdi ama babasının sağlığıyla ilgili bir durum oldu." Durdum ve iç geçirdim. "Lo, ailesiyle tanışmak... Çok önemli bir şey, değil mi?"

"*Aynen öyle.*"

"Ama beni romantik bir sebepten mi götürüyor yoksa yanında asistan gibi filan mı bilemiyorum. Beynim onu büyüledi. Belki paranoyaklık ediyorum ama onun bu araştırmacı tavırlarının parçası olmak istemiyorum."

Lo huzursuz bir şekilde kıpırdandı. "Jane, bir şey söylemeyecektim, hatta burnumu sokmamaya yemin ettim." İç geçirdi. "Ama senin bu temkinli olmak konusunda söylediklerini duyunca... Ben Katie'nin düğün gecesinde Cam'in telefonunda bazı mesajlar gördüm. Telefonu masada bırakmış. O gece kötü durumda olsam da, ekrana bir anda fırlayan mesajları fark etmeden edemedim. Ama hepsi büyük harflerden oluşan bir tartışma vardı."

Dans pistindeki romantik anları hatırladım. Sadece benimle ilgilendiğini düşünmekte yanılmış mıydım? "Mesajları okuyabildin mi?"

İç geçirerek, "Parça parça," dedi. "İş konusunda başı belada gibiydi."

Cevap veremeyecek kadar çok sarsılmıştım. Ben de konuyu değiştirdim. "Benim kuaförde bir randevum var. Dip boyamı yaptıracağım. Bugün dükkâna sen bakar mısın? Belki sonra gidip abimi görürüm."

Lo başını salladı. "Tabii ki. Flynn'a selam söyle."

"Söylerim," dedim. "Lütfen Grant konusunda da kendini üzmemeye çalış." Colette'in bana verdiği, geçmiş yüzyıllardan âşıkların isimlerinin olduğu, gerçek aşk örnekleriyle, aşkın çeşitleriyle dolu kitabı düşündüm. Lo ve Grant kitapta yerlerini alacaklardı. Paylaştıkları aşkın türünü veya hikâyelerinin nasıl sona ereceğini veya ermeyeceğini bilmesem de onları daha ilk gördüğüm gün bunu anlamıştım. O aşklarının zamana meydan okumasını, engelleri aşmasını, betondaki bir çatlakta yeşillenen, büyüyen bir tohum olmasını istese de, bu Lo'nun da Grant'ın da kontrolünde değildi.

Kuaför salonuna girdiğimde Mary'nin karnına bakarak, "Şuna bakın!" diye çığlık attım.

Güldü ve karnını okşadı. "Biliyorum, kocamanım," dedi. "İkizlerin mi olacak diye soran herkesten birer dolar alsaydım, ohooo..." Mary kestane rengi saçını kulağının arkasına attı ve iç geçirdi.

Kolunu sıktım. "Çok zor olduğunu biliyorum. Eli'nin gidişiyle."

Başını salladı. "Yalan söylemeyeceğim. Tam bir cehennemdi. Yalnız ve hamile olmak." İç geçirdi. "Neyse ki Luca var."

"Luca mı?"

Ben sandalyeye otururken, "Müteahhidim, hatırladın mı?" dedi. "Hiç beklemiyordum ama bana harika bir arkadaş oldu." Tekrar iç geçirdi. "Onu gerçekten özleyeceğim."

"Özleyecek misin?"

Saçlarımı bölümlere ayırırken başını salladı. "Mutfağın işi neredeyse bitti. İtalya'ya dönmeyi planlıyor. Amerikan bir milyoner, Como Gölü'ndeki malikânesini yenilemesi için Luca'yla anlaşmış." Omuz silkti. "Belki George Clooney'dir."

Mary'nin sesinde tereddüt, pişmanlık hissettim. "Bu seni üzüyor mu?"

Hemen kafasını salladı. "Hayır, hayır. Öyle bir şey değil." Saçlarımın altından bir tarak geçirdi. "Evde olmasını özleyeceğim. Hepsi bu."

İlk folyoları saçıma yerleştirirken, aşkın insana nasıl bir ton tuğla gibi çarpabileceğini veya yüzüne bir tüy gibi dokunabileceğini düşündüm.

Öğle yemeği için pazarın içindeki Beecher's'da abimle buluştum. Flynn, "İyi görünüyorsun," dedi.

Ellerimi yeni boyanmış saçlarımda gezdirdim ve sırıttım. "Teşekkürler."

İkimiz de yengeçli sandviçlerden ısmarladık ve Elliott Körfezi'ne bakan bir banka yürüdük. Daha öğle yemeğimize başlayamadan martılar ayaklarımızın dibinde dolaşmaya başladı. Öğle yemeğimiz, iki kızarmış ekmek dilimi arasında tatlı Dungeness yengeç eti, közlenmiş kırmızıbiber ve dereotlu sarımsaklı mayonezdi. Yani, cennetti.

Flynn ağzının kenarlarını bir peçeteyle silerken, "Hatırlıyor musun, annem sabahları kahvesini alıp buraya gelirdi," dedi.

"Evet," dedim ve şu an genç bir ailenin oturduğu ilerdeki bankı gösterdim. Hawaii baskılı bir şortu olan ve yeni yürümeye başlamış bir çocuk, ekmek parçalarını hevesli martılara atarken çığlık atıyordu. "Orada oturur ve körfeze bakardı." Sandvicin kâğıdını buruşturdum ve yanıma koydum. "Annemin babamızın onu terk edişini atlatabildiğini sanmıyorum."

Flynn başını salladı. "Evet, ben de."

"Mutlu olduğunda bile," dedim. "Gözlerinde bir hüzün olurdu. Sanki her zaman onun anısını taşıyor gibiydi."

Flynn körfeze doğru baktı, sonra bana döndü. "O hissi biliyorum."

"Nasıl yani?"

Alnını ovuşturarak, "Karşı caddedeki kadın," dedi. "Jane, bunu nasıl tanımlayacağımı bilemiyorum. Hiç mantıklı da değil. Onunla tanışmadım bile. Adını bile bilmiyorum ama yine de sabahları uyanmamın sebebi o." Gülümsedi. "Sözsüz bir dilimiz var. El sallıyoruz, gülümsüyoruz, işaret ediyoruz. Geçen gün kâğıda 'En sevdiğin çiçek ne?' yazdım. O da mukavvaya 'Turuncu gül' yazmış. Ben de bir vazo turuncu gül aldım ve onun için pencerenin önüne koydum."

Gülümsedim. "Doğru. Lo, uğrayıp turuncu gül var mı diye sorduğunu söylemişti."

Flynn, "Çok beğendi," dedi. "Bu onu gülümsetti. Benim istediğim de buydu. Pek gülmüyor. Çok büyük bir yük taşıyor sanki. Aynı adam gelip onu görmeye devam ediyor. Sanırım eski sevgilisi. O gittikten sonra hep ağlıyor. Onu ağlarken görüyorum. Yanına gitmek istiyorum. Acısını almak istiyorum. Hiçbir kadını teselli etmek istemediğim kadar onu teselli etmek istiyorum." İrileşmiş gözlerle bana döndü. "Jane, hiç mantıklı değil ama sanırım bu aşk."

Sırıtarak, "Ya da aşkın bir türü," dedim. "Flynn, onunla hiç konuşmadığın halde onu sevdiğini nereden biliyorsun? Daha ona dokunmadığın halde?"

Basit bir şekilde, "Biliyorum işte," dedi.

Flynn ve bu gizemli kadının da eski kitaptaki yerini alacağını biliyordum. Onlarınki esir edici, nadir ve yoğun bir aşktı.

"Ona adını sor," dedim. "Yani adını soran bir işaret yap."

"Tamam."

Cam beni saat dörtte aldı. Winslow kasabasındaki bir restoran olan Hitchcock'da ailesiyle yiyeceğimiz akşam yemeği için Bainbridge Island'a giden bir feribota bindik. Ailesi bu kasabadaki bir akrabalarını ziyarete gelmişti.

Arabadan inip de el ele yürürken, Cam, "Çok güzel olmuşsun," diye sırıttı. Yaz sonunda muhteşem bir akşamdı. Ilık bir esinti vardı. Gökyüzü bulanık ve pusluydu. Kaldırım boyunca çiftler kol kola geziyor, çocuklar dondurma külahlarını yalıyorlardı. Cam, "Ailem seninle tanışmaya çok hevesli," dedi.

Bir mağazanın camlarında kendi görüntümü yakaladım ve soluk mavi elbiseme ve sandaletlerime baktım. *Biraz daha şık mı giyinmeliydim?*

"Annem Bainbridge Island'da büyümüş," dedim.

"Nasıl biriydi?" diye sordu.

"Tanıdığım en sevgi dolu insandı," dedim. "Zarif, nazik, biraz beceriksiz." Kendi kendime gülümsedim. "Pazardaki balıkçılardan birinin kız arkadaşına evlenme teklif etmesine yardım etmiş. Kızın en sevdiği çiçek, zambakların nadir bulunan bir türüymüş. Annem bu çiçeklerden Peru'dan en az iki yüz kök getirtmiş ve hiç para almamış." Başımı salladım. "İnsanlar için böyle şeyler yapardı. O aşkı severdi."

"Sen de onu severdin," dedi.

"Evet, hem de çok," dedim.

Restorana yaklaşmıştık. Onun peşinden loş ışıklı odaya girdim. Kır saçlı bir çift bize odanın karşısından el salladı ve Cam gülümsedi. Masaya yaklaşırken, "Anne, baba," dedi. "Bu Jane."

"Tanıştığımıza memnun oldum, Bayan Collins," dedim. Çantamı da sandalyenin yanına bıraktım.

Bana sarıldı. "Bana Claudia de lütfen," dedi. "Bu da Gerald."

Cam'in babası, "Seninle tanıştığıma çok memnun oldum, Jane," dedi.

Bir garson yaklaştı ve bize menüleri dağıttı. Claudia kendi menüsünü açtı ve Gerald'a döndü. "Tatlım, baksana burada *gnocchi*[*] varmış. Sen çok seversin."

Gerald suratını buruşturarak, "Ben *gnocchi* sevmem," dedi.

"Seviyorsun. Unutmuşsun sadece." Bana bilmiş bilmiş gülümsedi. "Kafası vücuduna bağlı olmasaydı kafasını bile unuturdu."

Gerald kaşlarını çattı ve menüyü indirdi. "Madem neyi sevdiğimi bu kadar iyi biliyorsun, o zaman siparişimi de sen ver?"

Claudia kendinden emin bir şekilde kafasını salladı. "Veririm."

Cam sandalyesinde kıpırdandı. Anne babasının bu tuhaf sohbetinden utandığını anlamıştım. Haklı olduğunu görüyordum. Belli ki annesiyle babası birbirlerine âşık değillerdi. Claudia ile Gerald'a baktım. İşte o zaman yine oldu. Görüşüm bulanıklaşmaya başladı. Gözlerimi kırpıştırdım ve dengede kalabilmek için masanın kenarlarına tutundum.

Cam, "İyi misin?" diye fısıldadı. "Bunun anlamı..."

Başımı salladım. "Evet."

Claudia masanın karşısından koluma uzanarak, "Canım, dilerim hasta değilsindir," dedi.

"İyiyim," dedim. "Sadece..."

Cam, "Jane'in migreni var," diye araya girdi.

Sis kalkana kadar gözlerimi kapalı tuttum. Yemek boyunca başım ağrıyacaktı ve gözlerimin arkasında basınç hissedecektim ama gece boyu başka kriz geçirmeyeceğimi biliyordum. Aynı etkileşim hiçbir zaman iki krize neden olmazdı.

* Patatesten yapılan bir İtalyan yemeği. (ç.n.)

Claudia, "Ah canım benim," dedi. "Gerald'da da var. Peyniri bir türlü bırakmıyor. Baş ağrılarını tetikliyor. Laktoza da duyarlı." Kafasını salladı. "Süt ürünlerini bırakması gerekiyor ama o bunun için hiçbir sebep görmüyor."

Gerald kaşlarını çattı. Kafasını sallayarak, "Peynir," dedi. "Peyniri bırakmamı istiyor."

Cam'e baktım ve gülümsedim. Anne babası birbirlerini derin bir aşkla seviyorlardı. Bunca yıl. Bunca tartışmadan sonra. Hayatın kavgalarından sonra. Ve peynirden. İşte bu aşktı.

Cam beni evine davet etti. İki kadeh şarapla kanepeye yerleşince ellerini saçlarımda gezdirdi. "İnanamıyorum. Yemekte annemle babamın arasında aşk gördüğüne inanamıyorum."

"Neden ki?"

Kadehinde şarabı döndürdü. "Paylaştıkları aşkın yıllar içinde buharlaşıp gittiğinden emindim. Birbirlerini yiyip duruyorlar."

Başımı salladım. "Her aşk ilişkisinin en sonunda tencere tavaya dönüştüğünü duymuştum."

Cam sırıttı. "Tencere tava mı?"

"Evet," dedim. "Aradaki etkileşim ne kadar yoğun olursa olsun, en sonunda günlük şeylere, rutine dönüşüyor. Tencere tavaya. Ama annenle baban bu tencere tavada bile hâlâ aşk olabileceğini gösterdi. Derin bir aşk."

Şaşkın bir halde gülümsedi. "Tek konuşulacak şeyin babamın laktoz duyarlılığı olduğu kırk beş senelik bir evlilikte bile mi?"

Gülümsedim. "Aşk laktoz duyarlılığının yerini alıyor, evet."

Bana daha da çok yaklaştı. "Sence biz aşkı bulabilir miyiz?" diye fısıldadı. "Sence senin yeteneğine sahip birisi bizde aşkı görebilir mi?"

O kadar yakındı ki, tatlı ve baş döndürücü tenini, nefesini duyabiliyordum. Parmaklarımı onunkilere geçirirken kalp atışlarım hızlandı. Colette'i düşündüm ve aramızda aşk görür mü diye merak ettim. Hem bilmek istiyordum, hem istemiyordum. Daha çok, kendimi bu anda kaybetmek istiyordum. Dudaklarımı onunkilere bastırdığımda aynen öyle oldu. Kendimi tamamen onda kaybettim.

On Yedinci Bölüm

4572 Sunnyside Bulvarı

Mary arabasını evin önüne park etti. Luca'nın kamyonetini evinin önünde park edilmiş olarak gördüğü için mutluydu. Aslında bunu görmek bile kalp atışlarını hızlandırıyordu. Eylül ayının sonuydu. Şömineyi yıktırmaktan vazgeçtiği için mutfağın yenilenmesi ve kahvaltı köşesinin genişletilmesi beklendiğinden uzun sürmüştü. Ama o bu gecikmeden çok memnundu. Bu, Luca'nın daha uzun süre kalacağı anlamına geliyordu. Ama şimdi bitiş yaklaştığı için Mary endişelenmeye başlamıştı. Yakında çocuğu doğacak olmasına rağmen yalnız kalmak istemiyordu.

Mary arka taraftan gelen testere sesini duydu ve kendi kendine gülümsedi. Bu Luca'ydı. Arkadaşlıkları, daha önce yaşadığı her şeyden daha önemli hale gelmişti. Bebeğin beşiğini yapmasına ve çocuk odasını boyamasına yardım etmişti. Yeni ocak takıldıktan sonra Luca için yemek pişirmişti veya bazen dışarıdan söylemişti. Yemeğin başında vakit geçirmişler, karmaşık sözcüklerle ve el işaretleriyle birbirlerine hikâyeler anlatmışlardı. Mary dün geceki akşam yemeğini hatırlayarak mutlu bir şekilde iç geçirdi.

Luca su tesisatçısı yeni musluğu takarken suyu geçici olarak kesmek zorunda kalmıştı. Bu yüzden Mary sokağın aşağısındaki küçük bir restorana, Julia's'a gitmeyi önermişti. Sıcak bir akşamdı. Onlar köşeyi dönerken kaldırım boyunca uzanan akçaağaçlardaki kuşlar cıvıldıyordu. Mary açık bir rögar kapağının yakınına adım atınca, Luca elini tutarak, "Dikkatli ol," dedi. Karnı iyice büyümüştü ve bunun gibi sıcak günlerde aralıktaki doğuma kadar dayanıp dayanamayacağını merak ediyordu. Çoğu insan onu sokakta durduruyor ve o tanıdık soruyu soruyordu: "İkiz mi olacak?"

Bu Luca'nın ona ikinci dokunuşuydu. İlki kazara olmuştu. Ocağın üstüne eğilmişler, aspiratörün altındaki yeni döşenen seramikleri inceliyorlardı. Kolları birbirine değmişti ve Mary'nin bütün tüyleri diken diken olmuştu. Luca bir adım geri çekilmişti ve gergin bir şekilde alnını ovuşturmuştu.

Mary anahtarlarını masanın üstüne koydu. Hâlâ dün geceyi düşünüyordu. Restoranda, garson onları arkadaki küçük bir masaya götürmüştü. Burada bir akvaryumda iki şişman Japon balığı vardı.

Mary, Luca'ya, "Çocukken hep bir Japon balığım olsun istemiştim," dedi. "Onlar dünyadaki beslemesi en kolay hayvan olmalarına rağmen annem almama izin vermemişti."

Luca gülümsedi ve balıklardan küçük olanını gösterdi. "Bu sensin," dedi. "Büyük olan da benim."

Mary, "Şunlara baksana," dedi. "O küçücük akvaryumda bile çok mutlu görünüyorlar."

Luca başını salladı. "Aşkın olduğu her yerde mutlu olabilirsin."

Bu, Luca'nın Mary'ye söylediği en güzel cümleydi. Bunu söylerken gözlerinin parlaması Mary'nin çok hoşuna gitmişti. Tabii ki Luca haklıydı. Eli gittiğinden, gururla oturduğu güzel evi artık onun için pek bir şey ifade etmiyordu. Aşk gitmişti. Ama aşk olsa bir kulübede, vagonda, iki kişilik bir akvaryumda yaşayabilirdi.

Mutfağa baktı. Luca, Mary'nin Restoration Hardware'den aldığı dolap tutacaklarını takıyordu. Kurşun-kalay karışımı ve zımparalanmış nikel arasında gidip gelmişti ama seçimini ikinciden yana kullanmıştı ve tutacaklar beyaz dolabın üstünde çok güzel durmuştu.

Eli'nin beğenmediği eski şömine yerinde duruyordu. Mary bundan çok memnundu. Şömineyi eski bir arkadaş gibi görüyordu.

Çevresine bakarak, "Çok komik," dedi. "Başlangıçta, mutfak yenilemesi ve hamilelik hiç sonu gelmeyecek bir proje gibiydi ama hepsi... çok çabuk bitti." Pişmanlık duydu. Çünkü Luca'nın kısa zaman sonra gideceğini biliyordu. Eli'nin, birlikte planladıkları bu mutfağı hiçbir zaman göremeyeceğini bildiği gibi. Burada geçirecekleri pazar günlerinin hayalini kurmuştu. İkisi masada oturup kahvelerini yudumlarken, *New York Times*'ın eklerini alıp verirken. Ocağın üstünde tıkırdayan pastırma ve fırında pişen yabanmersinli kek. Gazete, pastırma ve kek. Mutluluğun kokusu.

Luca tarafından mükemmel şekilde zımparalanan tezgâha dokununca Mary başka bir duygu akınına uğradı. Kapı çerçevesiyle işi bittikten sonra gidecek ve bir sonraki projesine geçecekti. Bu fikir onu çok ama çok korkutuyordu.

Bu geçen aylar boyunca ve hamileliği süresince o, hayatındaki değişmeyen bir figür, hatta belki de kesin olan tek şey haline gelmişti. Kuaför salonundaki uzun bir günden sonra eve geliyordu ve Luca elinde çekiç, testere, boya, çiviyle uğraşıyor oluyordu. Girişteki eski bir şamdan gibi, Luca evinde ve hayatında demirbaş haline gelmişti ve ona veda etmeye hazır değildi.

Luca ona doğru döndü ve gülümsedi. Mary onun gülümsemesini çok seviyordu. Çok çocuksu, eğlenceli ve kendisi gibiydi. Eli hiç böyle gülümsemezdi. Eli ona hiç Luca'nın baktığı gibi ümitle bakmazdı.

Luca ona doğru bir adım atarak, "İşte geldin benim kırmızı balığım," dedi.

Mary kendini tutamayıp güldü. "*Japon balığı* mı demek istedin?"

Luca ellerini koyu renk saçlarında gezdirirken gülümsedi. "Haha," dedi. "Evet Japon balığı demek istedim. Ah şu İngilizcem."

Gülerek, "Hayır, hayır," dedi. "Kırmızı balık daha iyi. Çok daha iyi."

Uzun bir an için bakışları birbirine kilitlendi ve öyle kaldı. Luca ağır ağır, "O zaman her zaman benim kırmızı balığım olacaksın," dedi.

Bir hafta sonra Mary güzel evinin güzel mutfağında dikiliyordu. Luca gitmişti. Eli'nin adını hatırlayamadığı teyzelerinden düğün hediyesi olan KitchenAid çırpıcısı Luca'nın döner testeresinin bulunduğu yerde duruyordu. Paslı menteşeleri olan metal alet çantasının yerini parlak Granny Smith elmalarıyla dolu beyaz bir kâse almıştı. Luca harika bir iş çıkarmıştı. Mary'nin mimarı Stuart bile mutfağın fotoğraflarını yıllık mutfak yenileme sayısı için *Architectural Digest* dergisine göndermekten bahsetmişti. Ama mutfak ne kadar güzel olursa olsun Mary kendini kaybolmuş ve yalnız hissediyordu. Onun mutfağında veya evinde aşk yoktu.

Kırmızı balık. Mary, Luca'yı düşünerek kendi kendine gülümsedi. Onu özlüyordu. Luca gitmeden önce telefon numarasını yazıp bırakmıştı. "Bir şeyler ters giderse, bozulursa," demişti. "Beni ara. Gelir yaparım."

Her sabah tezgâhın üstündeki numaraya bakıyordu. Bazen bulaşık makinesinin bozulmasını, dolapların menteşelerinin uyumsuz olmasını veya musluğun sızdırmasını istiyordu. Onu aramak, sesini tekrar duymak, onu tekrar görmek için bir nedeni olmasını istiyordu. Bu kadar aydır ona arkadaşlık etmişti. Şimdi yokluğu... kendini çok yalnız hissetmesine neden oluyordu.

Onu neden aramıyorum ki? diye düşündü. *Bir merhaba demek için neden aramıyorum?* İki eski arkadaş gibi.

Telefonu açtı ve derin bir nefes aldı. Ama Luca'yı aramadı. Kocasını aradı. Artık yabancıydılar ama Eli hâlâ onun kocasıydı. Hâlâ onunla evliydi. Telefonun her çalışı için kalbi iki kez gümbürdüyordu. Bebeğin de tekmelediğini hissediyordu. Minik bir ayağın veya dizin veya dirseğin tenine değdiği yerleri okşadı. Bu bebek ikisinindi.

Dört çalıştan sonra telefon açıldı. Bir kadın sesi duyuldu. "Alo?" Ses gençti, seksiydi... gergindi. Mary hemen kapatma tuşuna bastı ve mükemmel, ıssız mutfağının masasındaki sandalyeye çöküp kaldı.

On Sekizinci Bölüm

Ekim

Sam ile birlikte asansörden inerken, Bernard'a, "Günaydın," dedim.

Bernard gülümseyerek, "Günaydın," diye yanıt verdi ve Sam'in başını okşadı. Kaldırıma çıktım. Seattle havası serinlemeye başlamıştı ve pazarlarda kabaklar yerini almıştı. Bir sebze tezgâhında durdum ve balkabağı çeşitlerine hayranlıkla baktım. Üç tane aldım: Biri Mel, biri Elaine, diğeri de çiçekçi dükkânım içindi.

Ben yaklaşırken Mel, "Merhaba, güzelim," dedi.

Balkabağını kasanın yanına yerleştirirken, "Sana aldım," dedim. "Ekim ayın mutlu geçsin."

Sanki bir sır verecekmiş gibi bana doğru yaklaşarak, "Aslında çok güzel geçiyor," dedi. "Dün Parlamento'dan konuştuk."

Kafam karışmış bir halde baktım. "Parlamento mu?"

Zafer kazanmış bir şekilde, "Evet," dedi. "Her cuma birlikte kahvaltı ediyoruz. Ayrı masalarda ama aynı kahvaltıyı. Yumurtalarımızı birlikte yiyoruz."

"Bir dakika Mel, kiminle?" Sonra gözlerindeki ışıltıyı fark ettim ve jetonum düştü. "İngiltere Kraliçesi'yle tabii ki."

Sırıttı. "Evet."

"Senin adına sevindim, Mel. Neden ona çıkma teklifi etmiyorsun?"

"Etmek istiyorum," dedi. "Cesaretimi toplamaya çalışıyorum."

"Çok uzun sürmesin," dedim. "Ondan hoşlanmadığını düşünebilir. Biz kadınlar bazen sabırsız olabiliyoruz."

Ona göz kırptım ve kaldırımda yürümeye devam ettim. Meriwether'ın önünde durdum ve Sam'i bir sokak lambasına bağlamak için durdum. İçeride Elaine tepsiyi yeni yaptığı kruvasanlarla dolduruyordu. Kafasını kaldırıp beni görünce gülümsedi.

Tezgâhın üstüne bir balkabağı koyarak, "Sana aldım," dedim.

Boş bir tepsi çıkararak, "Ayy, teşekkürler," dedi. "Geldiğine çok sevindim. Bir dakika konuşabilir miyiz?"

"Tabii ki," dedim. Yanağındaki unu sildi ve tezgâhın arkasından çıktı. Birlikte pencere kenarındaki bir masaya oturduk.

"Konu Charles," dedi. "Bu gerçek, Jane. Âşığım. Gerçekten. Çılgınlar gibi. Deliler gibi." Sözcükler dudaklarından bir çığ gibi dökülüyordu.

İkisinin yanında görüşümün nasıl bulutlandığını hatırladım. Tabii ki Elaine âşıktı. Bunu kendi gözlerimle görmüştüm.

"İnsanlar ruh eşlerinden bahsedip dururdu," dedi. "Bütün hayatım boyunca buna hiç inanmadım. İki insanın birbiri için yaratılması fikrine inanmadım." Kafasını salladı. "Ama sonra Charles ile tanıştım. Ve şimdi anlıyorum."

"Onda ne görüyorsun, Elaine?"

Nostaljik bir şekilde, "Sıcak hava balonları," dedi. Bileğindeki şans bilekliğini fark ettim.

Ne demek istediğini pek anlamayarak kafamı salladım.

Elaine gülümsedi. "O da benim gibi sıcak hava balonlarını seviyor. Matthew benim için bile binmez o balonlara. Ama Charles?" İç geçirdi ve gülümsedi. "O Matthew'un asla olamayacağı bir şekilde açık ve spontane. Yarın ona benimle Santorini'yi sıcak hava balonuyla gezer misin diye sorsam yapar.

"Ama bu aynı zamanda korkunç bir şey," dedi. "Ne yapacağımı bilmiyorum. Geçen gece Charles benden bir karar vermemi istedi. Matthew'u bırakıp onunla bir hayata başlamak konusunda. Her gece yatak odamızın gölgelerine çekildiğimizi görmek ona acı veriyor biliyorum. Beni Matthew ve çocuklarla bahçede görüyor. O beni seviyor. Ben onu seviyorum." İç geçirdi. "Bu şekilde devam etmek beni öldürecek, Jane. Onu da öyle. Yakın zaman önce eşini kaybetti. Hayatında duygusal çalkantılardan fazlasıyla var."

"Bu konuda endişe ediyorum," dedim. "Sence yeniden sevmeye hazır mı? Balıklama atlamış olmasın?"

Elaine iç geçirdi. "Bunu ben de merak ediyordum. Ama hazır olduğunu gözlerinde görebiliyorum. Tamamen hazır."

"Peki kızı? O bu senaryonun neresinde yer alıyor?"

Gülümsedi. "Bu konuyu konuştuk. O da benim gibi suyun üstünde yaşamak istemiş hep. Bu yüzden Lake Union'da bir yüzer eve taşınmayı hayal ettik. Belki Lo'ya yakın bir yer olur." Çok güzel bir gündüz rüyası görür gibi duraksadı. "Ranza yataklar, güvertenin tepesinde barbeküler, kayıklarda dolaşan çocuklar." Yüz ifadesi yine ciddileşti. "Benimle bir *yaşam* kurmak istiyor, Jane. Güzel bir yaşam. Bunu ben de istiyorum."

"Vay canına," dedim. "Peki ne yapacaksın?"

"Bilmiyorum," diyerek iç geçirdi. "Matthew'u bırakıp Charles ile yeni, dopdolu bir hayata başlayabilirim." Gözlerini sımsıkı kapattı. "Bu hayatı görebiliyorum. Bütün güzelliğiyle. Kendimi *capcanlı* hissetmemi sağlıyor. Ama çok büyük pişmanlık da olacak. Çocuklarım için, ailem için. Matthew'u seviyorum. Tabii ki onu önemsiyorum. Onu incitmeyi hiçbir zaman istemem. Bunu yapamam. Charles'a sahip olmak istiyorsam ailemi bırakıp gitmek zorundayım. Bunu yapamayacaksam, kalırım. Aşkın gitmesine izin verdiğimi, gerçek ve mükemmel aşkın, beni hiç mümkün olacağını düşünmediğim bir şekilde tamamlayan aşkın karşısında durup onu bıraktığım gerçeğiyle yaşamak zorunda kalacağım."

"Ah, Elaine," dedim. "Çok imkânsız bir çelişki gibi duruyor. Ama bence kalbin hangisini seçmen gerektiğini zaten biliyor. Kalbimiz her zaman bizimle konuşur. Ama bunu dinlemeyi öğrenmek pratik ister."

Gözlerine baktığımda ne kadar derinlere daldığını görebiliyordum. "Dikkatle düşünmeden hiçbir önemli karar alınmaz," dedim. "Charles'a ocak ayına kadar beklemesini söyle. Bu doksan gün eder. Büyük kararlar zaman alır."

Elaine'in hayatındaki bu önemli kararı düşünürken kendiminkini de düşünmeden edemedim: Colette, yeteneğim, aşk, Dr. Heller. Ocak ayında ya bu işi başarmış ya da bir çuval inciri berbat etmiş olacaktım.

Lo dükkânın penceresini balkabaklarıyla süslemişti. Bazıları büyük ve portakallı dondurma gibi parlaktı. Diğerleri beyaz ve korkutucuydu. Küçük balkabağımı tezgâhın üstüne koyarken, "Sen benden önce davranmışsın," dedim.

Birden, "Grant benden onunla Paris'e gitmemi istedi," dedi.

"Ne zaman?"

"Aralıkta."

"Yani karısını terk etti?"

"Daha değil," dedi. Kafasının çok karışık olduğunu görebiliyordum. "Ama terk edecek. Biliyorum. Bu süreçte çaba sarf ediyor."

"Süreç," dedim. "Bir iş programından fırlama bir tabir gibi."

İç geçirdi. "Biliyorum."

Lo'nun bu kadar kederli bir halde olduğunu görmek anlaşılmaz bir şeydi. O itici kuvvetti. Her nasılsa bir adam onun yelkenlerini suya indirivermişti.

"Bugün hiçbir şey için endişe etme," dedi. "Bunun senin için önemli bir olay olduğunu biliyorum. Ben burada her şeyi ayarladım."

Lo her zamanki gibi annemin ölüm yıldönümünü hatırlamıştı. "Mezarını ziyaret edecek misin?"

Başımı salladım. Annem çocukluğunun geçtiği yer olan Bainbridge Island'a gömülmek istemişti. Sahilde, Hidden Cove Road'un yakınındaki mezarlığı çocukken çok sevmişti. Çocukken beni buraya götürür, mezartaşlarının arasında dolaşmama izin verirdi. Büyükannem öldüğünde, adamlar onun tabutunu çukura indirmeden önce büyükannemin en sevdiği çiçekler olan frezya yapraklarını tabuta fırlattığını hatırlıyordum. Şimdi annem de bu denize bakan, ilginç küçük mezarlıkta yatıyordu. Nedense burası kemik ve hüzün dolu bir yer gibi gelmiyordu. Açık pembe açelyalar, açık turuncu ve sarı tomurcuklu gül ağaçlarıyla dolu bir bahçe gibiydi. Annemin burayı sevmesinin nedeni bu olabilirdi. Ben de seviyordum.

Lo tezgâhın arkasına uzanarak, "Al bakalım bunları," dedi ve aralarına karıştırılan yeşilliklerle birlikte iki düzine kırmızı ve turuncu yıldız çiçeğini bana uzattı.

"Teşekkürler," dedim. Annem ve büyükannemin sonbaharda yetişen yıldız çiçeklerini ne kadar sevdiğini hatırlayınca gözyaşlarımın akmakta olduğunu hissettim.

Sam'in annemin hiç yenileme fırsatı bulamadığım eski arabası Volvo pikabın arkasına atlamasına izin verdim ve Alaska Yolu boyunca feribot terminaline doğru yola çıktım. Gün ortası olduğu için kuyrukta bekleyen arabalar yoktu. Ben de düz devam ettim ve feribotun önünde güzel bir yerde durdum. Annem feribotlar için ne derdi? Kendi kendime gülümsedim.

Evet, feribotlar dünyanın en ucuz, en güzel gemileridir, derdi. Kafasındaki düşünceleri netleştirmek istediğinde tekrar tekrar feribota binerdi.

Deniz suyu ve araba egzozu kokularını içime çektim. Tekrar on bir yaşıma dönmüştüm. Arka koltukta Flynn ile birlikte oturuyordum. Annemin Billy Joel kasedini dinlemesine, "And So It Goes" şarkısını tekrar tekrar açmasına kızan Flynn kulaklıklarını takmıştı.

Annemin gözlerinde yaşlar gördüm. "Onu hâlâ özlüyorsun, değil mi, anne?" "Onu" derken babamı, neredeyse hiç hatırlamadığım adamı kast ediyordum.

Başını salladı. "Evet, canım. Onu her zaman seveceğim."

"O bizi terk etti, onu nasıl sevebiliyorsun?" diye sordum.

"Evet, bizi terk etti," dedi. "Ama birisi kötü bir şey, acı veren bir şey yaptığında bu onları sevmeyi bıraktığımız anlamına gelmez. Biz sadece rotamızı değiştiririz. Hayatımızı başka bir düzene sokarız. Ama aşk var olmaya devam eder." Elini kalbine bastırdı. "Aşk burada yaşar. Bunu sen de bir gün anlayacaksın."

Aşk devam ediyordu. Bunu artık anlıyordum çünkü buna şahit olmuştum. Mel rahmetli karısından bahsederken gözlerinde, Cam'in kırk beş yıllık evlilikten sonra bile birbirine bağlı olan annesiyle babası arasındaki etkileşimde bu kavram beliriyordu. Elaine'in seçimi ne olursa olsun, Charles'ı kalbinin kuytu bir köşesinde sonsuza kadar saklayacağını düşünüyordum. Feribot ekim ayının soğuk suyunda ilerlerken bunları düşündüm. Gökyüzü mavi ve açıktı. Bugün, yaza umutsuzca tutunmak isteyen o inatçı sonbahar günlerinden biriydi.

Telefonum titredi. Ekrana baktım ve Cam'den mesaj geldiğini gördüm. "Seni düşünüyorum." Gülümsedim ve cevap verdim. "Hatırladın. Teşekkürler." Annemin ölüm yıldönümü olduğunu biliyordu. Geçen gece telefonda söylemiştim. Aslında ilk düşüncem bunu kendime saklamaktı. Çünkü annem kutsaldı ve öyle kalacaktı.

Sam'i arabada bıraktım ve üst güverteye çıktım. Oradan kahve alıp bir banka oturdum ve büyük camlardan suya, uzakta görünen adaya baktım. Birkaç dakika sonra çevreden bir alkış ve erkek yolculardan tezahürat sesleri duydum. Bütün bu ilginin merkezinde otuzlu yaşlarında bir çift vardı. Pinterest sitesinden fırlamış gibi görünüyorlardı. Kadın uzundu ve çok çekiciydi. Çizgili bir örgü elbise ve kot ceket giymişti. Kadının dolgu topuklu ayakkabılarına hayran kaldım. Adam David Beckham tarzında yakışıklıydı. Koyu renk dar pantolonu, sade tişörtü ve spor ceketi vardı. Birlikte mükemmelliğin karşılığı gibiydiler. Toplanan kalabalığın da böyle düşündüğünü biliyordum. Özellikle de adam dizlerinin üstüne çöküp yüzüğü gösterince. Denizci süveteriyle mavi Converse giyen bir fotoğrafçı fotoğraflarını çekti.

Çevredeki herkesin ağzı açık kalmıştı. Bakışları irileşmişti. Kız çocuğun yüzüğü parmağına geçirmesine izin verdi. Kız bir an tereddüt etti, önce yüzüğe sonra çocuğa baktı ve gülümsedi. Eliyle ağzını kapattı. En sonunda, "Evet," dedi. "Evet!"

Çocuk kızı kollarına alınca alkış ve tezahüratlar tekrar başladı. Kafamı çevirdim. Fazla bile bakmıştım. Kendimi kaçınılmaz olarak gelmek üzere olan sisli görüşe ve basınca hazırladım. Yoğun olmasını bekliyordum. Onlara baktım. Bekledim, bekledim. Ama gelmedi. Gözlerimi kırpıştırdım. Derin bir nefes aldım ve bu güzel çifte tekrar odaklandım. Birbirlerine deliler gibi âşıkmış gibi görünen bu çifte.

Ama... Âşık değillerdi.

Şimdi ada görüş alanımızda belirmişti. Ayağa kalktım, kahve bardağımı çöp bidonuna attım ve lavaboya gittim. İnsanın âşık değilken bir evlenme teklifine nasıl evet diyebileceğini düşünüyordum. Ellerimi yıkarken yeni nişanlanan kadın içeri girdi. Yenilgiye uğramış bir tavırla çantasını aynanın önüne koydu. Elindeki devasa yüzüğü gördüm. Kadın aynada kendine bakarken banyo ışıklarının altında parlıyordu. Gözleri güvensiz, arayış içindeydi, hatta korkmuştu.

Bakışlarımız aynada buluşunca, "Tebrikler," dedim. "Evlenme teklifinizi gördüm."

Zorla gülümsedi. "Teşekkürler, ben..." Aynadaki görüntüsünü gördü ve hemen kafasını çevirdi. Sanki aynadaki kendi yansımasına bile dayanamıyor gibiydi.

"Bir şeyler içinize dert oluyor, değil mi?" diye sordum.

Alnını ovuşturdu, sonra boşalan odaya baktı. "Tanrım, benim neyim var? Mutlu olmam gerekiyor," dedi. Kapıyı gösterdi. "Tanıdığım en mükemmel adam bana evlenme teklifi etti. Şu anda takla atıyor olmam gerekiyordu. Ama ben..."

"Ama onu sevmiyorsun."

Kafasını salladı. "Onu sevmiyorum. Onu sevmeyi öğrenebilirim. Ona bir bak. O..."

"Senin aşkın değil," derken kalp atışlarım hızlanmıştı. Benim üstüme vazife değildi ama o zaten bunun farkındaydı. Bunu onaylayarak ona yardım etmenin ne zararı vardı?

Başını salladı. "Siz de görebiliyorsunuz, değil mi? O kadar belli mi?"

"Hayır," dedim. "Hiç de belli değil. Ben... biraz anlarım bu işlerden."

"Annem benden nefret edecek," dedi. "Yaz düğünü istiyordu. Fairmont'daki düğün salonunda yer bile ayırttı."

"Ama bu senin hayatın, onun değil," dedim. "Ayrıca senin aşkın da orada bir yerde. Sadece sabırlı ol ve gözlerini açık tut."

İç geçirdi. "Keşke daha kolay olsaydı. Keşke kalbimi daha iyi tanısaydım."

"Zaten tanıyorsun," dedim. "Aslında kalbini dinleyen cesur insanlardan birisin." Elimi koluna koydum. "Şu an onu dinliyorsun."

Feribotun kornası çaldı ve kaptan hoparlörlerden anons yaptı. "Bainbridge Island'a varıyoruz. Yolcularımız lütfen araçlarınıza dönün."

"Teşekkürler," dedi. Birlikte dışarı çıktık.

"Bunu sen başardın," dedim. Yakışıklı, kısa ömürlü nişanlısının birkaç metre uzakta beklediğini fark etmiştim.

Arabaya dönünce Sam heyecanla kuyruğunu salladı. Birlikte feribottan indik ve adaya doğru yola koyulduk. Winslow'u geçtik ve yola devam ettik. Ta ki büyük köknar ağaçlarının yanında Hidden Cove Road tabelasını görene kadar. Mezarlık uzakta değildi. Bir dakika sonra arabayı park ettim ve Sam'i dışarı çıkardım. Sonra çiçekleri aldım ve yosunla kaplı taşlar boyunca büyükannemin mezarına gittim. Buketlerden birini onun mezartaşının yanına koydum ve gülümsedim. "Merhaba, büyükanne," diye fısıldadım. "Benim Jane. Seni özledim."

Onun yanında annemin mezarı vardı. Gözyaşları yüzümü yıkarken, "Ah, anne," diye fısıldadım. "Seni ne çok özledim." Çiçekleri yosunlu taşın üstüne koydum ve mezarın yanına diz çöktüm. Arkamda çakıl taşlarının gıcırdadığını duydum ama arkamı dönünce kimseyi göremedim. "Yolumu kaybettim, anne," diye devam ettim. "Benim bir yeteneğim varmış. Hayatım boyunca yaşadığım göz problemleri nörolojik bir şey değilmiş. Gerçi Dr. Heller aynı fikirde değil ama. Anne, benim *aşkı görme* yeteneğim var. Bana gerçek aşkı gösteren ilk kişi sendin. Şimdi bu konuda ne yapmam gerektiğini bulmam lazım. Nasıl devam etmem gerektiğini. Bunun benim için ve insanlar için ne anlama geldiğini. Anne, bilemiyorum. Bilmiyorum. Keşke burada olsaydın." Elimi mezartaşının üstüne koydum. Rüzgâr çıktı ve mezarlığa serin bir hava getirdi. Titredim. Kafamın üstündeki akçaağaçtan kırmızıya çalan bir yaprak koptu ve bacağımın yanına düştü.

Arkamda ayak sesleri duyunca döndüm. Bir adam rahatsız edici bir yakınlıkta duruyordu. Sanki bir süredir orada durup söylediklerimi dinliyormuş gibiydi. Noktaları birleştirmem bir dakika sürdü. Feribottaki fotoğrafçıyı hatırlamıştım. Ayağındaki Converse'lerden tanımıştım çünkü lisede aynı ayakkabıdan bende de vardı. "Pardon," dedi. "Feribota nasıl döneceğimi tarif eder misiniz? Biraz kafam karıştı. Kiralık arabadaki navigasyonum da çalışmıyor."

"Tabii ki," dedim. "Mezarlıktan çıkıp sağa dönün. İlk trafik işaretinden de sola. 305 numaralı yola doğru devam edin ve sola dönün. Terminale varırsınız." Bir an durdum. "Bugün sizi feribotta gördüm. Nişanlanan çiftin fotoğrafını çekmiştiniz."

Sırıttı. "Evet. Çok tatlılardı, değil mi? Dayanamayıp fotoğraflarını çektim."

"Buraya ne için geldiniz?"

Duraksayarak, "Ah," dedi. "Ben serbest fotoğrafçıyım. Bir proje için fotoğraf çekiyorum."

Başımı salladım. "Bol şans."

"Bir dakika," dedi. "Sizin fotoğrafınızı çekebilir miyim? Gözlerinizin yeşil olduğunu fark ettim. Biliyorsunuz, yeşil gözler nadirdir. Yeşil gözlü kişilerin bir koleksiyonunu yapıyorum. Bu benim kendi projem. Bundan bir şey çıkar mı bilmiyorum ama. Sorun olmazsa burada fotoğrafınızı çekmek istiyorum. Işık da çok güzel, köknar ağaçlarının arasından süzülüşü."

Omuz silktim. "Olabilir."

Gülümseyerek, "Teşekkürler," dedi. "Birkaç adım geri çekilin, ağaca yaslanabilirsiniz."

Başımı salladım ve söylediklerini yaptım.

"Şimdi biraz çenenizi kaldırın. İşte böyle. Harika." Kamerası bir, iki, üç kez tıkladı. "Şimdi sağa dönün. Sanki mezarlığa bakıyormuş gibi. Harika, aynen böyle. Birkaç tane daha." Kamerası birkaç kez daha çalıştı. Sonra durdu ve ekrana baktı. "Bunlar harika."

Gözlerim gökyüzüne çevrildi. Koyu renk, kızgın görünümlü fırtına bulutları patlamaya hazır bir şekilde duruyordu. Bernard'ın bugün neler gördüğünü merak ettim. Ben bulutlarda özel bir şekil görmemiştim ama varlıkları kendimi huzursuz hissetmeme sebep oluyordu.

Fotoğrafçı, "Güzel bir seri oldu," dedi.

"Güzel," dedim. "Bana da gönderir misiniz?"

"Tabii ki," dedi. Ona eposta adresimi verdim ve birlikte otoparka yürüdük.

Elini arabamın arka camına koyarak, "Köpeğiniz mi?" diye sordu. Sam hemen ayağa kalktı ve havlamaya başladı.

"Sam, sus bakayım," dedim. "Kusura bakmayın, normalde hiç böyle yapmaz. Sanırım onu yürüyüşe çıkarmadığıma kızdı."

Fotoğrafçı gülümsedi. "Sizi tutmayayım. Fotoğraflar ve yol tarifi için tekrar teşekkürler."

Arabanın ön camına rengi turuncuya dönmüş bir yaprak düştü. Arabaya girmeden yaprağı almak için eğilince yakınlarda şimşek çaktığını gördüm. Ardından gök gürültüsü duyuldu.

Yaprağı gösterge panelinin üstüne koyarak, "Hadi gidelim, Sam," dedim.

On Dokuzuncu Bölüm

Kasım
1301 4. Cadde

Flynn anahtarı kilide soktu ve evine girdi. Çantasını ve anahtarlarını kapının yanına bıraktı. Ses, ıssız evinde yankılandı.

Bu akşam Cam galeriye uğrayacaktı ama gelmemişti. Arkadaşı son zamanlarda çok yoğundu ama Flynn, Jane konusunda yapacakları konuşmadan kaçmasına izin vermeyecekti. Kız kardeşine göz kulak olması gerekiyordu.

Galeride kadınlar vardı. Mükemmel kadınlar. Topuklu ayakkabı giymiş bir sarışın, odada doğruca onun yanına gelmiş ve onunla konuşmuştu. Ona sahip olabilirdi. Bunu biliyordu. Suyun içinde kanın kokusunu alan köpekbalığı gibi kadının arzusunu hissedebiliyordu. Elini tutup onu galerideki arka odaya götürebilir, onu duvara yaslayabilir, iç çamaşırlarını indirip o uzun bacaklarını beline dolayabilirdi. Sonra dairesine gelirlerdi. Yatak odasında mumları yakar, vücudundaki her bir kıyafeti tek tek çıkarır ve onu güzel bir müzik aletiymiş gibi akort ederdi. Ta ki duymaya hevesli olduğu güzel bir melodi çıkarana kadar.

Ama Flynn aylardır yaptığı gibi eve yalnız geldi. Onun hayatında zaten bir kadın vardı. Bu kadın ona hem uzaktı hem yakındı. Onu görebiliyordu ama ona sahip olamıyordu. Güzel tenine dokunamıyor, ellerini vücudunun kıvrımlarında gezdiremiyordu. Daha değil. Kadın enfes, cezbedici, büyüleyiciydi. Yanında canlı canlı yatan başka herhangi birindense, cam ve betonla ayrılmış da olsa onun varlığına sahip olmayı tercih ederdi.

Kadının dairesinin ışıkları yanıyordu. Pencereleri gecenin içindeki bir fener gibi parlıyordu. Flynn mutfak tezgâhında iki boş kadehi ve şarap şişesini görebiliyordu. Ziyaretçisi mi vardı? Daireyi inceledi. İlk başta sadece kedisini gördü. Kedi sehpadan atlamış ve koltuğa geçmişti. Ama sonra kadın, yatak odasından bir tanrıça gibi çıktı. Bedenine sıkıca oturan siyah bir elbise giymişti. Onu sadece görmek bile Flynn'ın vücuduna elektrik akımı gönderiyordu. Flynn elini pencereye doğru uzattı. Sanki yumuşak tenine dokunmak istermiş gibi cama hafifçe dokundu.

İşte o zaman kadın Flynn'ı gördü. Flynn'ın onu izlediğini biliyordu. Bu hoşuna gidiyordu. Gözlerinin üzerinde olması hoşuna gidiyordu. Onu böyle esir alabilmesi hoşuna gidiyordu. Flynn da onu esir alıyordu. Kadın sabah onun kahve yapışını izlemişti. Flynn mutfakta çıplak halde dikilirken bakışlarının onun vücudunda gezinmesine izin veriyordu. Omuzlarının kıvrımlarında, sırtının sertliğinde ve daha aşağılarında. Sadece onu görmek bile ateşinin yükselmesine neden oluyordu.

Kadın birden ön kapıya doğru döndü. Flynn onu izliyordu. Biraz sonra içeri bir adam davet etti. Uzun boylu, yakışıklı bir adamdı. Koyu renk bir takım elbise giymişti. Bu adam kimdi? Onun yanında, arada bir gelen ve ziyaretleriyle kadını rahatsız eden adamdan başka kimseyi görmemişti. Bu yeni bir erkek arkadaş veya randevu olabilir miydi?

Flynn bakışlarını ikisinden ayıramıyordu. Önemli bir gelişme yaşanmak üzere olan bir TV dizisi gibi onları izliyordu. Ve işte olmuştu. Adam birden onu kendine doğru çekti ve öptü. Dudakları uzun bir an birbirine mühürlü kaldı. Sonra kadını soymaya başladı. Fermuarı indirdi. Ta ki elbisesi yere düşene kadar. Onu koltuğun yanındaki beyaz pelüş halının üstüne götürdü. Sırtüstü yatırdı. Sonra kemerini çözdü ve pantolonunun yere düşmesine izin verdi.

Flynn'ın kalp atışları hızlandı. "Hayır!" diye bağırmak istiyordu. Ama onun üstüne vazife değildi. Onun üstünde hak iddia edemezdi. Onun kalbinde de vücudunda da hiçbir hakkı yoktu ama bu yabancı adam kendini ona doğru bastırınca nabzı hızlandı, kalbi acıyordu. Bu hem korkunç hem de muhteşemdi. Bakışlarını ayıramıyordu. Gözleri o pencereye sabitlenmişti. Vücudunun yükselip alçalışına bakıyordu. Çıkaracağı sesleri, çığlıklarını, nefesini hayal edebiliyordu. Yumuşak ve sıkı tenini hissedebiliyordu. Onun tadını alabiliyordu.

Neredeyse küstah bir tavırla ona bakmak için döndü. Flynn'ın izlediğini gördü ve pencereye doğru uzandı. Aynı anda Flynn da pencereye doğru elini kaldırmıştı.

Dakikalar sonra adam kalktı, giyindi ve evden çıktı. Flynn, üstsüz ve altında sadece siyah bir iç çamaşırıyla kalkıp mutfağa gidişini izledi. Kadın, elinde iki kocaman kâğıtla döndü. Kâğıtlarda tamamı büyük harflerle ÖZÜR DİLERİM yazıyordu.

Flynn yanağındaki bir damla yaşı sildi. Kadının gözlerindeki kederi görebiliyordu. Acısını hissedebiliyordu. O Flynn'ın acısını hissediyor muydu? Galerideki bir toplantı için satın aldığı geniş sunum kâğıdını hatırladı. Hemen bulup geldi ve iki kelime yazdı: ÖNEMLİ DEĞİL.

Kadın pencereye doğru uzandı. Flynn başka bir kâğıda sorusunu sordu: NEDEN?

Mutfakta bulduğu büyük bir kâğıda yazdığı cevap çabuk geldi ve kalbine ok atılmış gibi hissettirdi. ÇÜNKÜ SANA SAHİP OLAMADIM.

Sözleri hem trajikti hem rahatlatıcıydı. Flynn gülümsemekten başka bir cevap bulamadı. Kadın da gülümsedi.

Flynn başka bir kâğıt parçasını kaldırdı:

ADIN NE?

CELESTE.

BEN FLYNN.

MERHABA FLYNN.

MERHABA CELESTE.

Yirminci Bölüm

1112 Broadway Bulvarı E. #202

Katie sabah güneşinin Josh ile paylaştığı yatak odasının penceresinden süzülerek yüzüne vurduğunu hissedince gözlerini açtı. Josh hâlâ uyuyordu. Onu uyandırmamaya dikkat etti. Sevdiği adamın göğsünün kalkıp inişini izlemeyi seviyordu. Onu bu kadar huzurlu olarak görmeyi seviyordu.

Dakikalar geçti. Josh kımıldandı. Yüzünü Katie'ye döndü ve gülümsedi. Onu kendine çekerek, "Bu yüzü görmekten hiçbir zaman bıkmayacağım," dedi.

Josh onu arzuluyordu. Dakikalar içinde vücutları tutkulu bir şekilde birbirine karıştı. Tıpkı dün gece olduğu gibi. Ayrıldıklarında Katie, Josh'ın yanında gülümseyerek yatıyordu. Ter teninde parlıyordu. Katie bundan daha büyük bir mutluluk hayal edemiyordu.

Josh ayağa kalktı. Giyinmek için dolaba doğru yürürken Katie bacaklarındaki yontulmuş kasları izledi. Kot pantolon ve uzun kollu bir tişört giydikten sonra tekrar yatağa Katie'nin yanına zıpladı. "Gidip Ladro'dan kahve alayım. Sana duble Americano getireyim. Başka bir şey istiyor musun?"

"Çörek istiyorum," dedi. "Kuşüzümlü olanlardan."

Josh parmaklarını Katie'nin boynundan omuzlarına kadar gezdirdi. Katie'nin tüyleri diken diken olmuştu. Ona hemen şimdi tekrar sahip olabilirdi. Katie de onun olurdu. Bu bütün gün aralıksız devam edebilirdi. Onların aşkı tek kelimeyle elektrikliydi. Josh'ın yanında Katie kıvılcımlar hissediyordu. Gerçek kıvılcımlar.

Josh ayağa kalkarak, "Tamam, çörek alıyorum," dedi.

Katie cilveli bir şekilde, "Çabuk gel," dedi.

Josh başını salladı ve gitti.

Bir saat geçti. Katie en sonunda kalkıp giyindi. Kazak ve tayt giydi. Saçını atkuyruğu yaptı. Bir saat geçtikten sonra Josh'ı aradı ve cevap alamadı. Öğlen olduğunda pencereden baktı. Araba hâlâ evin önündeydi. Demek ki yürüyerek gitmişti. Anahtarlarını aldı ve kaldırıma çıktı. Belki bir arkadaşına rastlamıştı ve Broadway'den öğle yemeği almaya karar vermişti.

Caffe Ladro'da durdu. Bir tabak taze kuşüzümlü çörek gördü. Karnı guruldadı. Tezgâhın arkasında duran yirmili yaşlarındaki garsona, "Pardon," dedi. Burnunda bir hızma, sol kolunda da dövme vardı. "Bugün buraya bir adam geldi mi? Uzun boylu, mavi uzun kollu tişört giyen. Beysbol şapkalı. Yakışıklı."

"Evet," dedi. "Birkaç saat önce. Şu masada bir sarışınla oturuyordu."

Katie başını salladı. "Bir sarışın?"

"Evet, öyle. Kuşüzümlü çörek ve..." Durdu, sanki bir şeyi hatırlamaya çalışıyor gibiydi. "Breve* söyledi."

Katie başını salladı. "Evet, bu o." Seattle'ın tamamında, Josh düzenli olarak breve alan tanıdığı tek kişiydi. İlk tanıştıklarında Katie onu bu konuda kızdırırdı. "Bu içeceğin büyük boyunda 146 gram yağ olduğunu biliyor muydun?" Katie biliyordu. Üniversitedeyken Starbucks'da çalışmıştı.

"Teşekkürler," dedi. Kızgın bir şekilde telefonunu çıkardı. Josh'ı tekrar aradı ama cevap yoktu. Bir iş arkadaşıyla veya normal arkadaşıyla randevusu varsa neden söylememişti?

* Süt, krema ve kahveden oluşan bir içecek. (ç.n.)

Americano söyledi ve eve yürüdü. Kafası karışmıştı. Belki de Katie'ye sürprizi vardı. Anahtarını kilide soktu. Sonuçta bu evi alarak Katie'yi çok şaşırtmıştı. Onu eşikten kucağında taşıyarak geçirişini, şu an yatak odaları olan odanın zemininde sevişmelerini anımsayarak gülümsedi. Evet, bir tür sürprizdi herhalde bu. Birkaç dakika içinde soğuk kahvesiyle gelecek ve her şey anlam kazanacaktı.

Ama saatler geçti. Josh gelmedi. Güneş battı. Josh hâlâ ortada yoktu. Cep telefonunu on bir kez daha aramıştı. Bir on bir kez daha aradı ama Josh hâlâ açmıyordu. Bu sabahı kafasında tekrar tekrar anımsadı. Onu kıracak bir şey mi söylemişti? Hayır. Evden çıkarken sinirli miydi? Hayır.

En sonunda Josh'ın en yakın arkadaşı Joey'yi aradı. "Alo, ben Katie. Josh'tan bugün hiç haber aldın mı?"

"Hayır, neden ki?"

"Bu sabah kahve almaya diye çıktı ve daha dönmedi."

Joey, "Oldukça tuhaf," dedi. "Sence... başına bir şey mi geldi?"

"Umarım gelmemiştir," dedi. "Hiç bir anlam veremiyorum. Saat dokuz gibi çıktı. Hemen döneceğini söyledi ama bu neredeyse on iki saat önceydi. Telefonunu açmıyor. Sen de dener misin?"

"Tabii ki."

"Bir şey duyarsan bana haber ver, tamam mı?"

"Veririm."

Katie volta atıp durdu. Josh'ı on dört kez daha aradı, pencerelerden tekrar tekrar baktı. En sonunda polise haber vermeye karar verdi.

Telefonda nefes nefese bir halde, "Kocam bu sabah evden çıktı ve bir daha geri dönmedi," dedi. Söylediği sözcüklere akıl sır ermiyordu. Bir an için rüya görüyor olabileceğini düşündü. Ama telefonda memurun sorduğu sorulara cevap verirken, kendi sesini bile tanıyamadı.

Saatler geçti. İkinci el saatin tik taklarının tekrar tekrar dönüşünü izledi. Ta ki gözleri ağırlaşıp çift kişilik yataklarında tek başına uykuya dalana dek.

Ertesi gün Katie gözlerini açtı ve bir an Josh'ın yokluğunu unuttu. Yatağın diğer tarafına dönüp de çarşafların soğukluğunu hissedince dehşet geri döndü.

Yatağın içinde doğruldu. Komidinin üstündeki telefonunu aldı ve tekrar Josh'ı aradı. Telesekretere bağlanınca hıçkırarak ağladı. "Josh, neredesin? Çok korkuyorum. Bir şey mi oldu? Polisi aradım. Senin için çok endişeleniyorum."

Uzun süre telefona baktı. Bir dakika. Beş dakika. Yirmi dakika. Zaman kavramını yitirmişti. Sonuçta yanında Josh olmadan geçiyordu. Ya saldırıya uğramışsa? Ya kaçırılmışsa? Veya daha kötü bir şey olmuşsa?

Tekrar telefona döndü. Tam o sırada ekran aydınlandı. Arayan Joey'ydi.

Hemen, "Alo," dedi. "Haber var mı?"

Joey temkinli bir şekilde, "Evet var," dedi.

Katie'nin kalbi göğsünde gümbürdüyordu. "Ne? İyi mi? Ne olmuş?"

Joey ikna edici olmaktan çok uzak bir sesle, "Evet, iyi," dedi. "Katie, bunu nasıl söyleyeceğimi bilmiyorum, Josh'ın neler yaşadığını da bilmiyorum ama onunla konuştum."

"Konuştun mu?" Kalp atışları hızlandı. "Neredeymiş? Ne dedi? Neden beni aramamış?"

"Benden seni aramamı istedi," dedi. Sesi kararsızdı, temkinliydi. "Bazı şeyleri çözebilmesi için zamana ihtiyacı olduğunu söyledi. Biraz yalnız kalması gerekmiş. Dün eve gelmemesinin sebebi buymuş. Kendini korkak gibi hissediyor ama bunu sana kendi söylemeye dayanamamış."

Katie kafasını salladı. "Anlamıyorum. Ne demek şimdi bu?"

Joey, "Ben de anlamadım," dedi. "Belli ki bir şey yolunda gitmiyor. Onunla görüşmek istediğimi söyledim. Yüz yüze olursak onu etkileyebileceğimi düşündüm ama bana nerede olduğunu bile söylemedi."

"Joey, ben bu durumu hiç anlamadım. Sanki orta yaş krizi filan geçiriyor gibi."

Joey, "Bilmiyorum," dedi. "Senin onun iyi olduğunu ve eve dönmeden önce biraz düşünmesi için zamana ihtiyacı olduğunu bilmeni istiyor."

"Joey, bunun ne kadar berbat olduğunu biliyor musun?"

"Çok üzgünüm, Katie. Gerçekten öyle. Zaten hiç kendisi gibi değildi."

Katie panikledi. "Belki baskı altındadır. Sence rehin tutuluyor olabilir mi?"

Joey, "Hayır," dedi. "Hiç de öyle görünmüyordu."

"Ah." Katie bir an durdu. "Onu aramak için Caffe Ladro'ya gittiğimde bana onu sarışın bir kadınla gördüklerini söylediler."

"Sarışın bir kadın mı?"

"Evet."

Joey, "Hemen sonuca varma," dedi. "Belki de bir süreçten geçiyordur ve zamana ihtiyacı vardır. Erkekler bazen yapar böyle şeyler."

Katie, "En azından beni kendisi arayabilirdi," dedi. "Ben onun *karısıyım.*"

Joey, "Sabırlı ol," dedi. "En sonunda döneceğinden eminim."

Telefonu komodinin üstüne koydu. Yüzünü ellerinin arasına gömdü ve ağladı. Mükemmel aşk bu muydu? Çünkü gözlerinizi kırpıştırıyordunuz ve bir bakmışsınız hiçbir açıklama olmadan sizi sadece anılar ve gözyaşlarıyla bırakarak ortadan kayboluyordu.

Yirmi Birinci Bölüm

Dr. Heller, "Jane, telefonuma dönüş yaptığın için teşekkür ederim," dedi. "Johns Hopkins'teki cerrah önümüzdeki ay seni programına alacak," dedi. "Bunu gerçekleştirmek için dağları yerinden oynatmam gerekti. Operasyon için Baltimore'a gitmen gerekecek ama kabul etmen için dua ediyorum. Jane, bu ameliyatı olmazsan hayatın boyunca pişmanlık duyacaksın diye korkuyorum." İç geçirdi. "Tabii pişmanlık hissedecek kadar beyin fonksiyonun kalırsa. Jane, bu gerçek. Bu çok ciddi. Operasyonu yapmazsak geri dönüşü olmayan bir bilişsel zayıflamaya sürükleneceksin."

Bir kova yaban gülünü koydum ve içeri giren müşteriyle ilgilenmesi için Lo'ya işaret ettim. Kendim arka odaya geçtim. "Dr. Heller, bütün hayatım boyunca size güvendim," dedim. "Şu an size güvenmemek için de hiçbir sebebim yok. Bana inanın, bazı günler uyanıyorum ve bütün bunların artık sona ermesini istiyorum. Bilime inanmayı ve beni iyileştirmenizi istiyorum. Ama yapamam. Yapamam, Dr. Heller. Bu sağlığım için ciddi risk anlamına da gelse, bu süreci tamamlamam lazım."

"Anlıyorum," dedi. "Fikrini değiştirmeyeceğinden korkuyordum."

"Üzgünüm."

"Ben de öyle," dedi.

Telefonu kapattım ve tekrar dükkâna girdim. Tezgâhın arkasındaki tabureye oturdum ve sakinmiş gibi yaptım.

Lo beni çok iyi tanıyordu. "Ne oldu?" diye sordu.

Kafamı salladım. "Özetle, doktorum ameliyat olmazsam beynimin patlayacağını söylüyor."

Kaşlarını çattı. "Bu ameliyatın senin yeteneğini ortadan kaldıracağını varsayıyorum?"

"Evet," dedim.

"Ne yapacaksın?"

"Bilmiyorum."

"Colette ile konuşman lazım. Onu görmen lazım. Jane, çok zamanın kalmadı. Kitapla ilgili şeylerin otuzuncu doğum gününden önce halledilmesi gerektiğini söylememiş miydi?"

Başımı salladım.

"Tatlım, sadece bir ayın kaldı."

"Biliyorum."

"Git Colette'i gör. O sana yol gösterir."

Colette'in kapısını çaldım. İçeriden ayak sesleri duyunca evde olduğuna sevindim. Gelmeden önce aramamıştım. Pike Place'den çıkmış ve düşünceli bir şekilde evine yürümüştüm. İşte şu an kapısının önünde bekliyordum.

Colette gülümseyerek, "Jane," dedi. "Ne büyük bir sürpriz."

"İçeri gelebilir miyim?" diye sordum. "Yolumu kaybettim, Colette. Tavsiyene ihtiyacım var."

"Gel benimle, canım," dedi. Onun peşinden içeri girdim. Burası hatırladığımdan daha düzensiz görünüyordu. Yemek masasının yanında kutular ve her yerde kitaplar vardı. "Dağınıklık için kusura bakma. Ben... temizliğin ortasındaydım da."

Eski kadife koltuğa çöktüm ve iç geçirdim.

Colette yanıma oturarak, "Sana nasıl yardımcı olabilirim?" diye sordu.

"Ben bu yeteneğe inanıyorum," dedim. "Bana anlattığın her şeye inanıyorum. Ama beynimin mantıklı bir kısmı da var. Korkan bir kısmı. Doktorum ameliyat olmam gerektiğini söylüyor. Bunu göz ardı etmek çok ciddi sağlık sorunlarına sebep olabilirmiş. Doğruyu söylemek gerekirse bu içime dert oluyor."

"Evet," dedi. "Ama Jane, sen zaten ne yapman gerektiğini biliyorsun."

"Biliyor muyum?"

Kafasını salladı. "Benim yerimde olsaydın kendine ne söylerdin?"

İç geçirdim. "Beynimizin yaptığımız seçimleri sorgulamamıza sebep olan bir yolu vardır. Ama gerçeği bilen kalbimizdir. Kalbimiz her zaman haklıdır. Sadece onu nasıl dinleyeceğimizi öğrenmemiz gerekiyor derdim."

Öğrencisiyle gurur duyan bir öğretmen gibi gülümseyerek, "Evet," dedi.

Başımı salladım. "Sanırım kalbim bana yolculuğuma devam etmemi söylüyor. Çok yaklaştım. Yaklaştığımı biliyorum. Kitaba isimleri yazmaya neredeyse hazırım." Derin bir nefes aldım. Yıllar boyu kayıtlı sayfalara yapacağım katkıyı düşünerek derin bir nefes aldım. Geçtiğimiz aylarda kitabı çok iyi incelemiştim. Her ismin altında, benim yeteneğime sahip kadınlar gözlemledikleri aşkları yazmışlardı. Bazen kayıtlar İngilizce'ydi, bazen Fransızca'ydı. Canlı tanımlamalar beni harekete geçiriyordu. Her olayda, sanki seslerini duyuyordum. Karmaşık bir biçimde ve içtenlikle açıkladıkları aşkı sanki hissediyordum. Benim de aynısını yapmam gerekiyordu. Çok yakında. "Colette, başarısız olursam, bu yolculuğu tamamlayamazsam, bütün hayatım boyunca bundan pişmanlık duyarak geçireceğimi söyledin. Bu konuda düşünmekten kendimi alamıyorum."

Başını salladı. "Başarısız olursan benim gibi olursun."

"Senin gibi mi olurum?"

"Evet," dedi. "Ben yolculuğumu tamamlamadım."

Kitapta Colette'in bölümünün boş kaldığını fark etmiştim ama şimdiye kadar bağlantıyı kuramamıştım.

"Ben yeteneğime inandığımda artık çok geçti," diye devam etti. "Zamanım tükenmişti."

Yutkunarak, "Sonuçları ne oldu?" diye sordum.

"Aşksız bir hayat," dedi.

Kafamı salladım. "Yani hiç âşık olmadın mı?"

Nostaljik bir şekilde, "Ah, oldum," dedi. "Uzun zaman önce birisi vardı. Adı Pierre'di. Yirmi dokuz yaşındaydım. Paris'teydim. Bir gün hayatıma ve kalbime girdi. Bir daha da çıkmadı."

"Aşkına karşılık vermedi mi?"

"Hayır," dedi. "Bu benim lanetim. Hayatta sevdiğim hiç kimse aşkıma karşılık vermeyecek. Bu benim kaderim. İşte bu yüzden otuzuncu yaş günümden sonra Amerika'ya geldim. Beni asla sevmeyecekse onun olduğu yerde yaşamaya dayanamadım." Gözlerini sımsıkı kapattı ve tekrar açtı. "Jane, bunu öylesine söylemiyorum. Ben sadece başarmanı ve benim hatalarımdan ders çıkarmanı istiyorum. Çünkü..."

Gözlerine baktım. "Çünkü ne?"

"Çünkü seni gördüm... o çocukla beraber. Arkadaşının düğününde."

"Gördün mü?"

Başını salladı. "Bir önceki düğünden kalan ve otel tarafından bağışlanan çiçek aranjmanlarını topluyordum. Salona baktım. İkiniz oradaydınız, dans ediyordunuz."

Yutkundum.

"Jane," dedi. "Aşkı gördüm."

"Gerçekten mi? Gördün mü gerçekten?"

Colette başını salladı. "Bunu benim gibi kaybetmeni istemiyorum. Ben kendimi bu yüzden asla affetmedim."

Kafamı salladım. "Ama aşk böyle değildir ki," dedim. "Aşk affedicidir. Aşk koşulsuzdur. Aşk direnir ve ikinci şans verir. Colette, sana da ikinci bir şans verilemez mi?"

Başını salladı. "Bir yol var," dedi. "Kitabın arkasını aç ve son sayfadaki ibareyi oku."

"Ne yazıyor orda?"

"Talimatları yerine getiremeyen yetenek sahiplerine son bir şans verileceği yazıyor. Dolunayın olduğu bir gece, kar yağıyorken aşk düzelebilir."

"Kendin ve... Pierre için buna inanıyor musun?"

"Bilemiyorum," dedi. "Ama umutlu olduğumu söyleyebilirim. Bu olasılığı yıllardır sık sık düşünüyorum. Ama pek üstünde durmamaya çalıştım. Yıllar geçti. Hayatta olup olmadığını bile bilmiyorum. Hayattaysa ona geri dönebileceğimi ve onun beni, benim yıllardır onu sevdiğim gibi seveceğini düşünmek aptallık."

"Ama denemeye değer," dedim.

Başını onaylar gibi salladı. "Aşk her zaman denemeye değer. Benim bu büyük başarısızlığımdan sonra, senin için de denemeye değer."

Başımı salladım. "Colette, neden beni seçtin? O gün hastanedeki o kadar bebek arasından neden ben?"

Ağzının kenarları yumuşak bir gülümsemeyle kıvrıldı. "Sebebi annendi," dedi. "Aşkı benim hayran olduğum ve hasretini çektiğim bir şekilde yayıyordu. Ben de böyle bir kadından doğan bir ruhun sevmek ve sevilmek için büyük bir kapasitesi olduğunu düşündüm."

Yanağımdaki bir yaşı silerek, "Evet, annemin gözlerinde aşk vardı," dedim. "Her zaman derdi ki birini bir kez sevdiğinde bu, kalbini sonsuza kadar değiştirirmiş ve bu aşk sende yaşamaya devam edermiş. Ben ona söylemiyordum ama bu fikir beni korkutuyordu. Babama duyduğu aşkın ona neler yaptığını görüyordum. Geceleri veya sabahları benim uyuduğumu sanarken ben onun odasında ağladığını duyuyordum. Aşkı iyileşmeyecek bir yara gibiydi. Ona işkence ediyordu."

Colette bana bilmiş bir bakış fırlattı. "Sen de bu yüzden kendini aşka kapattın."

"Evet," dedim. "Ama içimde bir şeyler değişti. Bu çok korkutucu ve aynı zamanda da mükemmel."

Neredeyse bir fısıltıyla, "Biliyorum," dedi. Gözlerinde yaş vardı. "Her saniyesinin tadını çıkar çünkü aşkı vermek ve karşılık bulduğunu hissetmek hayatın en büyük hediyesi." Omuzlarını dikleştirirken yüzündeki nostaljik ifade kayboldu. "Şimdi git ve otuzuncu doğum gününden önce son günlerini yaşa. Sana verilen sorumluluğa göre hareket et. Korkma. Ben kendime inanmadığım şekilde sana inanıyorum."

Ona sarılarak, "Teşekkürler," dedim.

Kapının yanında eski çiçek tezgâhının yanında durdum. Zümrüt yeşili boya parlatılmıştı ama son tabakanın kabarcıklar yaptığı ve ufalandığı yerdeki pas tabakasını görebiliyordum.

Colette, "Bu onundu," dedi.

"Kimin?"

"Bizim yeteneğimize sahip ilk kadının. Elodie, çiçekçi kız. Bunu Paris'te bir bitpazarından buldum. İsmi kenarına kazınmıştı. Bunu bulmamın bir tesadüf olmadığını biliyordum. Ben de bunu her zaman onun güzelliğinin ve şehrindeki insanlarla paylaştığı aşkın bir göstergesi olarak sakladım. O çevresinde bizim gördüğümüz aşkı görmüştü."

Elimi tezgâhın kenarında gezdirdim. İşte tam da o zaman ön tarafa kazınan Fransızca sözcükleri fark ettim: "Amour vit en avant."

"Bu sözcükler ne anlama geliyor?" diye sordum.

Colette gülümsedi. "Aşk hep vardır."

Hava soğuktu ama taksi tutulmayacak kadar güzel bir gündü. Ben de Birinci Cadde boyunca pazara doğru yürüdüm. Ama Mary'nin kuaförüne varınca, pencereden baktım. İçeride yerleri siliyordu. Ben de içeri girdim.

Süpürgeyi bir tarafa bırakarak, "Jane!" dedi.

Karnını ovuşturarak, "Şu haline bak," dedim.

"Kocamanım, değil mi?"

"Neden evde ayaklarını uzatıp yatmak yerine buradasın?"

Kaşlarını çattı. "Açıkçası evde olmaktan nefret ediyorum. Çok ıssız."

"Üzgünüm," dedim. "Bebeğiniz doğunca burada olmayacağını bilmek canını çok acıtıyordur."

Başını salladı.

"Annem onu terk eden adam, babam için öldüğü güne kadar yas tuttu. Kalbinde her zaman keder vardı. Kendini bundan kurtaramadı. Senin de aynı şekilde olmanı istemiyorum."

Mary iç geçirerek, "Ben de," dedi.

"O zaman önündekileri görmecek kadar geçmişe odaklanma. Annem geçmişe bakmakla çok meşgul olduğu için yeni birini sevemedi. Kurduğun hayata, önündeki eğlenceye bakman gerek."

"Evet," dedi. "Çok haklısın, Jane. İleri baktığımda ne görüyorum, biliyor musun?"

"Neyi?"

"Luca'yı görüyorum."

Gülümsedim. "Ona bunu söyledin mi?"

Kafasını salladı. "Hayır, söylemedim. Ama zaten artık çok geç. O İtalya'ya gitti bile."

"Hiçbir zaman çok geç değildir," dedim. "Bunu unutma."

İnkâr edilemez bir ağırlık hissiyle Birinci Cadde boyunca yürüdüm. Yaya geçidine adım atınca metallerin birbirine çarpması sonucu çıkan ses beni zihnimin derinliklerinden çıkardı. Durdum. Kalbim gümbür gümbür atıyordu. Kafamı kaldırınca iki arabanın birkaç adım önümde çarpıştığını gördüm. Beyaz bir Volvo pikabın yan tarafına vuran ve akordeon haline gelen mavi bir SUV'dan duman çıkıyordu. Yanımdaki kadın kulakları sağır eden bir çığlık attı. "Aman Tanrım!" dedi. "911'i arıyorum."

Volvo'daki orta yaşlı kel bir adam arabasından burnu bile kanamadan çıktı. Ama hepimizin gördüğü şeyler onu dehşete düşürmüş gibiydi: SUV'un ön camındaki kan izi.

Yan kapıya gittim. Orada bir kadın koltuğunda bilinçsiz olarak yatıyordu. Onun yanındaki adam, muhtemelen kocası mırıldanıyordu. Yolcu kapısını açtı ve gözleri kıpırdadı. Beni gördü. "Lütfen bize yardım edin."

"Yardım yolda," dedim. "Dayanın biraz."

"Yaralanmış mı?" diye ağladı. "Karım. Yaralanmış mı?"

Kadının burnundan kan sızıyordu. Nefes almadığını anlamıştım ama bir şey söylemedim. "Evet," dedim. "Ama iyileşecek. Siz hareket etmeyin. Kıpırdamamaya çalışın."

"Tartışıyorduk," dedi. "Kazadan önce. Benden ayrılacağını söyledi. Ben... Ben... Ben çok kötü bir şey yaptım. Onun güvenini yıktım."

"Hayır, hayır," dedim. "Şimdi bunu düşünmeyin. Lütfen."

"Bu benim cezam."

"Değil," dedim. Omzumun üstünden baktım. Ambulansın gelmesi için dua ediyordum.

"Artık beni sevmediğini söyledi," diye ağladı. "Normal de. Yaptığım şeyden sonra ben onun aşkını hak etmiyorum."

Karısı yanındaki koltukta cansız bir şekilde oturuyordu. Doktorlar onu yaşama döndürebilecekler miydi? Uzakta siren sesleri duyuldu. Derin bir nefes aldım. "Yardım geliyor. Birkaç dakika daha dayanın." Cam ve Joanna'yı düşündüm. Kazadan sonra hissettiği umutsuzluğu düşündüm. Onların da çözemediği bir tartışmaları olmuş muydu? Bu anılar hâlâ kalbinde sızlıyor muydu? Her gece gözlerini kapattığında onun yüzünü mü görüyordu?

Ambulans yanımızda durdu. Sağlık görevlileri olay yerine gelirken ben kenara çekildim. Kadının kanlı vücudunu arabadan çıkarıp onu bir sedyeye yerleştirmelerini izledim. Boyunluk takılan adam karısının yanında diz çöktü. "Lütfen, tatlım, bana geri dön!" diye bağırdı. "Çok özür dilerim. Çok çok özür dilerim."

Tam o anda gözyaşlarımın arasında görüşüm bulutlandı. Dengemi sağladım ve önümdeki trajik sahneye doğru ilerledim.

Bir sağlık görevlisi, "Üzgünüm, efendim," dedi. "Onu kaybettik."

Adam, "Hayır, hayır, hayır!" diye çığlık attı. "Olamaz. Daha çok deneyin. Tekrar deneyin."

Görevli ayağa kalktı ve geri çekildi. "Üzgünüm, efendim. Sizi onunla birkaç dakika yalnız bırakacağım. Vedalaşmanız için."

Adam, "Dana," diye ağladı. "Dana, çok özür dilerim. Seni seviyorum, canım. Seni seviyorum. Sen benim sevdiğim, sevebileceğim tek kadınsın." Birden kafasını kaldırdı ve gözyaşlarının arasından bana baktı. "Ona bunu yeterince söylemedim. Bir sürü hata yaptım. Şimdiyse çok geç. Onu ne kadar çok sevdiğimi bilmiyordu. Ona ihanet ettikten sonra beni nasıl sevebilirdi ki?" Kafasını kadının göğsüne dayadı ve ağladı.

Kararsız bir sesle, "Sizin onu sevdiğinizi biliyordu," dedim.

Adam kafasını kaldırdı. "Ne demek istiyorsun? Nereden biliyorsun?"

Yanında diz çöktüm. "Onun sizi en son ana kadar sevdiği konusunda içiniz rahat olsun. O sizin aşkınızı hissetti. Tıpkı sizin onunkini hissettiğiniz gibi. Bunu her zaman koruyun. Bırakın bu, acınıza baskın çıksın. Aşk daha büyüktür. İkinizin sahip olduğu aşk."

Tekrar kafasını karısının göğsüne koydu. Kaldırıma gittim ve ona vedalaşması için gereken zamanı verdim.

Pazara doğru yürürken Mary'nin başlangıç ve bitişler konusundaki gözlemlerini düşündüm. Cam'in Joanna ile yaşadığı son onun kalbini kırmış olabilirdi ama yeni bir başlangıca yer olması için dua ettim. Benimle yeni bir başlangıca.

Ben asansörden inince, Bernard, "Vay, bu akşam çok güzel görünüyorsun," dedi. Gördüğüm dramatik sahneden sonra dinlenmek, duş almak ve rahatlamak için birkaç saatim olmuştu.

Duvardaki büyük aynada siyah elbiseme bakarak, "Cam beni akşam yemeği için Canlis'e götürüyor," dedim.

"Çok şanslısın," dedi. "Yirmi beşinci yıldönümümüzde karımı oraya götürmüştüm. Orası özel bir yer."

Aşkın her bir santimde gizli olduğu güzel, özel restoranlara giderken dikkatli olmayı öğrenmiştim.

Cam'in BMW'sinin apartmanın önünde durduğunu gördüm. Arabadan inerken el salladı. Özel dikim bir takım elbiseyle ince bir kravat takmıştı. Arabasının sileceğiyle uğraşmasını izlerken zaman dondu. Bu basit, her gün yapılan bir davranıştı. Bugün şahit olduğum kazanın tam aksi bir andı. Her nasılsa bana huzur vermişti. *Cam* bana huzur veriyordu.

Bernard sırıttı. "Afalladın. Sanki hayalet görmüş gibisin."

Kendimi toplayarak, "Cam geldi," dedim.

Bernard, "Eski bir söz vardır," dedi. "Gerçek aşk hayalet gibidir. Herkes ondan bahseder ama çok az kişi onu gerçekten görmüştür."

"Gerçek aşk ha?" Kapıya doğru yürürken zorla sırıttım.

Canlis'te Lake Union manzarası sunan döşenmiş bir koltukta yan yana oturmuştuk. Bir yelkenlinin suyun üstünde ilerleyişini izledim ve yolcularını düşündüm. Bir çift miydi? Aile miydi? Rüzgârı yakalayan iki eski arkadaş mıydı?

Garsonumuz kadehlerimizi doldurdu ve bizi yalnız bıraktı. Cam'e döndüm. "Yeteneğimi saklayacak bir yol bulmayı istemişimdir hep."

Sırıttı. "Esrarengiz bir şeyler gibi mi?"

"Evet, üstüme bir ceket giyip gözlük takıp gördüğüm şeyle yüzleşmemek veya kriz geçirme endişesi olmadan gördüklerime bakma özgürlüğüne sahip olmak."

Şakacı bir şekilde, "Nörolog arkadaşlarımla konuşayım," dedi. "Özel patentli bir gözlük yapabilir miyiz diye bakarız."

Güldüm. Düşüncelere daldım. Aynı gün şahit olduğum kazayı anlattım.

Pencereden dışarı göle baktı. "Sevdiğin birinin elinden kayıp gitmesinin nasıl bir şey olduğunu biliyorum."

"Biliyorum." Masanın altındaki eline uzandım. "O an seni düşündüm. Yaşadığın kaybı düşündüm ve yaşadığın onca şeyden sonra yeniden başlamayı istemen beni etkiledi."

Bana doğru döndü. Gözleri uzun bir an benimkilere odaklandı. Derinlerde bir yerde bir kıpırtı hissettim. "İstiyorum, Jane." Gülümsedi. "Yeni bir başlangıç, yeni bir hayat için bir hayalim var. Geceleri bunu düşünüyorum. Bizi düşünüyorum."

Sırıtarak, "Biz," dedim. "'Biz' olduk."

Sırıtarak, "'Biz' olduk," diye tekrar etti. "Bana ne istediğini söyle, Jane. Gelecek için neler hayal ettiğini söyle."

"Tam olarak ne demek istiyorsun?"

"Yani ev, çocuklar, arka tarafta bir bahçe mi istiyorsun? Çok gezmek ve macera mı istiyorsun? Ölüm bizi ayırana kadar birbirimizi koruyup kollamamızı mı istiyorsun?"

"Bu çok büyük bir soru."

"Ama önemli bir soru," dedi. "Senin hakkında her şeyi bilmek istiyorum."

Uzun bir an gözlerimi onunkilere odakladım. "Önce sen söyle."

Başını salladı ve diğer elimi de tuttu. "Ben eğlenmek, gülmek, kavga etmek istiyorum. Kavgadan sonra barışma seksi istiyorum. Hayal etmek, büyümek, seyahat etmek ama sonra her zaman aynı duvarlara, aynı insana dönmek istiyorum. Çocuklarımın kahkahalarını duymak istiyorum. Yeni biçilmiş çimlerin üstünde, arka bahçedeki barbekü kokuları arasında yakalamaca oynamak istiyorum. Mutlu bir şekilde uyumayı ve daha mutlu bir şekilde uyanmayı istiyorum." Gülümsedi. "Bütün bunları seninle yapmak istiyorum."

Göğsümde tarif edemediğim bir duygu hissettim. Bir adrenalin akını hissettim. Cam'in gözlerine bakıp elini sıkarken bu duygu güçlendi. Bu aşktı. Aşk olduğunu biliyordum.

Gülümseyerek, "Sıra sende," dedi.

Hayatımda beni şu an olduğum yere getiren her şeyi düşünerek gözyaşlarımı tuttum. Şüphe. Annemin gözyaşları. Bir aranjmana koyduğum her bir çiçek. Arkadaşlarımın ve yabancıların yüzünde gördüğüm her aşk bakışı. Şimdi kendi aşkımı görüyordum. Yanımda oturuyor ve o da beni seviyordu. Bunu biliyordum, hissediyordum. Uzun zamandır, zor ve uzun, kimi zaman yalnız ve şüpheli bir yolculukta, yarıştaydım. Bitiş çizgisine varmıştım. Yorgun ve zayıftım ama halimden memnundum. Cam'in gözlerine bakarak, "Senin söylediklerinin aynısı," dedim. O gözlerde paylaşacağımız geleceği görmüştüm. "Her bir kelimesi."

Yemekten sonra, Cam'in dairesine gitmeye karar verdik. Topuklu ayakkabılarımı çıkardım ve deri koltuğuna kıvrıldım. Üstüme yumuşak bir battaniye örttüm.

Mutfağa yönelerek, "Bir kadeh şarap?" diye sordu.

"Tabii ki."

Elinde iki kadehle döndü. Şişeyi yanımızdaki sehpaya koydu. "Bu şişeyi editörüm verdi. Çok nadir bir Bordeaux olması lazım."

Yıla baktım. 1984'tü. "Bu şarap şişelendiğinde ben yeni doğmuştum herhalde."

Cam şişeye bakarak, "Tam olarak hatırlamıyorum," dedi. "Ama bu yıl bu bölgedeki şarapların neden bu kadar iyi olduğu konusunda bir hikâye vardı. Çılgın bir kar fırtınası sırasında dolunay olmuş sanırım. Bilemiyorum." Sehpadaki dizüstü bilgisayarına baktı. "Açıp bakabiliriz."

Başımı salladım. "Dolunayda kar fırtınası mı? Ne büyük bir tesadüf. Colette ile konuştuğumda... Yani bana yeteneğimi anlatan Fransız kadın." Bir an durdum. Aylardır birbirimizi tanımamıza rağmen şimdi bile Cam'e görüşlerimi anlatırken çekiniyordum. Sanki her seferinde işin mantık yönünü değerlendiriyor gibiydi.

Cam ilgilenmişe benziyordu. "Ne dedi?"

"Dedi ki biz –yani ben ya da o– aşkta başarısız olmuşsak ikinci bir şans ihtimali vardır. Ama bunun dolunaylı bir gecede ve kar yağarken veya yağmak üzereyken olması gerekiyor."

Sırıttı. "Sen buna inandın mı?"

Sırıttım. "Senin inanmadığın kesin."

"Benim bir bilim insanı olduğumu biliyorsun," dedi. "Senin hikâyen ve yeteneğinin senin bir parçan oluşu akıl dışı. Ben bir durumu anlamak istediğimde, her bir detayı anlatabileceğim hale gelene kadar rapor tutarım." Gülümsedi. Sanki bir röportajın ortasında gibiydi.

"Niye böyle söyledin ki? Ben senin konularından biri değilim."

Cam elime uzandı. "Bak, Jane, belki de vites değiştirmem gerekiyordur. Sahip olduğumuz şeyi büyütmek istiyorum. Yetiştirmek istiyorum. Söylemek istediğim şey... Seni seviyorum."

Yutkundum.

"Bu mistik bir şeyin parçası değil. Kafamın üstünde gezinen yıldızlar veya kalpler yok. Aşk tanrısı okunu kalbime saplamadı." Tekrar gülümsedi. "Ben sadece seninleyken ve senden uzak olduğumda nasıl hissettiğimi biliyorum. Bu aşk, Jane. Seni seviyorum."

"Seviyor musun?"

"Seviyorum."

Ben de ona onu sevdiğimi söylemek istedim. Yanındayken ve yokluğunda böyle hissettiğimi söylemek istedim. Birlikte bir hayat hayal ettiğimi, birbirimizin kollarında uyanmayı, sabahları kahve ve kruvasan almak için birlikte Meriwether'a yürümeyi, gazete veya *Time*'in son sayısını almak için Mel'in büfesinde durmayı, orada Cam'in köşe yazısını gösterip herkese kocamın ünlü bir yazar olduğunu söyleyerek övünmeyi. Kocam. Bu hayal çok güzel ve canlıydı.

Konuşmak için ağzımı açmıştım ki mutfakta Cam'in telefonu çaldı. "Çok özür dilerim," dedi. "Editörüm olabilir. Benden cevap almak için baskı yapıyordu. Bu önemli. Bir hikâyeyle ilgili. Özür dilerim. Sadece bir dakika sürecek."

Gülümseyerek, "Tabii ki," dedim. "Sen işine bak. Ben burada nadir bulunan şarabımla oturacağım." Kırmızı sıvıyı kadehimde dolaştırdım.

Mutfağa yürüdü ve başını salladı. "Arayan o." Yatak odasına gitti ve kapıyı kapattı. Mırıltılarını duydum ama sözcükleri anlayamadım.

Şarabın hikâyesini düşündüm. Dolunay, kar fırtınası, nadir bir mahsul. Kadehimi bıraktım ve Cam'in dizüstü bilgisayarını aldım. Hemen açıldı. Tarayıcıyı ararken masaüstünde bir şey dikkatimi çekti. "Aşk Bakışı/Jane" adlı bir klasör. Klasörü açarken kalp atışlarım hızlandı. Suçluluk hissettim ama dayanamıyordum. Merakım baskın gelmişti. Bu, "Röportaj Notları-Dr. Heller", "Röportaj Notları-Jane'in Babası" ve "Nörolojik Araştırma Çalışması" adlı Word belgelerinden oluşuyordu.

Birden, sanki koşmuşum gibi sıcakladım ve terlemeye başladım. Battaniyeyi bacaklarımın üstünden attım ve "Jane-Aşk-Bakışı-İlk-Taslak" yazan bir dokümana tıkladım. Belge açıldığında gözlerime inanamadım:

Aşk Bakışı

Cameron Collins

Jane Williams falcı, kâhin veya akıl okuyucu değil. Ona sorarsanız, size imkânsız gibi görünen, bilime meydan okuyan, kendisinin şiddetle inandığı yeteneğini anlatabilir. Jane Williams aşkı görebilmektedir.

Kafamı salladım. Bir kelimeye daha dayanamazdım. "Önerilen Kapak" adlı bir PDF dosyasına tıklarken gözlerim yaşlarla dolmuştu. İşte oradaydım, *Time* dergisinin kapağındaydım. Fotoğrafı hemen tanıdım. Bainbridge Island'daki mezarlıkta çekilen fotoğraftı. Fotoğrafçı *Time* için çalışıyordu.

Dizüstü bilgisayarı kapattım ve sehpanın üstüne koydum. Kendimi aptal gibi hissediyordum. Ona güvenmiştim, inanmıştım. O bana ihanet etmişti.

Cam yatak odasından çıktı ve telefonunu sehpanın üstüne koydu. "Özür dilerim. Yemin ederim bazen editörümün dünyadaki en mantıksız kadın olduğunu düşünüyorum."

"Ya?" Öfkemi kontrol altına almak için mücadele veriyordum. "Neden peki?"

Elini bacağıma koydu. "Zamanımızı sıkıcı iş konularında konuşarak harcamayalım."

"Yani benim hakkımda yazdığın makale mi?"

Yüzü bembeyaz oldu.

"Öğrendim," dedim. "Bilgisayarında gördüm."

"Jane, ben..."

"Bunca zaman bütün derdin bu hikâyeydi, değil mi? Bende kapaklık bir hikâye buldun ve bu fırsata balıklama atladın."

"Hayır, hayır," dedi. "Yani ilk başta öyle başladı. Dergi bana gelir getirecek kapaklık bir hikâye bulmamı söyledi. Sana ilk başta duyduğum çıkar ilişkisi gibi görünse de hakiki ve saf bir şeye dönüştü. Ben hislerimi fark edince, anlayınca..."

"Yani beni sevdiğini mi? Gerçekten buna inanmamı mı bekliyorsun?" Bilgisayarı gösterdim. "Sen sevdiğin kişiye bunu mu yaparsın?"

Gözlerini sımsıkı kapattı ve iç geçirdi. "Jane yemin ederim hikâye yayınlanmayacaktı. Ben de editörümle telefonda bunu konuşuyordum. Bunu yayınlamayı reddettiğimi söyledim. Hikâyeden vazgeçmesi için baskı yapıyorum. Yayınlanmayacak, Jane. Lütfen bana inan."

Topuklu ayakkabılarımı giydim ve ayağa kalktım. "Şu andan itibaren sana bir daha inanabileceğimi sanmıyorum."

Cam peşimden kapıya geldi. "Jane, lütfen. Lütfen konuşalım. Hemen gitme."

Çantamı alıp kapıdan çıkarken, "Hoşça kal, Cam," dedim.

Aşka bakın. Sadece bir yanılsamaydı.

Yirmi İkinci Bölüm

220 Boat Caddesi #2
Aralık

Lo boynuna parfüm sıktı. Bu, Grant'ı deli edecek cinsten bir parfümdü. Birlikte gittikleri pek çok yerde Grant ona böyle söylemişti. Grant'ın ona iltifat edişini seviyordu. Güzelliğini övüşünü, yeni bir şey giydiğinde veya saçını farklı bir şekilde yaptığında bunu fark edişini seviyordu. Grant onu daha önce kimsenin fark etmediği açılardan fark ediyordu. Buna bağımlı hale geldiği konusunda hiç şüphesi yoktu. Bir uyuşturucu gibi bunu arzuluyor, buna ihtiyaç duyuyordu.

Bu gece özel olacaktı. Grant akşam yemeğine geliyordu. Birkaç saatlik vakti olsa bile Lo her bir dakikayı değerlendirecekti. Bir saat veya bir dakika. Lo onun verebileceği kadar süreyi alacaktı. Bu günlerde bu süre gittikçe azalıyordu.

Tam rujunu banyodaki tezgâhın üstüne bırakmıştı ki kapı çalındı.

Grant'a, "Merhaba," dedi.

O da, "Merhaba," dedi.

Birbirlerine sadece merhaba dediklerinde bile bunun her anlama gelmesini ve aralarında hemen bir köprü kurulmasını çok seviyordu. Bu tekrar tekrar birbirlerine gelişleriydi.

İçeride Grant onu tutkulu bir şekilde öptü. O Lo'nun aşkına açtı. Tıpkı Lo'nun da onun aşkına aç olduğu gibi. Risottonun sıcak ve servise hazır olup olmadığı, salatanın yağlanmış, tuzlanmış olmasını önemsemediler. Akşam yemeği veya Grant'ın mutfak tezgâhına koyduğu şarap şişesi umurlarında değildi. Lo elini tuttu ve onu çatı katındaki yatak odasına giden merdivenlere doğru çekti. Tenini teninde hissetmek istiyordu. Ağzının tadını almak, kulağında onun nefeslerini duymak istiyordu. Öyle de oldu. Birbirlerini tekrar tekrar tükettiler. Ta ki birbirlerinin kollarında yatana dek.

Grant bir tutam saçı Lo'nun gözlerinin önünden çekti. "Hayatımın geri kalanında sadece böyle olmayı istiyorum."

Lo bakışları onunkilere kilitlenmiş bir halde, "Ben de," dedi.

O harika anda, Grant'ın bir karısının, çocuklarının ve ailesinin olduğunu unutabilmeyi diliyordu. Ama bunlar kara bir bulut gibiydi. Bu bulutlar, yataktayken üstlerine çöküyor, öpüşürken onları dürtüklüyor, attıkları her adımda peşlerinden geliyordu. Lo zamanın geldiğini biliyordu: Ya Grant'ın bu büyük, gerçek aşkını alacaktı ya da onsuz yaşamanın bir yolunu bulacaktı. Belki de sonsuza kadar.

Elini Lo'nun kolunda gezdirirken, "Ne düşünüyorsun?" diye sordu.

Lo, "Geleceğimizi," diye cevap verdi. "Ve oraya ulaşmak için atmamız gereken adımları."

Grant kendinden emin bir şekilde başını salladı. Lo gerçekleri söylediği zaman hep böyle yapardı. İç geçirerek, "Evet," dedi. "Bu konuda ben de çok düşünüyorum. Bunu sen de biliyorsun. Sürekli bunu düşünüyorum. Çünkü sen benim aşkımsın. Çünkü benim istediğim sensin. Ama yine de çok zor. Her gün eve gidiyorum. Karım orada akşam yemeğini yapıyor oluyor. Kızlar da onun yanında sebzeleri doğruyor, ona yardım ediyor, gülümsüyorlar. Her an dünyalarına bir bomba atıp onu mahvedeceğimden haberleri bile yok. Sanki bir suç işlemeye hazırlanıyormuşum gibi hissediyordum. Evimin çevresinde sanki gelecekte oluşacak bir suç mahaliymiş gibi dolaşıyorum. Kurbanların hepsi yerinde. Olacaklardan haberleri yok." Lo'nun elini öptü. "Bak, ben neyi istediğimi biliyorum. İstediğim sensin ama sana ulaşmak için yapmam gereken şeyleri yapma cesaretine sahip olup olmadığımdan emin olmadığım zamanlar oluyor."

Lo doğruldu. Beyninde binlerce duygu vardı: bir aileyi böldüğü için utanç, Grant'ın tetiği çekememe ihtimalinin korkusu ve kendini ona tamamen bağlaması mümkün olmayan bir adama duyduğu aşk.

Grant kollarını ona dolayarak, "Bebeğim, ağlama," dedi. Grant'ın ona bütünüyle sarılışını seviyordu. Lo Grant'ındı, Grant Lo'nundu. Ama Grant tamamen onun değildi işte. Ona bu gece veda edecekti. Grant başka bir kadının yanına gidecek, onun yanına yatacaktı. Çocukları hakkında konuşacaklar, bugün onlardan birinin yaptığı komik bir şeye güleceklerdi. Grant *True Blood* dizisinden bir bölüm izleyecekti. Karısı, iPad'indeki TED Konferansları'ndan birini açacaktı. Grant üstünü örterken kolları birbirine değecekti. Birlikte uykuya dalacaklardı. Lo ise yalnız kalacaktı.

Lo, "Bunu daha fazla sürdüremeyeceğim," dedi. "Seni bu şekilde paylaşamam. Bu doğru değil. Bu karına haksızlık. Bana haksızlık."

Uzun bir şekilde iç geçirerek, "Biliyorum, biliyorum," dedi. "Bana bırak. Hepsini bana bırak. Ben yapmam gerekeni yapacağım."

Lo, "O zaman yap," dedi. "Bu şekilde sonsuza dek gidemez. Bu beni öldürecek. Orası kesin."

"Bana inan," dedi.

Lo kafasını salladı.

Bakışları buluşabilsin diye çenesini kaldırdı. "İnanıyor musun?" diye sordu.

"İnanıyorum."

"Güzel. Biz neyiz biliyor musun?"

Lo kafasını salladı. "Neyiz?"

"Biz kırılmayız."

Lo kafasını salladı. "Kırılmayız."

"Yarın Paris'te de böyle olacağız."

Grant ile Paris. Bu Lo'nun istediği her şeydi. Ancak yüreğinin uzak bir köşesinde bu gezinin sadece bir teselli ödülü olduğundan endişe ediyordu.

Lo, "Yarın," dedi. "Noel Günü gidiyor olduğumuza inanamıyorum."

"Evet," dedi. "Ev açısından biraz zor oldu ama çocuklarla hediyeleri bu gece eve gidince açacağım. İster inan ister inanma, tatil gününde Seattle'dan bilet bulmak, tatilden önce veya sonrası için bilet bulmaktan daha kolay." Gülümsedi. "Belki uçakta eggnog* içeriz."

Güldü. "Eggnog mu?"

Grant, "İyi o zaman," dedi. "Sabah gelip seni alırım." Hınzır bir şekilde sırıttı. "Sevdiğim o kırmızı elbiseyi de getir."

Lo özlem dolu bir şekilde, "Paris," dedi. Ama onların ihtiyacı olan şeyin Paris olmadığını biliyordu. Grant'ın kararını vermesi gerekiyordu. Ya hep ya hiç. Ama Paris güzel, parlak bir avuntuydu. Gerginliği, korkuyu bir süre daha bastıracaktı. Grant'a biraz daha zaman kazandıracaktı. Lo da onunla daha fazla zaman geçirmek için her şeyi yapardı.

Grant ayağa kalktı ve pantolonunu giydi. Saatine baktı. "Üzgünüm gitmem gerek. Yarım saat önce evde olmam gerekiyordu."

Lo kaşlarını çattı. "Ama daha yemek yemedin. En sevdiğin yemekten yaptım. Risotto."

"Bir dahaki sefere," dedi ve eğilerek onu bir kez daha öptü.

Birlikte geçirdikleri zamanın sona ermesinden nefret ediyordu. Lo'nun dünyasından kayıp kendi dünyasına gitmesinden nefret

---

* Şeker, süt ve yumurtadan yapılan bir içecek. (ç.n.)

ediyordu. Merdivenlerden inerken, tezgâhın üstünden anahtarlarını alışını, evin kapısını kapatışını dinledi. Ayak sesleri iskelede yankılandı. Ta ki bu kış gecesinde kaybolup kendi hayatına, gerçek hayatına dönene kadar. Karısına, çocuklarına.

Lo yanağına düşen bir damla gözyaşını sildi. Giyindi ve mutfağa indi. Bir kaşık alarak risottosunu tek başına ve tencereden yedi. Kendine bir kadeh şarap doldurdu ve bir yudum aldı. Anahtarları tezgâhın üstündeydi. Bir an bile düşünmeden anahtarları kaptı. Sonra montuna uzandı.

Grant'ın nerede yaşadığını biliyordu. Quenn Anne Hill'de çok güzel bir evde yaşıyordu. Bir keresinde adresini söylemişti. Kolaylıkla hatırlamıştı çünkü lisedeyken aynı sokakta varlıklı bir ailenin bebeğine bakmıştı. Üstelik, Flower Lady dükkânının, Seattle'ın en iyi mahallelerinden biri olan bu mahallede pek çok müşterisi vardı.

Arabaya bindi. Bu gece Grant'ın dünyasını görmek istiyordu. Evinin yanından geçmek, her gün işten sonra nereye geldiğine bakmak, gece nerede dinlendiğini görmek istiyordu. Ve işte oradaydı. Highland Drive'da üçgen çatısı ve kurşunla kaplı cam pencereleriyle büyük, çok güzel Tudor tarzı ev.

Grant'ın evinin önündeki sokağa park ettiğinde Lo'nun kalp atışları hızlandı. Motoru durdurdu. Farları söndürdü ve salonun büyük pencerelerinden içeri baktı. İşte Grant oradaydı: Az önce Lo'nun çıkardığı gömleği giymiş, iki kızının yanında dikiliyordu. Harika bir şekilde süslenmiş yılbaşı ağaçlarının önünde konuşuyorlar, gülüyorlardı. Ağaçta tek bir süs bile yamuk değildi. Bir dakika sonra karısı ona doğru yürüdü ve bu mükemmel sahneyi tamamladı. Karısı ona bir kadeh şarap uzatıp kolunu onun beline dolayınca ve başını onun göğsüne yaslayınca midesinin bulandığını hissetti.

Lo ağlamaya başladı. Motoru çalıştırdı ve Highland Drive'dan, Grant'dan uzaklaştı ve kendi dünyasına döndü. Gerçek bir gönül yarasının nasıl bir şey olduğunu artık biliyordu.

Yirmi Üçüncü Bölüm

Dışarıda hava buz gibiydi. Apartmandan kaldırıma çıktığımda yanaklarımı yaktı. Pazarın çatısını beyaz buz kaplamıştı. Satıcılar kalın mont ve şapka giymişlerdi. Atkımı boynuma sıkı sıkı doladım. Tavanına yılbaşı ağacı asılmış bir pikap yanımdan geçerken gülümsedim. Annemi düşündüm. Flynn ile benim en büyük yılbaşı ağacını seçmemize izin verişini, her nasılsa onu arabamıza yerleştirip evimize getirişini anımsadım. Bu büyük ağacı sürüklemek güç gerektiriyordu mutlaka ama bunu kolay bir şekilde yapıyormuş gibi görünüyordu. Yüzümüzde şeker kalıntılarıyla ağacı kamyonete sığdırışını izlerdik.

Yılın bu zamanlarında her zaman olduğu gibi yine annemi özlemiştim.

Dükkânı açtım ve ışıkları yaktım. Dükkânda çalıştığı süre boyunca Lo ilk kez arayıp hasta olduğunu söylemişti. Telefonda ağlıyordu. Ama onun hastalığının fizikselden çok duygusal olduğunu biliyordum. Ama yine de beni endişelendiriyordu. Hatta fiziksel hastalıklardan daha bile çok.

"Ne kadar gerekiyorsa," dedim. Ancak yılbaşı gününün yoğun siparişleri nedeniyle dükkânda yalnız olmak için en kötü zamandı. Özellikle de Cam ile yaşanan dramadan sonra. Flynn arayıp yardım etmeyi önerince çok rahatladım.

Flynn çantasını tezgâhın arkasına koyarak, "N'aber, kardeşim?" diye sordu.

İnternet sitesine gelen son siparişlere bakarken, "Açıkçası çok iyi değilim," dedim. "Hâlâ Cam'in ihanetinin üstesinden gelmeye çalışıyorum."

Colette'i ve yeteneğimi Flynn'a aylar önce anlatmıştım ama kız kardeşinin mistik bir yeteneğinin olmasını, en yakın arkadaşının bana ihanet etmesi kadar şaşırtıcı bulmuyordu. İç geçirdim. "Beni kapak yapacaklardı, Flynn."

Kafasını salladı. "Hâlâ inanamıyorum."

"İnan," dedim. "Dr. Heller'la, hatta babamızla röportaj yapmış."

"Ne?"

"Evet," dedim. "Röportaj notlarını gördüm. Herhalde Oregon'da onun izini sürmüş."

"Yani bizim kayıp babamız Oregon'da ortaya çıktı desene. İşte bu şaşırtıcı bir haber."

"Biliyorum."

Flynn, "Çok özür dilerim, Jane," dedi. "En azından geç olmadan öğrendin..."

"Fotoğrafım Amerika'da her gazete büfesindeki yerini almadan önce, değil mi?" İç geçirdim. "Asıl çılgın olan şey benim bunun aşk olduğunu düşünmemdi. Gerçekten âşık olduğumu, onun beni sevdiğini düşündüm."

"Belki de seviyordur," dedi. "Ama yine de onun boynunu kırmak istiyorum."

Kafamı salladım. "Hayır. Kendi çıkarların, kariyerin için birini otobüsün altına atmak aşk değildir."

"Ama sen makaleyi yayınlamayacağını söylemedin mi?"

"Evet, öyle söyledi ama ona nasıl inanabilirim ki?"

Flynn başını salladı. "Arkadaşım olduğunu düşünmüştüm yoksa sizi hiç tanıştırmazdım. Şimdi benden neden kaçtığını anlıyorum. Benimle yüzleşemeyecek kadar utanıyordu."

Onu yeni gelen çobanpüsküllerine ve yeşilliklere yönlendirdim. Arka odaya doğru gitti.

"Senin kıza ne oldu?" diye sordum. "Karşı apartmandaki. En sonunda tanıştığını söyle bana."

Kafasını salladı. "Hayır, tanışmadım."

"Flynn, yapacağın tek şey karşıdan karşıya geçmek, asansöre binmek ve kapıyı çalmak."

Gülümsedi. "Biliyorum, biliyorum. Daha tanışmamış olmamamın hiçbir mantığı yok. Sanırım korkuyorum."

"Neden korkuyorsun? Kukla sesiyle konuşacağından mı yoksa?"

Gülerek, "Hayır," dedi. "Yani olabilir. Sanırım gerçek halinin ona uzaktan hayran olmak kadar muhteşem olmayacağından korkuyorum. Bu mantıklı mı?"

Başımı salladım. "Tabii ki. Sen bir fanteziye âşık oldun. Bu da oyunun bir parçası."

"Evet," dedi.

"Ama oyunlar sona eriyor, unutma."

"Ona yılbaşı için çiçek götürürüm diyordum," dedi.

"Ve tabii benim doğum günüm için," dedim. Bunu daha çok kendime söylemiştim. Colette'i ve bu yeteneğin yükümlülüklerini tamamlamadan otuz yaşıma girersem neler olacağı konusundaki uyarılarını hatırladım.

Flynn hâlâ sevimli komşusunu düşünüyordu. "Yalnızsa," diye devam etti. "Aslında ben yalnız olduğundan eminim, onu neşelendirebilirim."

Gülümsedim. "Bence bu harika bir plan. Seninle gurur duyuyorum."

"Ben de seninle gurur duyuyorum," dedi.

Dükkânın telefonu çaldı. Hemen koşup açtım.

"Jane, ben Dr. Heller."

Sessiz kaldım.

"Jane, orada mısın?"

Kaskatı bir şekilde, "Evet," dedim.

"Cam aradı ve bana makaleyi öğrendiğini söyledi. Jane, seninle konuşmak istiyorum. Bugün ofise gelebilir misin acaba?"

"Dr. Heller, konuşulacak bir şey kaldı mı bilemiyorum."

"Kaldı," dedi. "Senden şahsen özür dilemek istiyorum. Açıklama yapana kadar içim rahat etmeyecek. Bir saat içinde gelebilir misin?"

"Tamam," dedim. "Elimden geleni yaparım."

O gün öğlen Dr. Heller'ın ofisine girdim. Kalbimde bir acı hissediyordum. Cam'in Dr. Heller ile yaptığı röportajın notlarını okumasam da benim hakkımda bir gazeteciyle konuşmuş olması bile beni duraksatıyordu. Ona duyduğum güveni, çocukluktan beri kazandığı, gözlerimi muayene ederken dikkatimi başka yere çekmek için kafamın üstünde oyuncak salladığı günlerden bu yana oluşan güveni sarsmıştı. Bugün onun gözlerine bakacak ve sadece benim güvenime değil aynı zamanda tıp ahlakına nasıl ihanet edebildiğini soracaktım.

Ben odaya girdiğimde Dr. Heller, "Geldiğine sevindim," dedi. "Lütfen konuşalım. Kafeteryaya gidelim? Sana kahve ısmarlayayım?"

Başımı salladım ve peşinden asansöre doğru yürüdüm. Sessizlik içinde üçüncü kata gittik. Kapılar açıldığında burnuma brokoli ve yanmış patates kızartması kokusu geldi.

Kafeteryada durdum. Dr. Heller iki kahve ısmarladı. Boş bir masaya oturduk.

"Konuşmama, onun söylediklerimi kaydettiğini bilmediğimi söyleyerek başlayayım," dedi. "Ondan sözlerimi kayıt dışı tutmasını söylemiştim."

"Kayıt dışı veya kayıt içi," dedim. "Dr. Heller, sağlık durumumu benim rızam olmadan bir başkasıyla konuşmayı düşünebilmeniz bile beni şoke etti."

"Biliyorum, Jane. Hata yaptım. Bazı tıbbi kuralları da çiğnedim. Bundan gurur duymuyorum. Ama bunun iyi niyetten kaynaklandığını biliyorsundur umarım. Sen küçük bir çocukken ofisime geldiğin ilk günden beri ben senin sağlık durumunla ilgileniyorum. Sen ameliyat olmayı reddedince ben de belki Cam ile konuşursam ikna olursun, diye düşündüm. Belki onun bilimsel ve benim tıbbi bilgilerimle seni sağlığın konusunda doğru kararı vermeye ikna edebiliriz dedim. Ne pahasına olursa olsun onun seni önemsediğini düşündüm ve senin için ameliyatın tek yol olduğunu anlamanı istedim."

Dr. Heller ellerini kucağında bağladı. "Her şeyi yanlış yaptım. Bir gün beni ve Cam'i affedebileceğini umuyorum."

Derin bir nefes aldım. "Cam'i affedemem. Ama Dr. Heller sizi tabii ki affediyorum. Siz benim için bir anne gibisiniz. Sizin benim iyiliğimi istediğinizi biliyorum. Keşke, ne kadar tıbbi veya bilimsel veri olursa olsun, benim kendim için doğru kararı vermek zorunda olduğumu anlasaydınız. Ne kadar mantıksız veya saçma görünürse görünsün."

"Haklısın," dedi. "Affettiğin için teşekkür ederim." Bir an durdu. "Ya Cam? Onu affedebilecek misin?"

Kafamı salladım. "Colette aramızda aşk gördüğünü söylemişti ama bu bilgi bile yeterli olmadı. O benim hikâyemden sansasyon yaratmaya, bundan para kazanmaya çalıştı. Geçen yılbaşı gecesi tanıştığımızda beni harika bir köşe yazısı olarak gördü. Bunu şimdi anlıyorum."

Dr. Heller, "Olabilir," dedi. "Ama hislerinin zaman içinde değişebileceğini veya yıl boyu gelişmiş olabileceğini unutuyorsun. Ben onun seni sevdiğine inanıyorum, Jane."

Kafamı salladım ve gülümsedim. "Hayır, bu aşk değil. Bir hayal. Hologram."

"Sen aşka inanıyorsun, Jane," dedi. "Seni tanıyorum."

"Diğerlerinin aşkına inanıyorum. Ben kendim için inanmıyorum."

İşte o zaman, Dr. Heller'ın hemşiresi Kelly karşıdan el salladı. Kafeteryadan bir tepsi almıştı. Bizim masamıza yaklaştı.

"Gel bize katıl," dedim.

"Hayır, hayır," dedi. "Bölmek istemiyorum. Ben başka masaya otururum."

Dr. Heller gülümseyerek, "Kelly, lütfen yanımıza otur," dedi. Kelly yerine otururken gözlerimin arkasında bir basınç hissettim. İlk başta ışık gibiydi. Neredeyse kaçıracaktım ama sonra yoğunlaştı. Bir sis perdesi görüşümü kapatınca gözlerimi kırpıştırdım. Buna inanamıyordum. Her şeyi yanlış anlamıştım. Bunca zaman Dr. Heller'ın Dr. Wyatt'a âşık olduğunu sanıyordum. Ama öyle değildi. Dr. Heller, Kelly'yi seviyordu. Kelly de onu seviyordu.

Dr. Heller ayağa kalkarak, "Jane," dedi. Yanımda diz çöktü ve nabzımı ölçmek için bileğimi tuttu. "Kriz geçiriyorsun, değil mi?"

Başımı salladım.

Kelly gergin bir şekilde, "Su getireyim mi?" diye sordu. "Yapabileceğim bir şey var mı?"

"Hayır," dedim. "İyiyim." Bir süre daha kıpırdamadan oturdum. Sonra sis kalktı. Hâlâ yanımda diz çöken Dr. Heller'a döndüm. Gözleri nemliydi. Sanki her an gözünden yaşlar dökülecek gibiydi. İlk kez onun bana inandığını fark ettim.

"Şimdi anlıyorsun, değil mi? En sonunda doğrusunu anladın."

Dr. Heller önce Kelly'ye, sonra bana baktı. Gözümden bir damla yaşı silerek, "Anladım," dedim.

Ayağa kalkarak, "İşte şimdi gördünüz," dedim. "Gerçek aşk bana neler yapıyor."

Kelly, Dr. Heller'a gülümsedi. Asansöre gittim. Sonra ikisine döndüm. "İkiniz adına çok mutluyum."

Hastanenin otoparkından çıkarken telefonumu aldım ve Colette'i aradım. Yarın otuzuncu doğum günümdü ve en sonunda aşkla ilgili bulgularımı kitaba yazmaya hazırdım. Ona bunu anlatmak istiyordum. Cam'i anlatmak istiyordum. Beynimden ve kalbimden geçen düşünceleri anlatmak istiyordum.

Numarasını çevirdim ama cevap yoktu. Ben de doğrudan evine gitmeye karar verdim. Apartmanının önündeki sokakta durdum. Asansörle yukarı çıktım. Uzaktan, kapısının aralık olduğunu gördüm. Kafamı içeri uzatarak, "Merhaba," dedim. "Colette?" Sesim yankı yapıyordu.

Kapıyı açınca önümdeki manzara beni şoke etti. Daire bomboştu. Kitap raflarında hiçbir şey yoktu. Eski kadife perdeler, körfeze bakan pencerelerin üstünde gevşek ve yalnız bir şekilde duruyordu. Colette gitmişti. Onun burada yaşadığına dair tek işaret, odanın ortasında yerini almıştı. Bir zamanlar Paris'te bir sokaktaki çiçek tezgâhı, şimdi Seattle'da bir dairede yapayalnızdı. Tezgâhın kenarına sıkıştırılmış zarfı aldım.

Sevgili Jane,

Buradaki görevim tamamlandı. Seni artık yalnız bırakmak zorundayım. Sen de tıpkı benim senden önce yaptığım gibi devam etmelisin. Sana mutluluk ama en önemlisi de aşk diliyorum. Onun peşini hiçbir zaman bırakma.

Sevgiler,
Colette

Gittiğine inanamıyordum. Onun New York City'ye gittiğini hayal ettim. Veya Rio de Janeiro'ya. Ama Paris'e gitmiş olmasını gerçekten çok istiyordum. Umarım aşkı için ikinci bir şansı olur ve bu kez başarıya ulaşırdı.

Eski tezgâhı arabama taşıdım. Küçük bir açıyla pikabın arkasına sığdığını görünce sevindim. Sürücü koltuğuna geçtiğimde telefonum çaldı. Arayan Mary'ydi. "Jane, yarın büyük gün. Bebeğimi karşılamak için orada olacağından emin olmak istedim."

"Hayatta kaçırmam," dedim. "Doğum saat kaçta?"

"Öğleden sonraya aldılar," dedi. "Dilerim akşama bebeğimi kucağıma almış olurum. Sen de onu benden sonra tutacak ilk kişi olabilirsin."

İşte o zaman anladım. Bu yolculuğumun beni en çok endişelendiren kısmı şimdi anlam kazanmıştı. Yeteneğimi Mary'nin bebeğine verecektim. İri gözlü ve nazik Mary'yi düşündüm. Çok kırılmıştı ama yine de yüreğini taşlaştırmamıştı. Kalbi her nasılsa acısının içinde bile nazik ve güzel kalmayı başarmıştı. Tıpkı annem gibi. Evet, diye düşündüm. Mary'nin kızı da kalbine, aşka aynı şekilde ulaşacaktı. Dünyayı benim gibi sisli lenslerin arkasından görecekti. O da benim gibi kendi yolunu bulacaktı. Her zaman düzgünce birbirine bağlanmış, yarım kalmış işlerle sonuçlanmasa bile. Bu hayattı. Bu aşktı.

Tam kapatmıştık ki telefon titredi. Ekrana baktım ve Cam'den mesaj geldiğini gördüm. "Çok çok üzgünüm."

İç geçirdim ve telefonumu montumun cebine koydum. Ben de çok üzgündüm.

Yirmi Dördüncü Bölüm

"Jane, ben Katie." Çok korkmuş, çıldırmış gibiydi.

"Ne oldu?"

"Bunu nasıl söyleyeceğimi bilemiyorum... Josh beni terk etti."

Dükkâna müşteri girdi. Lo'ya müşteriyle ilgilenmesi için işaret ettim. "Bir dakika, ne dedin?"

"Evet, beni terk etti. Evden kahve almak için çıktı, hemen geleceğini söyledi ama sarışın bir kadınla kahvaltı edip geri dönmemeye karar verdi."

Nefes nefese bir halde, "Katie," dedim. "Bu hiç mantıklı değil. Ben birbirine sizden daha çok âşık kimseyi görmedim. Bir hata vardır muhakkak."

"Hata yok," dedi. "Eşyalarını almak için bile eve gelmiyor. Bitmiş. Her şey bitmiş. Keşke böyle olacağını önceden bilseydim. Hiç işaret yoktu. Bir tane bile."

"Tatlım, ne söyleyeceğimi bilemiyorum. Bu hiç mantıklı değil."

"Biliyorum," dedi. "Ama madem beni terk etmeyi seçti, benim de hayatıma devam etmem gerektiğini biliyorum. Birlikte yaşadığımız bu evde oturarak geri gelmesini beklemeyeceğim. Evi satmam lazım. Jane, şu an sanki bir kâbus yaşıyor gibiyim."

"Zaten kâbus gibi duruyor," dedim. "Çok üzüldüm. Yapabileceğim bir şey var mı?"

Katie, "Hayır," dedi. "Aslında var. Şehir dışına çıkmam lazım. Yakın zaman içinde benimle güneşli ve kumsallı bir yere gitmek konusunda ne düşünüyorsun? Önümüzdeki ay belki de. Meksika'ya? Hawaii'ye? Buradan uzak bir yere. Meyveli kokteyller olan bir yere. Lo'yu da alalım. Havuzun yanında oturur, bol miktarda alkol tüketir ve erkekler hakkında düşünmez ve konuşmayız."

"Cenneti tarif ediyorsun," dedim.

"Güzel," dedi. "Bütün bunları aklımdan çıkarmam lazım. Jane, kalbim çok kırıldı." İç geçirdi. "Ben biletlere bakayım sana haber veririm."

"Tamam," dedim. "Katie, Josh'a neler oluyor bilmiyorum. Durum iyi görünmüyor ama benim bildiğim bir şeyler var: Ben sizi birlikte gördüm. Sizin aşkınıza şahit oldum. Bu gerçek aşk. Bunu hafife alma, tamam mı?" Ağladığını biliyordum. Burun çekme seslerini duyuyordum. "Bana söz ver?"

En sonunda, "Söz," dedi.

Lo'ya, "Bugün Noel arifesi," dedim. "Eve gitme zamanı."

"Yok ben biraz daha kalacağım. Daha yapılacak işler var."

"Hayır yok," dedim. "Ayrıca neyim ben? Paragöz mü? Eve git, şarap iç ve Bing Crosby dinle."

Başını salladı. "Yalnız başıma."

"Ben de," dedim. "Açıkçası bu hafta o kadar yoruldum ki umurumda değil. Sadece binlerce yıl uyumak istiyorum." Lo son birkaç gündür üzgündü, içine kapanıktı. "Senin dinlenmen lazım. Sabah Paris'e gitmiyor musun?"

Zorla gülümseyerek, "Evet," dedi.

"O zaman yürü bakalım," dedim. "Eğer hemen buradan çıkmazsan seni süpürgeyle kovalamam gerekecek."

Önlüğünü çıkardı ve tezgâhın arkasındaki askıya astı. Gülümseyerek, "Tamam, patron," dedi.

O kapıdan çıkarken kapıdaki zilin tekrar çaldığını duydum. Bir soğuk hava dalgası dükkâna girdi. Kafamı kaldırmadan, "Kusura bakmayın kapattık..." dedim.

Sonra bakışlarım içeri giren adamın bakışlarıyla buluştu. Bu her sene Noel arifesinde gelen adamdı. Kederli bakışları olan, topallayarak yürüyen ve bilinmeyen bir nedenle dolgun bahşiş bırakan adam.

Onu hemen tanıyarak, "A, merhaba," dedim.

Utangaç bir gülümsemeyle, "Özür dilerim," dedi. "Trenim gecikti de." Nefes nefese kalmıştı. "Kapanmadan yetişemeyeceğimden korkuyordum."

"Treniniz mi?"

Başını salladı. "Ben Portland'da yaşıyorum."

Gözlerim kısıldı. "Portland mı? İnsan her Noel arifesinde Oregon'dan Seattle'daki bir çiçekçi dükkânına neden gelir ki?"

Yüz ifadesi ciddiydi. Gözleri yine kederliydi. Uzun bir andan sonra, "Sizin çiçekleriniz en iyisi," dedi.

"O zaman," dedim. "Size bir aranjman hazırlamaya başlayayım."

Hafifçe, "Hayır," dedi. "Kendinize iş çıkarmayın. Hazırlardan bir tane alırım." Kırmızı güllerden ve yeşillikten oluşan bir vazoyu gösterdi. "Bu harika."

Vazoyu kasanın oraya götürdüm. Biraz bozulmuş gibi görünen bir gülü düzeltmek için uzandığımda ortaparmağıma diken battığını hissettim.

Tenimde bir damla kan birikti. "Kahretsin," dedim. "Çiçek üreticileri yılın bu zamanı çok umursamaz oluyorlar. Bitki köklerinde gördüğüm her diken için bir dolar alsaydım ohoooo."

Adam başını salladı. "Ben ne zaman bir gülü elime alsam sadece dikenlerini hissediyorum."

Gülümseyerek, "Billy Joel," dedim.

"Evet," dedi. "Şarkının adı 'So It Goes'."

"Çok güzel bir şarkı."

Parmağımı sardım. Adam bana bir çek uzattı.

Kapıya doğru ilerleyerek, "Mutlu Noeller," dedi. Sonra son bir kez bana döndü. "Bu annenin en sevdiği şarkıydı."

Kapı kapanıp adam caddeye çıkarken konuşamayacak kadar afallamış, olduğum yerde donmuş kalmıştım. Çeke baktım ve üstünde yazan ismi gördüm: Eric Williams.

Yani babam.

Bir saat sonra dükkânı kapattım. Elimde kalan aranjmanlardan biriyle pazarda yürümeye başladım. Etraf çok sessizdi. Hatta ürkütücü derecede. İlerdeki arabadan Noel müziği geldiğini duydum. SUV model arabanın içinde adam, karısı, üç çocuğu vardı. İkisi erkek biri kızdı. Çocuklar arka koltukta şeker yiyordu.

Hava soğuk ve ayazdı. Nefesim buhar çıkarıyordu. Uzakta Mel'i gördüm. Takım elbisesi ona çok uygun gibi görünüyordu. Tabii 1983 yılında olsaydık.

"Jane!" diye haykırdı. "Ben de seni görmek istiyordum."

Hafifçe, "Mutlu Noeller, Mel," dedim.

"Mutlu Noeller, güzelim," dedi. Gözleri sokak ışıklarının altında parlıyordu. "Senin çiçek buketlerinden en güzeli lazım bana. Bu akşam Vivian'a vermek için."

Hevesine gülümsedim. Yetmişli yaşlarda olsa bile, aşk genç olabiliyordu. "Bunu al," dedim ve şöminenin önündeki rafa koymak için yaptığım aranjmanı uzattım: Yeşil krizantemler, açık yeşil sümbüller. Bu annemin en sevdiği Noel buketiydi. "Ona bu buketi ver. Eminim çok sevecek."

"Olmaz..."

"Lütfen, ben öyle istiyorum." Annemin bu çiçekleri Mel'e vermemi ve onun da sevgilisine götürmesini ne kadar isteyeceğini düşününce gözlerim doldu.

"Teşekkürler, tatlım," dedi.

"Umarım işe yararlar."

Kravatını sol eliyle düzeltti. "Umarım."

Sonra Meriwether'ın önünden geçtim ve penceredeki meyveli kek ve örgü ekmeklere hayranlıkla baktım. Elaine muhtemelen evdeydi ve çocukların Noel çoraplarına son dokunuşları yapıyordu. Ama ben onun aklının ve kalbinin ağır kararlarla yüklü olduğunu biliyordum.

Ben apartmana girdiğimde Bernard da çıkmak için hazırlanıyordu. "Seni yakaladığıma çok sevindim," dedim. Cebime uzandım ve içinde biraz Noel bahşişi koyduğum zarfı uzattım. Gülümseyerek, "Mutlu Noeller," dedim.

"Mutlu Noeller ve doğum günün kutlu olsun," dedi. "Senin şu erkek arkadaşın, adı neydi..."

"Cam," dedim. "O artık benim erkek arkadaşım değil."

Bernard, "Aa," dedi. "Neyse o bugün buraya geldi. Çiçekçiye uğradığını ama seni bulamadığını söyledi. Benden bunu sana vermemi istedi." Elime bir zarf tutuşturdu. "Gitmeden önce kapının altından atacaktım. Posta kutusunda birkaç gün beklemek yerine hemen bu gece okuman gereken bir şey olduğu izlenimine kapıldım."

Kısaca, "Teşekkürler," dedim ve zarfı cebime soktum.

"Sana tavsiye verebilir miyim?" diye sordu.

Temkinli bir şekilde, "Tabii," dedim.

"Onu her ne için cezalandırıyorsan," dedi. "Çok uzatma. Onu affet. Hayat, en kötü suçları bile affetmemek için çok kısa."

Başımı salladım ve gülümsedim. "Düşüneceğim." Asansöre adım atarken Bernard'a gülümsedim. "Mutlu Noeller."

Sam ile oynadıktan sonra bir kadeh şarap doldurdum ve Johnny Mathis'in Noel CD'lerinden birini açtım. Bu bana annemi hatırlatıyordu. Annem için, geçmişim için, eğer Dr. Heller'ın öngörüleri doğruysa veya Colette'in koyduğu kurallara uymayı başaramazsam hiçbir zaman göremeyeceğim geleceğim için üzüldüm.

Montum kanepenin üstündeydi. Sağ cepteki zarfa uzandım ve yırtarak açtım:

Sevgili Jane,

Sana Mutlu Noeller veya mutlu yıllar dilemek için burada olamayacağım. Zaten olsaydım da herhalde beni görmek istemezdin. Yaptığım yanlıştı. Beni suçlamak ve hayatının geri kalanında bana kin beslemek için her hakka sahipsin.

Birkaç hafta için New York'a döneceğim. Seninle ilgili notlarımı teslim etmeyi reddettikten sonra editörüm hikâyeden vazgeçmek zorunda kaldı. Sonuçta beni işten çıkardılar. Ben de başka fırsatlar arıyorum. Newsweek dergisinde bilim editörü pozisyonunu teklif ettiler. Bu New York'a geri dönmek anlamına gelecek. Gitmek istemiyorum ama burada benim için ne kaldı ki?

Ben seninle çok büyük şeyler hissettim, Jane. Nişanlım öldüğünden beri hissetmediğim şeylerdi bunlar. Ama sonra gittim her şeyi mahvettim. Bunun için her zaman pişmanlık duyacağım.

Ben senin gibi bir kadın tanımadım. Tanımayacağımı da biliyorum. Sen beni değiştirdin. Aşkın gücünü görmemi sağladın. Sen bana aşka inanmayı, güvenmeyi öğrettin.

Seni her zaman seveceğim, Jane. Her zaman.

Cam

Gözümden bir damla yaş düştü ve kâğıdın üstüne damladı. Parmağımı Cam'in imzasının üstünde gezdirdim. *C* harfinin kıvrımına baktım. Sonra derin bir nefes aldım ve mektubu tekrar montumun cebine soktum.

Yirmi Beşinci Bölüm

342 Pine Caddesi #4

Noel arifesiydi. Beşinci Cadde'deki Presbiteryen Kilisesi'nde mum yakma ayini vardı. Kahvaltıda Vivian buraya katılacağını söylemişti. Mel hiçbir zaman kendini dindar biri olarak görmemişse de hayatında hiçbir zaman bir kiliseye bu kadar çok gitmek istememişti.

Dolabından tüvit bir takım elbise seçti. Bu sahip olduğu en iyi takım elbiseydi. Yine de çok bir şey değildi. Adele yıllar önce dirseklerini yamamıştı. Giyindi ve saçlarını, en azından saçlarından geriye kalanları taradı. Ona hediye alsa mıydı? Bunu önceden düşünmediği için kendine kızdı. Hediye alma konusunda hiçbir zaman iyi olmamıştı. Ama Vivian bir hediyeyi hak ediyordu. Onun alışkın olduğu gibi şık, pahalı takılara gücü yetmezdi. Ama bir şey almalıydı. Bir şeyler düşünebilirdi. Saatine baktı. Pazardaki dükkânların çoğu bir saat daha açık olacaktı. Çiçek. Jane'in dükkânına uğrayacak ve Vivian'a bulabildiği en güzel buketi alacaktı. İşte bu onun bileti olacaktı.

Dışarıda hava soğuktu. Kar yağdıracak kadar soğuk. Ama gökyüzü berraktı. Mel buna sevindi. Beşinci Cadde boyunca kiliseye yürümek karda zor olabilirdi.

Mel karşıdaki çiçekçi dükkânının ışıklarını kapalı görünce hayal kırıklığına uğradı. Ama Jane'in ona doğru geldiğini görünce ve kız ona elindeki çiçekleri verince derin bir nefes aldı. Jane'in sesi neşeli geliyordu ama gözleri öyle söylemiyordu. Bakışları bir gönül yarasıyla ağırlaşmış, kederli gibiydi. Bir babanın kızı için endişe edeceği gibi o da Jane için endişelendi.

"Bu gece yalnız olmayacaksın, değil mi?"

Jane, Mel'in endişesini bir gülümsemeyle geri çevirdi. "Unutma, Sam var. Ayrıca sen bu Noel arifesinde nereye gidiyorsun bakayım?"

Mel utangaç bir şekilde gülümsedi. "Kiliseye." Sesini alçalttı. "Vivian orada olacak."

Jane gülümsedi. "Eli boş mu gideceksin?"

Mel, "Aslında ona çiçek götürmeyi düşünmüştüm ama dükkânı kapattığınızı gördüm."

Jane kollarındaki aranjmana baktı. Birden, "Bunları al," dedi. "Harika olacak. Herkes aşkı kırmızı gülün anlattığını düşünür. Evet, kırmızı güller aşkı anlatır ama o daha çok kısa süren bir aşktır. Çok sıcak yanan ama eninde sonunda küllenip giden bir ateş. Sen ona aşkının saflığını, gerçekliğini göstermek istiyorsun. Bu çiçek de bu işe yarayacak." Mel onun gözlerinde yaşlar gördü. "Sana bu konuda söz verebilirim."

Mel sırıttı. "Teşekkürler, Janey."

Jane onun oyalanmak istediğini anlamıştı. İyi olduğundan emin olmak istiyordu ama o Mel'e git der gibi işaret etti. "Hadi devam et," dedi. "Git bul onu."

Mel genç arkadaşına göz kırptı ve kaldırımda yürümeye devam etti. Herhalde hava eksi otuz civarındaydı ama Mel soğuğu hissetmiyordu. Aşkı onu ısıtmıştı.

Kilise hemen ilerdeydi. Turuncu bir ışık, sokağa bakan camlara yansıyordu. Mel basamakları çıktı. İçeride org ve "O Holy Night" ilahisini söyleyen çocukların tatlı sesleri duyuluyordu. Arkadaki sıralardan birine oturdu ve gözleriyle Vivian'ı aradı. İlk başta onu görmedi ama sonra sırada, yalnızca Vivian'ın sahip olabileceği bir zarafetle oturan uzun bir kadın gördü. Loş mum ışığında Vivian hafifçe döndü ve Mel onun güzel yanaklarının, enfes dudaklarının, şahane burnunun kıvrımlarını gördü. Bu oydu. Çocuk korosu "Silent Night" ilahisine geçince Mel onun yanında oturan adamı fark etti. Adam iyi giyimliydi, uzundu ve geniş omuzları vardı. Takım elbisesi güzelce ütülenmişti ve pahalı gibi görünüyordu. Evet, işte Vivian aynen böyle birini hak ediyordu. Mel arka sırada elinde bir buket çiçekle oturup koroyu dinlerken, Vivian için her şeyin en iyisini istediğini fark etti. Aşkı ne kadar gerçek olursa olsun, Mel onun için en iyisi değildi. Hiçbir zaman onun için yeterince iyi olamayacaktı.

İşte o zaman Vivian kafasını çevirdi. Bakışları birbirine kilitlendi. Bir an için onun muhteşem yüzünde bir gülümseme belirdi. Mel gitmek için ayağa kalktı. Ayinin yapıldığı yerden çıktı. Çiçekleri girişte duran adama verdi. "Benim gitmem lazım," dedi. "Bu çiçekleri birine verir misiniz?" Adama Vivian'ı tarif etti ve sonra yalnız başına caddeye çıktı.

Yirmi Altıncı Bölüm

2013, Noel

Kitabı açtım ve elime bir kalem aldım. Bugün benim otuzuncu doğum günümdü. Bir yılı tamamlamıştım. Cam'i düşününce kalbim sıkıştı. Onun hakkında yanılmıştım, çok yanılmıştım. Ama yolculuğumu tamamlayabilirdim. Ona sahip çıkabilirdim.

Başımı salladım. Önümde duran ve yıllar boyunca sararmış sayfaya baktım. Aşkın ilk türünü düşündüm: Pragma, kalbin değil aklın kontrol ettiği aşk. Elaine dün gece beni ağlayarak aramıştı. O kararını vermişti. Sayfaya "Pragma" yazdım, ardından Charles ile Elaine'in adını ekledim. Sonra onların aşkını yazdım.

2201 Hamlin Caddesi

Elaine gözlerini açmaya fırsat bulamadan Matthew'un bakışlarını üzerinde hissetti. Noel sabahıydı. Charles geçen yıl mutfağından içeri girdiğinden beri hayatının nasıl değiştiğini hatırlamadan edemedi.

Matthew onun yanağını hafifçe okşayarak, "Günaydın, güzellik," dedi.

"Günaydın," diye fısıldadı. "Çocuklar uyandı mı?"

Matthew başını salladı. "Aşağıda bizi bekliyorlar. Senin biraz daha uyumanı istedik."

Elaine kocasına baktı. Bu adam onu samimiyetle seviyordu. Elaine de onu seviyordu. Nasıl sevmezdi? Matthew onun partneriydi. En iyi arkadaşıydı.

"Anne, baba?" Aşağıdan Jack'in sabırsız sesi duyuldu.

Elaine, "Sen git," dedi. "Bir dakika içinde geleceğimi söyle."

Matthew, Elaine'in alnını öptü ve aşağı indi. Ayak seslerinin merdivene kaydığını duyunca Elaine caddeye bakan pencereye doğru yürüdü. Gözleri bir zamanlar Charles'a ait olan evi incelerken kalbinde bir acı hissetti. Onun Charles'ı. Ev, geçen hafta Cleveland'dan güzel bir aileye satılmasına rağmen satılık tabelası hâlâ duruyordu. Nakliye kamyonu üç gün önce gelmişti ve Charles ile kızı gitmişti.

Elaine pencerenin soğuk camına dokundu. Karşıdaki evin hatlarını parmağıyla izledi. Charles'ın gitmeden önce kendisine nasıl baktığını hatırladı. Aşkının onu sardığını hissetti. Bir anda, bir başkasıyla çoktan bir hayat kurduğu için yeni bir yaşama asla başlayamayacağı, kocası olmayan, sevgi dolu bir adamın kollarındaydı, aynı neşe ve utancı yaşıyordu.

Charles'ın San Francisco'daki iş teklifinden söz ettiği salı akşamı rulo çöreklerden getirmişti. Charles, "Benimle gel," diye yalvarmıştı. "Birlikte bir hayata başlayalım. Bunu yapalım."

O gün o çörekleri bırakıp öylece yere atıp Charles'ın elini tutmayı ve ilk uçağa atlayıp bu şehirden gitmeyi ne kadar çok istediğini kimse bilemezdi. Birlikte olurlardı. Gerisini daha sonra halledebilirlerdi. Hayatında bir kez aklını değil de kalbinin sözünü dinleyebilirdi. Aşkı seçebilirdi. Ama Elaine o gün derinden bir titreme hissetmişti.

Çünkü Matthew'u asla terk edemeyeceğini biliyordu. Terk etmek onun DNA'sında yoktu. Büyük aşk, gerçek aşk, hayatındaki tek ve biricik aşk için olsa bile.

Bu yüzden Charles'a veda etmişti. Onu bir kez öpmüş ve eve gitmişti. Mutfağa yığılıp kalmış ve Ellie'nin kermesi için yaptığı çörekleri yakmıştı.

"Anne, geliyor musun?" Elaine olduğu yerde döndü ve kızının kapıda dikildiğini gördü.

Elaine kendini toparlayarak, "Evet, tatlım," dedi.

Aşağıda Noel hediyeleri her sene olduğu gibi aynı hiddetle açıldı ve sonrasında eve sessizlik hâkim oldu. Matthew kahve almaya giderken Ellie birden çığlık attı. Ağaca doğru koştu ve altın sarısı hediye paketine sarılı küçük bir kutu buldu. Kutu buruşuk hediye paketlerinin ve yırtılmış hediye kutularının arasında kaybolmuştu. "Bakın," dedi. "Başka bir hediye!" Etiketi okumak için durdu. "Bu hediye sana, anne."

Ellie kutuyu Elaine'e uzattı. Elaine kutuya uzun süre merakla baktı, sonra kurdeleyi çözdü ve altın sarısı hediye paketini yırttı. Kutunun kapağını kaldırdığında bir an şaşırdı. Sonra kalbi sızladı. Kutunun içinde bilekliği için bir süs vardı: gümüş bir halkaya tutturulmuş bir sıcak hava balonu. Şaşkın bir sesle, "Ben..." dedi. "Bu..." Matthew elinde iki fincan kahveyle salona dönünce sustu.

Ellie kollarını annesine dolayarak, "İyi misin, anne?" diye sordu.

Elaine gözyaşlarının arasından, "Evet, tatlım," dedi.

Ellie'nin gözleri irileşti. "Bilekliğin için süs mü o?"

Elaine başını salladı. "Noel Baba mı getirmiş?"

Matthew karısına gülümsedi. "Noel Baba yıllardır her şeyi yanlış anladığı için özür diliyor."

Jack ve Ellie yeni oyuncaklarıyla oynamak için yukarı çıktılar. Matthew da Elaine'in yanına oturdu. Elaine'in süsü bileğindeki bilekliğe takışını izleyerek, "Bilekliğini birlikte yarattığımız anılarla doldurabilirsin diye düşündüm," dedi. "Sıcak hava balonu gezisinden başlayabiliriz. Ne dersin?"

Elaine ağlayarak, "Evet," dedi. "Evet."

İç geçirdim ve kitaptaki bir sonraki satıra baktım. "Agapi" yazdım. Yani koşulsuz, bencil olmayan aşk. Altına da Mary ile Luca'yı ekledim. Arkadaşıma hiç bahsetmesem de ikisini bir arada görmüştüm. Wallingford'daki bir çiçek üreticisiyle yaptığım toplantıdan sonra eve paket yemek götürmek için uğradığım Julia's'da ikisini birlikte görmüştüm. Görüşümün nasıl değiştiğini ve kalbimin nasıl ısındığını hatırladım. Yazmaya başladım.

4572 Sunnyside Bulvarı

Mary dışarıda taksinin korna çaldığını duyunca çantasına uzandı. Kapıyı kilitledi. Yol boyunca bebek tekmeleyip durmuştu. Kızı. Bebeği. Kayıt bölümüne gitti, rahatsız bir sandalyeye oturdu ve belgeleri doldurdu. Eli'nin şu an onun yanında oturuyor olması gerekiyordu. Ama Mary gözlerini kapattığında Luca'nın yüzünü görüyordu. Gözlerini kırpıştırdı. Hayatın birden bu kadar değişmesi ne komik, diye düşündü.

"Bayan Sherman?" Kafasını kaldırdı ve yirmili yaşlarda, burnunda hızma olan genç bir kadının yanında durduğunu gördü. Mavi ameliyat önlüğü giymişti. "Hazırsanız sizi odanıza çıkaracağım."

Mary başını salladı ve kadına doldurduğu belgeleri uzattı. Tekerlekli sandalyeye oturdu. Çantasını kucağına koydu ve kadın onu asansöre götürürken arkasına yaslandı. Asansör yukarı çıktı, üçüncü katta durdu. Kapılar açıldığında Mary uzakta tanıdığı birini görür gibi oldu. İlk başta gözlerine inanamadı. Ama adam da onu görmüştü. Konuşmak için ağzını açtı ama asansörün kapıları kapandı.

Tekerlekli sandalyenin arkasındaki kadın, "Tanıdığınız biri miydi?" diye sordu.

Mary, "Evet," dedi. "Sanırım öyle."

Beşinci kattaki hastane odasında, ameliyat kıyafetlerini giydi. Bunlar büyümüş karnını zorlukla kapatıyordu. Hastane odasının banyosundaki aynada kendini uzun uzun inceledi. Saçlarına kaşlarını çatarak baktı ve atkuyruğu yaptı. Kızıyla tanışacağı günde bir kuaförün saçlarının daha güzel olması gerekiyordu ama boya veya kesim için zamanı yoktu. Dünkü doktor randevusunda kadın doğumcusu tansiyonunun yükselmesi konusunda endişeliydi. Bu yüzden doğumu Noel gününe ayarlamışlardı.

Hemşire geri döndü. Mary kadının karnına ve kollarına çeşitli kablolar takışını sessizlik içinde izledi. Eli tabii ki gelmiyordu. Sevgilisiyle New York'ta veya Paris'teydi. Yatağa yatarken düşündü. Ama yanındaki fetal monitör ötmeye başlayınca Mary yalnızlık hissine kapıldı. Hemşire IV'yi çalıştırmak için sağ kolunu uzatmasını söyledi. İğne tenine batarken Mary gözlerini kapattı. İğneyi neredeyse hiç hissetmedi. Hiçbir şey hissetmiyordu. Uyuşmuştu.

Hemşire, "Ziyaretçiniz olacak mı?" diye sordu. Soru yeterince kötüydü ama Mary hemşirenin sesindeki meraklı tonu hissetmişti. Altta yatan gerçek soru, "Bebeğin babası doğumda bulunacak mı?"ydı.

Mary hemen, "Hayır," dedi. "Pardon, evet arkadaşım Jane gelecek. Birkaç saat içinde burada olur."

Hemşire başını salladı ve kapıdan çıkmadan önce gülümsedi. "Bir şeye ihtiyacınız olursa düğmeye basın."

Mary'nin aklı Luca'ya gitti. Aylar önce yaptıkları o yürüyüşte Mary'yi ne kadar nazik bir şekilde tuttuğunu, sızdıran musluğu tamir edişini, bebeğin beşiğini boyayışını anımsadı. Kocaman karnının üstünden baktı. Bu düşünceler aklından geçtiği için birden kendini aptal gibi hissetti. Luca ondan, yani kalbi kırılmış ve başkasının bebeğini taşıyan hamile bir kadından çok daha fazlasını hak ediyordu. Ondan kırılmış parçalarını bir araya getirmesini isteyemezdi. Bu bir insandan istenemeyecek kadar büyük bir şeydi. Ayrıca o İtalya'ya dönmüştü.

Ağlamaklı vedalarını anımsadı. Luca sanki onu öpmek istiyormuş gibi bakınca Mary arkasını dönmüştü. Aşkını onda harcamasına izin veremezdi. Kırılana kadar bütün aşkını verirdi ve Mary bunu hak edemezdi. Luca için başka biri, Mary'den daha iyi biri mutlaka vardı.

Yanaklarındaki yaşı sildi. Hemşire bilmiş bir gülümsemeyle kapıdan kafasını uzattı. "Ziyaretçiniz var," dedi.

Mary saate baktı. Jane öğleden sonra gelecekti. "A, demek ki Jane erken geldi."

Hemşirenin kafası karışmıştı. "Jane mi?" Arkasında, elinde bir vazo beyaz gülle ve kalp şeklinde üstünde "Kızımız" yazan pembe bir balonla Luca duruyordu.

Mary sırıtarak doğruldu. "Luca!"

Hemşire gülümsedi. "Bir şeye ihtiyacınız olursa ben masada olacağım."

"Umarım rahatsız etmiyorumdur," dedi ve çiçekleri pencerenin yanındaki masanın üstüne koydu.

Mary gözyaşlarının arasından, "Getirmene gerek yoktu," dedi.

Luca, Mary'nin yanına oturdu ve parmaklarını onunkilere doladı. "Getirmek *istedim.*" Derin bir nefes aldı ve dikkatli bir şekilde Mary'nin gözlerine baktı. "Seni seviyorum. Biliyor musun?"

Mary gülümsedi. "Öyle mi?"

Luca başını salladı. "Evet. Seni seviyorum, benim küçük kırmızı balığım." Balonun yanındaki çantaya uzandı ve Dr. Seuss'un *Bir Balık İki Balık Kırmızı Balık Mavi Balık* adlı çocuk kitabını çıkardı.

Mary hâlâ gözyaşlarının arasından gülümseyerek, "Ama ben senin aşkını hak etmiyorum. Ben..." Karnına baktı.

Luca, "Bir süredir düşünüyordum," dedi. "Eğer izin verirsen, bebeğinin babası olmak istiyorum. Onu seveceğim, Mary. Onu..." Bir an durdu ve sözcükleri bulmak için düşündü. "Dünyalar kadar çok seveceğim." Boğazını temizledi. "Mary, lütfen, kocan ve bebeğinin babası olmama izin ver. Benim için onurdur."

Mary hafifçe Luca'nın yüzüne dokundu. "Ciddi misin? Gerçekten?"

Luca, "Evet," dedi. "Bugün, yarın ve ondan sonraki bütün yarınlar için kırmızı balığımın yanında olmak istiyorum."

Mary, "Ebediyete kadar," dedi.

Luca'nın kafası karıştı.

Mary, "Yani sonsuza kadar demek istiyorum," dedi.

Luca, "Evet," dedi. "Bu 'ebediyet' bile seninle olmak için yeterli bir zaman değil."

Mary'nin yanağına bir damla yaş düştü. Beyaz doktor önlüğü giymiş bir adam içeri girdi. "Merhaba, ben Dr. Carter," dedi. "Bugün doğumunuzu ben yaptıracağım. Şansımız varsa saat beşe kadar bebeğinizi kucağınıza almış olursunuz. Buna ne diyorsunuz?"

Mary gözyaşlarının arasından başını salladı. "Harika."

Doktor, "Şimdi," diye devam etti. "Kordonu babanın keseceğini varsayıyorum?"

Luca başını salladı. Kendinden emin bir şekilde, "Evet," dedi.

Mary, Luca'nın elini tutarak, "Evet," diye fısıldadı. Sonra gülümsedi. "Bugün üçüncü katta birini gördüm."

"Ya?"

"Evet, bir arkadaşımı," dedi. Cep telefonuna uzandı. "Bebek gelmeden önce bir arama yapmam lazım."

Kitabı bıraktım ve kalkıp bir fincan kahve yaptım. Sonra mutfak masasına geri döndüm. Üç saat içinde hastanede olmam gerekiyordu. Doğum sırasında Mary'nin elini tutacağıma söz vermiştim. Ama önce bu sayfayı bitirmem gerekiyordu. Bir sonraki satıra baktım ve "Mania" yazdım. Colette'in bu tür aşkı nasıl tarif ettiğini hatırladım. İnişler ve çıkışlarla dolu obsesif aşktı. Bir an durdum ve Flynn ile Celeste'nin isimlerini yazdım. Yutkundum ve hikâyelerini yazmaya başladım.

1301 Dördüncü Cadde

Flynn güneş doğmadan uyandı. Bu onun için olağandışı bir şeydi. Özellikle de bir önceki gece arkadaşlarıyla viskiyi fazla kaçırdığı düşünülürse. Ama yine de enerjiyle dopdolu bir halde uyanmıştı. Çünkü büyük bir karar vermişti. Aylarca süren uzaktan hayranlıktan sonra Celeste'nin kapısını çalmaya karar vermişti. Kapıyı açıp Flynn'ı gördüğünde onu kollarına almasına izin vereceğini biliyordu. Onun da en az kendisinin hissettiği duygular kadar yoğun duygular beslediğini biliyordu. Bu onların muhteşem aşk hikâyelerinin başlangıcı olacaktı. Onların aşk hikâyesinin.

Flynn duş alırken bu zamana kadar sahip olduğu kadınları düşündü. Kapısından, yatağından, hayatından gelip geçen kadınları. Yüzleri pusluydu, isimleri belirsizdi. Hiçbiri kalbinde bir santim bile yer edinememişti. Şimdi bütün gördüğü, bütün bildiği henüz bir kelime bile konuşmadığı Celeste'ydi. Tıraş olurken ona uzaktan âşık olmanın saçmalığına hayret etti. Üstelik bu kelime seçimi onu korkutmamıştı. *Aşk.* Bunu biliyordu. Hissediyordu. Celeste'nin pencereden ona bakışında bunu fark edebiliyordu. Celeste de bunu hissediyordu.

Giyinirken, onun gece üstünde sadece sutyeniyle salata malzemelerini doğrayışını izlediğini hatırladı. Bir önceki gece kafasını kaldırıp Flynn'ın dairesine bakışını hatırladı. İzlendiğini biliyordu. O kederli, harika gülümsemesiyle Flynn'a doğru gülümsemişti. Siyah dantel iç çamaşırlarının içinde pencerenin önünde yürüyor, Flynn'ı kışkırtıyor, ona sataşıyor, maun zeminine attığı her adımla Flynn'ın ona karşı hislerini güçlendiriyordu.

Flynn oturma odasına doğru yürüdü ve caddeye baktı. Havada sis vardı. Apartman binalarının arasındaki alana bir sis bulutu çökmüştü. Celeste'nin penceresine bakmasını engelliyordu. Ama fark etmezdi. Yağmur, kar, dolu, sis. Bunların hiçbiri ona engel değildi. Bugün onların günüydü. Bugün ona olan aşkını açıklayacaktı. Bugün, hayatlarının geri kalanının ilk günü olacaktı.

Şarap mahzeninden pahalı bir şarap seçti. Bordeaux marka Fransız şarabını sevdiğini biliyordu. Dürbünü, tezgâhın üstündeki şişenin etiketini okuyabileceği kadar kaliteliydi. Şişeyi kolunun altına sıkıştırdı, bir gün önce onun için aldığı turuncu gül vazosunu da aldı ve elini kapıya koydu. Asansöre kadar on iki adım, sonra kaldırıma kadar on altı adım, sonra asansörden Celeste'nin dairesine kadar yedi adım. Flynn yapmak üzere olduğu şeyi kafasında canlandırdığında böyle hayal etmişti. Kalp atışlarından başka bir şey duymuyordu. Düşünceleri arasında o kadar kaybolmuştu ki koridora çıktığında kapısının önünde duran küçük beyaz zarfı sonradan fark etti.

Eğilip zarfı aldı. Önünde adı yazılıydı. Hemen zarfı yırtıp açtı.

Sevgili Flynn,

Hoşça kal, hatta merhaba demeden ayrıldığım için çok özür dilerim. Ama hayatımdaki koşullar bana başka çare bırakmadı. Bazı şeylerin yaşanmaması gerekir. Bazı aşklar vakitsizdir. Ama yine de ben seni sevdim. İki kat camın arasından da olsa seni sevdiğimi düşünüyorum.

Pencereden her zaman senin olacağım,
Celeste

Not: Cezanne'a benim için bakar mısın?

Flynn'ın kucağındaki şarap ve vazo yere düştü. Turuncu renkli yapraklardan ve kırık cam parçalarından oluşan bir yığına dönüştü. Ama Flynn bunu ne fark etti ne gördü. O koridora, oradan asansöre, lobiden caddeye, Celeste'nin binasına koştu. Kapıcının selam verdiğini bile duymadı. Dudakları hareket ediyordu ve sadece kalp atışlarını duyuyordu. Kulaklarında davul sesi gibi gümbürdüyordu. *Gümgüm. Gümgüm. Gümgüm.*

Asansör onu on birinci kata çıkardı. Koridor boyunca koştu ve Celeste'nin kapısına gitti. Kapı hafifçe aralıktı.

Daire bomboştu. Flynn'ın ayakkabıları ahşap zeminde gıcırdadı ve havaya yalnız bir yankı çıkardı. Mobilyalar gitmişti. Duvarlar boştu. Bu boşluk hissini kendisi de hissetmişti. Celeste gitmişti.

Dizlerinin üstüne çöktü. Bekleyememiş miydi? Birkaç saat daha? Flynn onun yanına geliyordu. Yüzünü ellerine gömdü. Tam o anda dizinin yanında hafif bir dokunuş hissetti.

Yanında kabarık tüylü, beyaz bir kedi duruyordu.

Kediyi kucağına alarak, "Cezanne," dedi.

Flynn gözündeki yaşı sildi ve başını salladı. "Hadi evimize gidelim."

Dairesine gelince kediyi yere bıraktı. O da kanepenin üstünde bir yastığın kenarına kıvrıldı. O anda, sanki bunu daha önce binlerce kez yapmış ve binlerce kez daha yapacakmış gibi görünüyordu.

Dışarıdaki bulutlar yavaş yavaş dağılıyordu. Flynn pencereye doğru yürüdü. Geçen her dakika Celeste'nin dairesi daha da netleşiyordu. Flynn merak etti. Acaba o bir illüzyon muydu? Hepsi Flynn'ın hayal ürünü müydü?

Gözlerini kapattı ve yine onu gördü. Mükemmel çıplak vücudu, salonda salınıyordu. O kederli yüz, mutfağında omzunun üstünden Flynn'a bakıyordu.

Cezanne koltuktan atladı ve kafasını Flynn'ın bacağına sürttü. Flynn gözlerini açtı ve elini bir kez daha camın üstüne koydu.

Celeste yaşadığı en güzel illüzyondu.

Flynn'ın bugün nasıl olduğunu merak ediyordum. Dün gergin görünüyordu. Onu aramayı düşündüm ancak kitaba yazacağım şeyleri tamamlamaya karar verdim. Çok zaman kalmamıştı. Bir sonraki satıra geçtim ve "Storge" yazdım. Colette'in bu aşk türünü tarif ederken nasıl gülümsediğini hatırladım. Bu arkadaşlıktan doğan aşktı. Bir sonraki satıra Mel ile Vivian'ın isimlerini yazarken gülümsedim. Arkama yaslandım ve hikâyelerini yazmaya başladım.

342 Pine Caddesi #4

Yangın alarmı, Mel'i Noel günü şekerlemesinden uyandırdı. Hemen ayağa kalktı ve mutfağa koştu. Fırından dumanlar yükseliyordu. Normalde Noel akşamında yiyeceği rosto olması gereken şey, tanınmaz, yanmış bir şeye dönüşmüştü. Mutfağın aspiratörünü açtı. Pencereleri açtı. Sandvice razı gelebilecekken yemek yapmaya kalkışmasına pişman oldu. Evet, Adele yemek yapardı. Hem de yaptığı yemekler mükemmel olurdu. Adele her şeyi mükemmel yapardı.

Yanmış rostoyu lavaboda soğuk suyla söndürdü ve kanepeye döndü. Gözlerini ayaklarına dikerek her Noel'de olduğu gibi bu Noel'de de *Bugünü nasıl atlatacağım?* diye düşündü.

Birkaç saat geçti. Bir bira aldı ve televizyonu açtı. Dolapta bir yerde kırmızı biber konservesi olacaktı. *Seinfeld'den* bir bölüm izledikten sonra onu arayacaktı.

Kapıya vurulunca ilk başta ne olduğunu anlamadı. Sonra televizyonun sesini kıstı. Newman'ı susturdu. Muhtemelen ev sahibiydi, dumandan şikâyet edecekti. Kendini hazırladı ve kapıyı açtı. Koridorda, tam karşısında, Vivian duruyordu.

Mel, "Aa," dedi. "Bu sürpriz oldu."

Vivian, "Çiçekler için teşekkürler," dedi. Bakışları daha önce hiç görmediği biçimde yumuşaktı.

"Benden geldiklerini nereden..."

Vivian onun yanından geçerek içeri girdi. "Bugün mutfağı kullanmayacağını düşündüm." Sonra elini burnunun önünde salladı. "Burada ne yaktın? Ördek mi?"

"Sanırım kokuyu ta pazarın oradan aldın?"

"Evet," dedi ve Mel'in kitaplarla, gazetelerle, ıvır zıvır kutularıyla dolu masaüstünü boşaltıp yerine kâğıttan bir poşet koydu. "Ben de Noel yemeğimi seninle paylaşabileceğimi düşündüm. Çok bir şey değil, biraz et ve salata. Yine de senin planlarından daha iyidir."

Mel gülümsedi. "Benim planım konserve kırmızı biberdi," dedi. Vivian'ın masanın üstüne çıkardığı plastik saklama kaplarına baktı.

Ellerini gergin bir şekilde saçlarında gezdirdi. Keşke bu sabah temiz bir tişört giyseydi ve salonu temizleseydi. Mutfak lavabosundaki bulaşıklar üç günlüktü. "Galiba dairem biraz dağınık."

Vivian bilmiş bir gülümsemeyle, "Bir kadınla yaşamıyorsun, temizlikçin de yok," dedi. "Affedilebilir bir günah."

Vivian montunu çıkardı ve şöminenin yanındaki sandalyeye bıraktı. Bluzunun kollarını kıvırarak, "Şimdi," dedi. "Sadece iki tabağa ve iki kadehe ihtiyacımız var."

Mel süklüm püklüm bir halde saatiyle oynuyordu. "Tabakların hepsi lavaboda. Sanırım kadeh yok. Şarap da. Sadece bira var. Dolapta."

Vivian bir anlık tereddütten sonra, "Tamam," dedi. "Sen otur. Ben birkaç tabak yıkarım." Birkaç dakika sonra sehpanın üstüne hakiki bir sofra kurmuştu: bir tabak peynir, kırmızı et, kraker ve salata. İki şişe soğuk bira. Biralardan bir tanesini açtı ve gülümsedi.

Mel, "Senin kristal kadehlerden şampanya içiyor olman lazımdı," dedi.

Vivian, Mel'in gözlerine bakarak, "Bütün hayatım boyunca bunu yaptım," dedi. "İster inan ister inanma, sonradan sıkıcılaşıyor."

Adele'i düşündü. Onu şu an görebiliyor mu merak etti. Acaba onaylar mıydı? Ama derinlerde bir yerde cevabı zaten biliyordu. Kalbi dopdoluydu. Gözlerine yaşlar doldu. "Neden geldin, Vivian?"

Birasından bir yudum daha aldı, şişeyi sehpanın üstüne bıraktı ve ellerini kucağında kavuşturdu. "Çünkü senden hoşlanmamak için bulduğum her neden karşılığında hoşlanmam için on neden var," dedi. Elini Mel'e doğru uzattı. Mel elini tuttu.

Mel, "Ben de senden hoşlanıyorum," dedi.

"Ayrıca Noel'de yalnız olunmaz. Bu büyük suçtur."

Mel gülümseyerek, "Evet, öyle," dedi.

"Çiçekler yeşilin en sıradışı tonlarından oluşuyordu," dedi. "Böyle güzel bir buketi daha önce hiç görmedim."

"O bizim Jane'in elinden çıkma. Flower Lady dükkânının sahibi. İkinizi tanıştırmam lazım. Ama bugün değil."

"Ne kadar sanatsal bir görüşü var. Onunla tanışmak için can atıyorum."

"Ben... Çiçekleri sana kendim vermek istedim ama yanında bir adamın oturduğunu gördüm. Müdahale etmek istemedim."

"Şoförü mü diyorsun?" Vivian gülümsedi. Mel de ona karşılık verdi. Vivian, "Bir şey söyleyeyim mi?" dedi. Şömineye döndü. Izgaraların arkasındaki kütük çıtırdıyordu. "Tekrar bu şekilde hissedeceğimi hiç sanmıyordum. Kocam öldükten sonra çok acı çektim. Bir kısmıyla hâlâ daha mücadele ediyorum. Sanırım bu süreç hayatımın geri kalan yılları boyunca da devam edecek. Aşkı bir kez tanıdıktan sonra bir daha aynısına sahip olmayacağını düşünebiliyor insan. Ama sonra sen geldin."

Mel bakışları onunkilere mühürlenmiş bir halde, "Sonra sen geldin," dedi. "Olması gereken buymuş gibi hissettiriyor, değil mi?"

Vivian, "Aynen öyle," dedi.

Mel birasını onunkine doğru kaldırarak, "Mutlu Noeller," dedi.

Vivian, "Mutlu Noeller," dedi. "Yeni başlangıçlara."
"En güzel yeni başlangıçlara."

Birkaç tane daha yazdıktan sonra yolculuğum tamamlanmış olacaktı. Bir sonraki satıra "Eros" yazdım. Bu tutkulu aşk çeşidini düşündüm ve Katie ile Josh'ın adını ekledim. İsimlerinin sayfada yarattığı titreşimi bile hissedebiliyordum. Ama onların hikâyesi ham ve bitmemişti. Yazmaya başladım.

1112 Broadway Bulvarı E. #202

Emlakçı yarın gelecekti. Katie toparlanması gerektiğini biliyordu. Josh ile bu yatak odasının çıplak zemininde ilk kez seviştikleri günü hatırlayınca boğazında bir yumru hissetti.

Josh ev için piyasa fiyatının oldukça üstünde bir miktar ödemişti. Katie şimdi aynı paraya bile satamayacağından endişeliydi. Ama pencereleri Windex ile kaplamak ve sehpanın üstündekileri toplamaktansa, bilgisayarını çıkardı ve Josh'ın gönderdiği epostayı açtı. Kim bilir nereden yollamıştı.

Katie,

Bu şekilde daha iyi olacak. Bana güven. Gitmek zorundayım. Planladığımız geleceğe sahip olamayacağımız için üzgünüm. Umarım bir gün beni anlarsın. Ama şimdi evin satılması gerekiyor. Senin için en iyisini istiyorum. Seni şu an göremem ama ofisime fakslanan bütün belgeleri al. Asistanım benim imzalamam gereken yerleri imzalamamı sağlayacak.

Lütfen kendine iyi bak,
Josh

Bu sözcükleri okuyunca Katie tekrar gözyaşlarına boğuldu. Josh nasıl bu kadar soğuk olabilirdi? Ona nasıl bu kadar resmi davranabilirdi? Onlar birbirlerine deli gibi âşıktı. Birlikte bir hayat planlamışlardı. Bütün bunlar Josh'ın bir sabah açıklama yapmadan, hatta hoşça kal bile demeden kalkıp gitmesi için miydi?

Tabii ki bir kadınla tanışmıştı. Katie bundan emindi. Josh cinsel açıdan Katie ile çok uyumluydu. Katie'nin vücudunun nasıl işlediğini biliyordu ve usta bir sanatçının bir enstrümanı çaldığı gibi hassas davranıyordu. Katie onun başkasına dokunduğunu hayal etti ve midesi bulandı. Tabii ki başkasına dokunuyordu. Josh'ın buna ihtiyacı vardı. Tıpkı Katie gibi.

Telefon çalınca neredeyse açmayacaktı. Ama arayan kuaför arkadaşı Mary'ydi. Mary doğum yapmak üzereydi. Belki de yardımına ihtiyacı vardı. Katie telefonuna uzandı. Kendini toparlayarak, "Merhaba Mary," dedi.

Mary, "İyi misin?" diye sordu.

Katie, "Benim senin için endişeleniyor olmam gerek," dedi. "Doğumda mısın?"

Mary, "Evet," dedi. "En azından kısa süre içinde doğumda olacağım. Başlamak üzere."

"Oovv. Heyecanlısındır herhalde."

Mary, "Heyecanlıyım," dedi. "Ama bu yüzden aramadım. Tatlım, sana haberlerim var."

Katie'nin kalp atışları hızlandı. Konu Josh'dı. Hissedebiliyordu. Bir an içinde Mary ona Josh'ı bir restoranda başka bir kadınla gördüğünü söyleyecekti. Belki öteki kadın Mary'nin dükkânına gelmişti ve Mary onun saçlarını boyamıştı. Bu sırada Mary ile Katie'nin arkadaş olduklarından habersiz Josh hakkında konuşmuşlardı.

Kendini hazırladı. Temkinli bir şekilde, "Ne oldu?" dedi.

Mary derin bir nefes aldı. "Onu gördüm, Katie. Josh'ı gördüm."

Katie, "Gördün mü?" diye haykırdı. "Nerede?"

"Burada, hastanede."

"Nasıl yani, hastanede?"

"Kâğıt işlerini tamamladıktan sonra beni tekerlekli sandalyeye koydular," dedi. "Asansöre bindik. Beşinci kata gidiyorduk. Başka insanlar binsin diye üçüncü katta durduk. Uzakta Josh'ı gördüm. Koridorda yüzünü gördüm. Hemşirelerin yanında bir sandalyede oturuyordu."

Katie, "O olduğundan emin misin?" diye sordu. "Belki de ona benzeyen başkasıdır."

Mary, "Hayır," dedi. "Oydu. O da beni tanıdı. Göz göze geldik. Sonra asansör kapıları kapandı. Onunla konuşmak için duracaktım ama kahrolası Pitocin taktılar."

Katie, "Ben... Ben..." diye kekeledi. "Ne diyeceğimi bilemiyorum. Neden hastanede olsun ki?"

"Belki de birini ziyarete gelmiştir."

Katie, "Belki de," dedi. "Oraya geliyorum. Hemen şimdi. Kaçıncı kattı?"

"Üçüncü kat."

Kapıdan arabasına koştururken Katie hiçbir şey düşünmüyordu. Evi yarın gelecek emlakçı için hazırlamayı. Ön kapıyı kilitlemeyi. Sehpanın üstünde duran cep telefonunu almayı. Bütün düşünebildiği Josh'dı. Şimdi nerede olduğunu da bildiği için bütün acı verici durumlara rağmen onun yanına gitmesi gerektiğini biliyordu. Onu görmeliydi.

Arabasını otoparkın ilk katında bir doktorun yerine park etti. Aşırı miktardaki park cezasının Josh'ı özlemek yanında hiç kalacağını biliyordu. Ya çoktan gitmişse? Ya buraya başkasını görmeye geldiyse? Başka bir kadını? Katie asansöre koştu ve yukarı butonuna bastı. Üçüncü kat. Üçüncü kat. Üçüncü kat. Asansör yukarı çıkarken kalp atışları hızlandı.

Ürkek görünümlü bir hemşire, "Size yardım edebilir miyim?" diye sordum.

Katie nefes nefese, "Evet," dedi. "Yarım saat önce burada birisi vardı. Bir adam. Adı Josh Parker. Arkadaşım beni hastaneden aradı ve onu gördüğünü söyledi..."

"Siz ziyaretçisi misiniz?"

"Ben karısıyım. Burada mı?"

Hemşirenin bakışları gergin bir şekilde gidip geliyordu. "Han'fendi, bana dediler ki..."

Katie, "Aman Tanrım," dedi. "Josh hasta mı?" Hemşirenin arkasındaki beyaz panoyu inceledi. Ta ki "Parker/Oda/319" yazısını görene kadar. Bir adım geriledi. "Hangi kat burası?"

Hemşire, "Üçüncü kat," dedi.

"Hayır, yani diyorum ki hangi kat? Onkoloji mi? Ne?"

"Burası rehabilitasyon bölümü."

"Rehabilitasyon bölümü mü?"

"Evet, burada travmatik beyin hasarı veya felç yaşamış kişiler tedavi edilir."

"Felç mi?" Katie sağa, sonra sola baktı ve koridor boyunca koştu. Ta ki "319" tabelasını görene kadar. Kapıyı çalmadı, arkasından bağıran hemşireyi duyunca dönmedi. "Hanımefendi, buraya giremezsiniz. Bu bizim politikamıza aykırı."

Katie kapıyı açtı ve perdeyi çekti. İşte Josh oradaydı. Onun Josh'ı. Çenesinde sakal vardı ve yüzü şimdi daha zayıftı. Ama yeşil gözleri. O çok sevdiği yeşil gözleri aynı hatırladığı gibiydi. Bu gözler kendi gözleriyle buluştuğunda, çok derinlerde bir yere dokundu. Josh'ın yattığı yatağa doğru koştururken bacakları titriyordu. Ona doğru koşma, kollarını omuzlarına dolama ve onu hâlâ hissettiği, her zaman hissedeceği aşkla öpme dürtüsüne karşı koymadı.

"Neden bana söylemedin?" diye sordu. Hem coşkulu hem kızgındı. "Neden haber vermedin? Neden?"

"Efendim, her şey yolunda mı?" Katie kapıya döndü. Ürkek hemşire girişte duruyordu. "Eğer isterseniz, biz..."

Josh, "Sorun değil," dedi.

Hemşire uzun süre Katie'ye baktı, sonra başını salladı ve kapıyı kapattı.

Tekrar yalnız kaldıklarında Josh pencereden dışarı baktı. Katie ışığın onun yaşlarla dolu gözlerine yansımasını izledi.

"Josh, lütfen," diye ağladı. "Konuş benimle. Ne oldu? Lütfen..."

Josh uzun bir an sessiz kaldı. Sonra yüzünü Katie'ye döndü. "Sana kahve alacaktım ama aynı zamanda mimarla buluşacaktım. Bahçe için o bahsettiğin sebze yetiştirme alanıyla sana sürpriz yapmak istiyordum."

Katie başını salladı. Kendi kendine, "Sarışın," dedi.

"Kafeden çıkıyordum. İnşaat alanının yanından geçiyordum. Eski bir binayı yeniliyorlardı." Yutkundu. "İskelenin devrildiğini gördüğümde artık çok geçti." Yaşlar gözlerinden süzülüyordu. "Katie, çok geçti. Bacaklarımın üstüne düştü. Yirmi dört saat baygındım. Uyandığımda her şeyi anlattılar." Tekrar pencereden baktı.

Katie gözyaşlarıyla, "Ah, Josh," dedi. "Neyi anlattılar?"

Yutkundu. "Felç oldum, Katie. Belden aşağım. Yürüyemiyorum..."

Katie yüzünü onun göğsüne gömdü. Josh'ın kollarının hafifçe sırtına dokunduğunu hissetti. Boynundaki tüyler diken diken oldu. "Niye beni aramadın?" diye ağladı. "Niye bana söylemedin? Beni başka bir kadın için terk ettiğini sandım. Benden nefret ettiğini sandım."

Josh kaşlarını çattı. "Benden nefret etmeni istedim. Hayatına devam etmene ve seni benim sevemeyeceğim şekilde sevebilecek bir başkasını bulmana yetecek kadar nefret etmeni istedim."

Katie başını salladı. Yaşlar yanaklarından dökülüyordu. "Kaza sonucu kalbine mi felç indi? Aklını başından mı aldı?"

Josh kafasını çevirdi ama Katie ısrar etti. "Öyle mi yaptı?"

Josh, "Hayır," dedi. "Ama Katie, ben... Seninle bir daha asla sevişemeyeceğim... Yapamayacağım..."

"Seni bu yüzden bırakacağımı mı sandın?" Katie kafasını salladı.

"Sadece o değil," dedi. "Beni bırakmayacağını biliyordum. Ama seni bütün bir ömür platonik bir aşka nasıl mahkûm edebilirdim? Sana hak ettiğin zevki veremediğim, çığlık attıramadığım bir hayata. Bunu yapamazdım. Buna dayanamazdım."

Katie pencereden dışarı baktı ve yaşlar yanaklarından dökülürken sessiz kaldı. En sonunda arkasını dönerek, "Hayır," dedi. "Hayır, yanılıyorsun, Josh Parker. Hem de çok yanılıyorsun."

Yatağa girdi ve onun uyuşmuş vücudunun üstüne bacaklarını açarak oturdu. "Evet, o alanda iyiydik. Hem de çok iyiydik. Ama senin unuttuğun bir şey var." Gözlerine baktı. Kendisini gördüğünden, hissettiğinden, söylemek zorunda olduğu şeyleri duyduğundan emin olması lazımdı. "Bizim aşkımız fizikselden daha derin. Bunu göremiyor musun? Bilmiyor musun? Bunu bilmen lazımdı."

Josh'ın yakışıklı yüzüne bir damla yaş düştü. Katie onu parmağıyla sildi ve sonra Josh'ın ellerine uzandı. Parmaklarını parmaklarına geçirdi, sonra muzip bir şekilde sırıttı. "Ellerinde sorun yok, değil mi?"

Josh gözyaşları arasından ona bakarken başını salladı. "Gerçekten hayatımın geri kalanında benimle olmak istiyor musun? Benimle gerçekten mutlu olabileceğini düşünüyor musun?"

Katie ona doğru eğilerek, "Bebeğim," dedi. "Ben *senden* başkasıyla mutlu olamam." Josh'ın dudaklarını öptü ve yatakta yanına kıvrıldı. "Aşkımızdan vazgeçmeyeceğini söyle."

Josh yüzünü ona döndü. "Ah, Katie," diye ağladı. "Beni affet. Çok korkmuştum."

Katie burnunu onunkine doğru bastırarak, "Artık korkmana gerek yok," dedi. "Ben buradayım. Hiçbir yere gitmiyorum. Seni her zaman seveceğim. Yüzün yaralansa veya yaşlanınca Tourette sendromuna yakalansan ve her dakika bana küfretsen bile." Kafasını salladı ve göğsüne işaret etti. "Benim sevdiğim bu. Sevdiğim sensin." Gözünden akan bir damla yaşı sildi. "Her zaman."

"Her zaman." Josh yanağını Katie'nin omzuna bastırdı. "Her zaman."

Esnedim ve bakışlarımı bir sonraki satıra çevirdim. Bir tane daha kalmıştı. Sonra bu tuhaf yolculuk sona erecekti. Gerçi *son* doğru sözcük sayılmazdı. Kendi hikâyemin sonu yoktu. Cam'i düşündüm ve kalbim sıkıştı. Hemen kendimi topladım. Benim aşkım o değildi. O olsaydı, işleri yoluna koyardı. O olsaydı, burada olurdu.

Lo'yu düşündüm ve gülümsedim. İsminin üstüne "Ludus" yazdım. Bu, aşk oyunuydu. Bu oyunu oynayabilecek ve kazanacak biri varsa o da Lo'ydu. Ama mutlu olacak mıydı? Onu ve Grant'ı düşündüm. Bugün dükkânda gözlerinde kararsızlık görsem de, şu an Paris'e giden uçakta olmaları gerekiyordu. Acaba oradalar mıydı? Sayfayı çevirdim ve yazmaya başladım.

220 Boat Caddesi #2

Lo güneş doğmadan gözlerini açtı ve her sabah uyandığında yaptığı gibi yine telefonuna uzandı. Gece ve sabahın erken saatlerinde hayatındaki erkeklerden gelen mesajlara baktı. Conor, cerrah. Jake, garson. Ryan, yeşil gözlü ve sakallı Avustralyalı. Sevgilisinin olduğunu biliyorlardı ama yine de ona ulaşmaya çalışıyorlardı.

Bir de Grant vardı. Bu sabah Paris'e gidiyor olmaları gerekiyordu. Birinci sınıf koltuklarda ve bir kadeh şampanyayla.

Yatakta doğruldu ve yatak odasındaki lombozdan dışarı baktı. Göl gri ve dalgalıydı. Evinin rüzgârda hafifçe sallandığını hissedebiliyordu. Dün gece Noel gününde fırtına olacağını televizyonda duymamış mıydı? Kalkıp duş alması ve Paris için hazırlanması gerektiğini biliyordu. Biraz sonra Grant onu almaya gelecekti. Ama o tekrar yatağa yattı ve kafasını yastığına gömdü. Hayatını, erkekleri düşündü. Hayatında hiç erkeksiz kalmadığını düşündü. Her zaman birileri olmuştu. Ama neden? Yalnız olmanın nesi yanlıştı?

Sabahlığını giydi ve salonuna giden merdivenleri indi. Cevabı biliyordu ama kabul etmeye korkuyordu. Bir fincan kahve yaptı ve koltuğa gömüldü. Mesajları açtı. Conor yarın akşam görüşmek istiyordu. Ayrılalı aylar olmasına rağmen Jake hâlâ onu düşünmeden edemiyordu. Grant iki saat içinde onu almaya geleceğini söylüyordu. Kalbi sıkıştı.

Kahve fincanını bıraktı ve telefonunu eline aldı. İçinde bir telaş vardı ve Grant'ın numarasını çevirirken kalp atışları hızlandı. Grant onun kalbini kırmıştı. Onu kırmıştı. İlk defa kendini bir adama tamamen adamaya gönüllüydü. Vücudunu, aklını, ruhunu. Ama en çok da kalbini. Ancak Grant kararsız kalmıştı. Niyetleri konusunda, evdeki yaşamı konusunda dürüst davranmamıştı. Lo ile ilişkisini sürdürmüş ve evde başka biriyle yaşamaya da devam etmişti. Değişiklik yapmaya niyeti yoktu. Katie'nin düğününden sonraki haftalarda karısı telefon kayıtlarını incelemiş ve kocasının Lo ile ilişkisini yüzüne vurmuş olsa da Grant onu terk etmemiş veya herhangi bir plan veya strateji düşünmemişti. Evdeki durumu düzene sokmuş ve Lo'ya tekrar yalvarmaya başlamıştı.

Lo ona daha fazla zaman vermek istemiyordu. Zaten yeterince zamanı olmuştu ve o, Lo'nun tutmayacağını bildiği sözler vermişti. Şimdi Lo'nun uğraşması gereken kızgın bir kadın vardı. Bu sabah Grant'ın karısı Jennifer'dan kötü bir eposta almıştı. Yazdığı şeyler Lo'yu incitmişti ama hepsi doğruydu. Jennifer'ın yerinde olsaydı Lo da aynı şeyleri yazardı.

Bunun artık sona ermesi gerekiyordu.

Grant bir çalıştan sonra telefonu açtı ve, "Selam, bebeğim," dedi. "Paris için hazır mısın?"

Lo dalgın bir şekilde, "Merhaba," dedi. "Çok özür dilerim, Grant. Seninle gelebileceğimi sanmıyorum."

Grant, "Ne demek istiyorsun?" diye sordu. "Anlamıyorum."

Lo derin bir nefes aldı. "Bunu çok düşündüm," dedi. "Grant, bizim yaşadığımız şey gerçekti, doğruydu. Buna her zaman inandım. Ama en sonunda... Bunun yaşanmaması gerekiyor."

Grant sessiz kalmıştı. Lo onu afallattığını biliyordu. "Bu sabah bir şey fark ettim," dedi. "Bu kendimle ilgili uzun zamandır görmezden geldiğim bir şeydi."

Grant yalvararak, "Bebeğim," dedi. "Ne demek istiyorsun?"

Lo onun kendisine bebeğim demesini istemiyordu. Hem de şimdi ve karısına da aynı şekilde hitap ettiğini bilirken. Bu sözcüğü onun dudaklarından duymayı eskiden çok sevse de, şimdi kulağa çok ucuz, basit geliyordu. "Grant," diye devam etti. "Bunca zaman seninle ve başkalarıyla sadece içimdeki boşluğu doldurmak istemiştim. Erkeklerin bu boşluğu doldurabileceğini sanmıştım. Ama bu saçmaydı çünkü ben bu boşluğu çok uzun zaman önce zaten kendim doldurmuştum. Sadece farkında değildim."

"Anlamıyorum," dedi. "Bir şey mi söyledim? Bir şey mi yaptım? Karımı terk etmemi mi istiyorsun? Konu bu mu? Ona bu sabah konuşmamız gerektiğini söyledim. Mutsuz olduğumu ve bazı şeyleri yoluna koymamız gerektiğini anlattım. Bu benim sürecim. Benim sana gelme sürecim."

Lo gülerek, "Sürecin mi?" dedi. "Grant, sen bana geliyor olsaydın aylar önce burada olurdun."

Grant sessiz kaldı.

Lo, "Bak," dedi. "Paris'e git. Fransız bir kadınla tanış. Şarap iç. En güzel yemekleri ye. Gece dışarı çık. Daha da iyisi *karını* da götür."

Grant kırgın bir halde, "Ama ben bütün bunları seninle yapmak istiyorum," dedi.

Lo, "Ben yapamam," dedi. "Daha fazla devam edemem. Kendimi biraz daha sevmeyi öğrenemezsem aşkı, gerçek aşkı bulmayı hak etmiyorum demektir." Gergin bir şekilde güldü. "Neredeyse otuz yaşımdayım ve hiçbir zaman gerçekten yalnız kalmadım. Bunda yanlış bir şeyler var." Uzun bir an durdu. Yaşlar gözlerini yakıyordu. "Hoşça kal, Grant." Cevabını beklemeden telefonu kapattı.

Öğleden sonra rüzgâr çıktı. Akşam ışıklar yanıp sönmeye başladığında ve en sonunda tamamen gittiğinde evindeki mumları yaktı. Loş evde oturdu ve Ryan'ı veya Jake'i, hatta Conor'ı aramayı düşündü. Herhangi birini arayabilirdi. Bir saat içinde bir şişe şarap ve sarılabileceği kollarıyla kapısının önünde olurlardı. Zaman geçirmesine, kendisini yalnız hissetmemesine yardım ederlerdi. Onun içindeki boşluğun yara bandı olurlardı. Daha doğrusu "adam bandı". Kendi kendine gülümsedi ve kararlı bir şekilde başını salladı. Erkekler kalbindeki boşluğu dolduramazdı. Bunu bir tek kendisi yapabilirdi.

Telefonunu kapattı ve mutfak çekmecesine attı. Bir kadeh şarap dolduracak, dizüstü bilgisayarını açacak ve Jane'in sürekli bahsettiği kitabı yazmaya başlayacaktı. Bu gece yalnız olmayacaktı. Yalnız değildi. Bu gece yanında kendisi vardı.

Radyosunun hoparlörlerinden Nat King Cole'un sesi duyuldu. *Kendine Mutlu Noeller dile.* Odanın köşesindeki yalnız Noel ağacına baktı. Süslemek için zaman bulamamıştı. Büyükannesinden kalma bir kutu süs duruyordu. Lo eğildi ve kutuyu aldı. İçindeki yıldız şekilli süsleri açtı. Bunları çocukluğundan hatırlıyordu. Büyükannesinin kenarına yazdığı sözcüklere dokundu: "1984 Noel'i."

Ayağa kalktı ve küçük yıldızı önündeki dala astı.

Kendine Mutlu Noeller dile.

Evet. Dileyecekti.

Üç gün geçmişti ki Lo'nun telefonu çaldı. Mutfakta telefonun çaldığını duyunca duştan çıktı. Normalde bekler, telesekretere geçmesine izin verirdi. Her kim arıyorsa, sonra da dönüş yapabilirdi. Ama zihninin gerisinde arayanın Grant olup olmadığını merak ediyordu. Grant üç gündür sessiz kalmıştı. Lo veda etmiş olmasına rağmen aşk varlığını sürdürüyordu. Belki de hep sürdürecekti.

Bir havluya sarındı ve mutfağa koştu. Saçlarından ahşap zemine sular damlıyordu.

"Alo?"

"Lo?"

"Evet, benim."

"Lo, ben John. Grant'ın en yakın arkadaşı."

Kalp atışları hızlandı. John ile bir kez karşılaşmıştı. O, Grant'ın hayatından resmen tanıştığı tek kişiydi. Aklı başından gitmişti. "John, merhaba," dedi.

"Seni bu şekilde, böyle bir haberle aradığım için çok üzgünüm." Sesi çatladı. "Ama biliyorum, senin bilmeni isterdi. Seni aramamı isterdi."

Lo telefonu sıkı sıkı tuttu. "Ne var? Ne oldu?"

"Lo, Grant öldü."

"Ne?.." Nefesi kesilmişti. Ağzı kurumuştu.

"Yeni öğrendik. Paris'te yemeğe çıkmış ve restoranda ölmüş. Yalnızmış. Anevrizma geçirmiş. Yapılacak hiçbir şey yokmuş. Ecel işte."

Lo dizlerinin üstüne çökerek, "Olamaz," dedi. "Olamaz."

"Çok üzgünüm." Bir an durdu. "Cenazeyi de haber vermek istedim. Tören yarın öğleden sonra St. Luke's'ta olacak." Uzun bir sessizlik oldu. "Seni sevdiğini biliyordun değil mi? Seni çok seviyordu. Ben onun kadar âşık başka bir adam görmedim."

Lo üstünde siyah bir elbise ve koyu renk gözlüklerle kiliseye girdi. Göze çarpmadan arkadaki bir sıraya oturdu. Kimsenin onu görmesini istemiyordu. Bir parçası, görülmeyi hak etmediğini biliyordu. Grant hayattayken onun yaşamının gölgelerindeydi. Ölümünde de gölgede kalması gerekiyordu. Grant'ın ailesi ve arkadaşları için Lo, onun hayatındaki bir görüntüydü sadece. Karısı içinse kovmak istediği bir sinek gibiydi. Ama Lo'ya göre Grant ona tamamen ve bütünüyle sevmeyi öğreten adamdı. Hikâyeleri zamansız olsa da, aldatmaca ve acıyla dolu olsa da, karısına yaşattığı acı için çok üzgün olsa da, Lo, Grant'ı sevdiği için pişmanlık duymuyordu. Hem de hiç. Vicdan azabıyla pişmanlık iki farklı şeydi.

Bir adam kilisenin ön tarafındaki piyanonun başına geçti ve çalmaya başladı. Cenaze töreni başlamıştı. Rahip mihraba yürüdü. Sonra John ile Grant'ın üç erkek kardeşinin taşıdığı tabut geldi. İşte o zaman Lo'nun gözlerinden yaşlar dökülmeye başladı. Artık daha fazla kendini, üzüntüsünü tutamıyordu. O ahşap kutuda her şeyiyle sevdiği adam yatıyordu. Muhtemelen her zaman seveceği adam.

Jennifer kocasının tabutunun arkasına doğru yürüdü. Uzun kollu siyah elbisesinin içinde çok güzel görünüyordu. Geçerken Lo'nun elinden mendili düştü. Jennifer eğildi ve mendili aldı. Sonra Lo'ya döndü. İki kadının bakışları buluştu.

İşte o zaman Lo panikledi. Utandı. Olmaması gereken bir yere gelmiş gibi hissetti ve gitsem mi diye düşündü. Belki de gelmek yanlış bir karardı. O buraya ait değildi. Onun burada oluşu daha fazla acıya neden oluyordu. Ama gitmeden önce Jennifer mendili Lo'nun montunun cebine soktu ve elini uzattı.

Lo ayakta dikilip bu eli sıkarken ağlıyordu.

Jennifer sakin bir şekilde, "Benimle yürüyün," dedi. Gözleri yaşlarla doluydu.

Lo afallamış bir halde başını salladı.

Jennifer, "Grant sizi seviyordu," diye fısıldadı. "O gün düğünde bunu onun gözlerinde gördüm."

"Ben... Ben..." Lo özürlerini fısıldamaya çalıştı. Bu anda, bu yoğun anda söyleyecek bir şeyler bulmaya çalıştı.

Jennifer başını sallayarak, "Benimle birlikte burada durmanı isterdi," dedi. "Benim seni ve onu affetmemi isterdi. Bu, ona bugün verebileceğim bir hediye."

İki kadın tabutun arkasına doğru yürüdüler. İkisinin de kalpleri, bir daha asla göremeyecekleri bir adam için yanıyordu. Jennifer'ın kocasına duyduğu aşk onun öfkesinden ve kırgınlığından, onun dünyasını sarsan bu ihanetten daha büyüktü. Onun aşkı gururlu veya bencil değildi. En nihayetinde, bu aşktı.

Sadece aşktı.

Yirmi Yedinci Bölüm

Noel Günü

Acele etmem gerekiyordu. Öğleden sonra olmuştu bile ve güneş batmasına, yolculuğumun, senemin tamamlanmasına az bir süre kalmıştı. Bir görevim daha vardı. Bu en önemli görevdi.

Mary için aldığım çiçek aranjmanını, yeşil çiçeklerden oluşan kare vazoyu ön koltuğa koydum ve hastaneye doğru yola çıktım.

Asansör beni beşinci katta bıraktı. Doğum ve Yeni Doğan katında.

Girişteki hemşireye, nefes nefese bir halde, "Merhaba," dedim. "Ben Jane Williams. Mary'nin bebeğinin doğumu için geldim. Beni bekliyor."

Hemşire burnundaki gözlükleri indirdi ve bilgisayar ekranına baktı. "Evet, isminizi yazmışım," dedi. "523 numaralı odada. Doğuma çok az kaldı. Tam zamanında geldiniz."

Koridorda koşturdum ve hemen kapıyı çaldım. Sonra kafamı uzattım. "Mary, ben Jane! Ben geldim!"

Mary, "İçeri gel," dedi. Mary bir yatakta bacakları açılmış bir halde yatıyordu. Başka bir sancıya hazırlanıyordu. Luca elini tutuyordu. Her bir ağlamaya, itişe, Mary'nin ayağının dibinde duran doktorun söylediği her bir sözcüğe dikkatini vermişti.

Doktor, "Bir kez daha ittikten sonra kızınla tanışacaksın," dedi. Mary dediğini yaptı ve bir dakika sonra oda yeni hayatın tiz sesiyle doldu.

Çiçekleri yandaki sehpaya bıraktım ve hemşirenin bebeği yıkadığını, battaniyeye sardığını gördüm. Hemşire bebeği Luca'ya verdi. Luca da bebeği gururla Mary'nin koluna koydu.

Mary sırıtarak, "Jane," dedi. "Gel de kızımla tanış."

Yatağa doğru yürüdüm. Ellerim titriyordu. Kalbim göğsümde gümbürdüyordu.

Yutkunarak, "Çok güzel," dedim.

"Bak, senin gibi yeşil gözleri var." Mary gözündeki yaşı sildi. "Grace. Ona Grace adını vereceğim."

"Çok güzel bir isim," dedim.

"Onu kucağına almak ister misin, Jane?"

"Evet," dedim. Bebeği kollarıma alırken bir damla yaşın yanağıma düşmesine engel olamadım. Bebeğin yanağına hafifçe dokundum. İşte o zaman beni bir sıcaklığın sardığını hissettim. Bir ruhtan diğerine enerji geçişi yaşanmıştı. Sonunda olmuştu.

Görevimi başarmıştım.

Yirmi Sekizinci Bölüm

19 Ocak 2014

Ocak ayı ağır geçti. Jane, Noel arifesinde televizyonun önünde oturdu. Sam ile birlikte geri sayımı takip etti. Geçen bir seneyi düşündü. Cam ile birlikte balkonda titreyerek hayat değiştiren bir akşam yaşamıştı.

Cam... Jane ona veda etmişti ama Colette'in gördükleri hâlâ aklındaydı. Yolculuğunu tamamlamıştı, yeteneğinin kehanetini tamamlamıştı. Dr. Heller bile artık ameliyata gerek olmadığını ve hatta daha önce de gerek olmamış olabileceğini söylemişti. Beyin taramaları kafa karıştırmaya devam etse de, Dr. Heller bazı şeylerin tıbbi açıklamalara karşı gelebileceğini kabul etmişti. Jane'in işi bitmişti, sağlığı yerindeydi. Ama kalbi... boştu.

Jane uçak Seattle'a inmeye başlarken Hawaii tatilinin güzel geçtiğini düşündü. Bol güneş, kum ve alkolle dolu bir kaçış olmuştu. Mary uçağa küçük bir bebeği bindirme konusunda cesurdu. Grace de harika bir seyahat arkadaşı olmuştu. Jane onlara baktığında Grace, Mary'nin kollarında sessizce uyuyordu. Katie ve Lo da Jane'in her iki tarafındaki koltuklarda uyuyorlardı. Kafasını koltuğun yan tarafına koyan Lo'nun siyah uyku maskesi yamuk duruyordu. Katie horluyordu. Mary ile Luca'nın durumunu öğrenmişti ve Hawaii'den Luca'nın göçmenlikle ilgili meseleleri halletmesine yardım etmişti. Seattle'daki bir yargıçtan torpil bulmuştu. Luca'nın yakında Seattle'da ikamet eden ve çalışan biri haline gelecek olması Mary'yi sevindirmişti. Matthew yakın zaman önce kendi inşaat şirketini kurduğundan Luca için iş çevresine birkaç şey söylemişti ve şimdi Luca'nın telefonları susmuyordu.

Uçak inerken, Jane bütün inişleri ve çıkışlarıyla geçen yılı düşündü. Başarıyla tamamladığı yolculuğunu; küçük Grace'e verdiği yeteneğini; babasıyla yeniden bir araya gelişini, Noel'de Flynn ve babasıyla birlikte yedikleri öğle yemeğini. Ama yine de büyük bir boşluk vardı. Aşk.

Bagajlarını almak için yürüdükleri sırada Jane bunu düşündü. Döner bandın yanında durdu, bavullarını bekledi. Bagajlar geldi. Katie'nin kayınpederi de şehirdeydi. Engelliler için üretilmiş kamyonetleriyle Josh ile birlikte Katie'yi almaya geldi. Katie'nin Josh yokken satmaya niyetlendiği evin kapısına rampa eklenmişti. Alt kattaki misafir odası yeni yatak odaları olmuştu. Katie el salladı ve kamyonete koştu. Lo arabasını almak üzere havaalanının otoparkına gitmek için servise bindi. Biraz sonra Luca geldi ve Mary'nin bavullarını aldı. Mary bu sırada bebeği arabadaki bebek koltuğuna yerleştiriyordu.

Jane ise... Yalnızdı. Kaldırımda durdu ve bir taksi çevirdi. Seattle çok soğuktu. Ayak parmaklarının arasındaki kumları hâlâ hissedebildiğini düşününce kendi kendine gülümsedi.

Şoför, "Nereye gidiyoruz, hanımefendi?" diye sordu. Jane, "Pike Place," dedi. "Orada oturuyorum."

Şoför başını salladı ve yola koyuldu. Jane, Cam'i, nasıl ayrıldıklarını düşündü. Yaşlar gözlerini yakmaya başladı. Yaşlar yanaklarına dökülmesin diye kendini tuttu. Ona kızmaya hakkı vardı. Sonuçta Jane'i kandırmıştı.

Ama Jane onu sevmişti. Hem de nasıl sevmişti. Hâlâ da seviyordu. Kalbinin her atışında bunu biliyordu. Bu gerçek onun peşini bırakmıyordu. Taksi I-5 yolu boyunca hızlandı. Alacakaranlık çökerken kulağındaki bir fısıltı gibiydi. Şehir görünüyordu. Onun Seattle'ı. Gökyüzü onu kucaklıyordu sanki. Ona düzeleceğini hatırlatıyordu. Gerçekten düzelecek miydi?

Cam oralarda bir yerde, diye düşündü. Evet, bugün 19 Ocak'tı. Bugün gezisinden eve dönmüş olması gerekiyordu. Belki de havaalanında hiç fark etmeden birbirlerinin yanından geçmişlerdi. Ama ne fark ederdi? Jane kafasını salladı. Her şey bitmişti.

Taksi Birinci Cadde'ye döndü, sonra tepeden aşağı indi. Çakıl taşlarının taksinin lastiklerinin altında çıkardığı o benzer gıcırtıları duydu. Eve gelmişti. Onun sevgili Pike Place Pazarı, ona hoş geldin diyordu. Birkaç dakika sonra apartmanı göründü.

Taksi şoförüne, "Teşekkürler," dedi ve bir yirmilik uzattı.

Şoför de teşekkür etti ve radyoyla oynamaya başladı. Bir saniye sonra Dusty Springfield'ın buğulu sesi taksiden duyuldu: "Gözlerindeki aşk bakışı. Kalbinin gizleyemeyeceği bakış." Katie ile Josh'ın düğününde Cam ile ettikleri dansı anımsadı. Cam'in ona sarılışını anımsadı. O gece ne demişti? "Bu şarkıyı ne zaman duysan, bu anı, beni hatırlamanı istiyorum. Beni hissetmeni istiyorum."

Şimdi onu hissediyordu. Çantasını kaldırıma koydu ve binanın önünde durdu. Genç bir çift el ele yanından geçti.

Saat neredeyse yediydi. Bernard binadan dışarı çıktı. Onu görünce, "Jane," dedi. "Tatilden yeni mi geliyorsun?"

Jane başını salladı.

"Fırtınadan hemen önce geldin."

"Fırtına mı?"

Bernard gökyüzünü gösterdi. "Oradakiler kar bulutu."

"Biliyorum," dedi. Bir yıldan uzun süre önce Bernard'ın bulutlar konusunda verdiği ilk dersi hatırladı. Yanağına bir kar tanesinin değdiğini hissetti.

"Bana o gün bulutlarda ne gördüğünü söylemedin." Gülümsedi. "Hatırlıyor musun?"

Jane, "Hatırlıyorum," dedi. "Aslında o görüntü beni hâlâ şaşkına çeviriyor."

"Hangi şekildi?"

Jane yumuşak bir sesle, "Kalpti," dedi.

Bernard bilmiş bir şekilde, "Ben de öyle umuyordum," dedi. Şapkasına dokundu. "İyi geceler, Jane."

Jane yüzünü sokağa doğru döndü. Gökyüzünün uzak bir köşesinde ay vardı. Kar bulutları geliyordu ama ayı tamamen gizleyememişlerdi. Küçük bir bulut hareket edince Jane ayın dolunay halinde olduğunu gördü. Kalp atışları hızlandı. Colette'in ikinci şans konusunda söylediklerini hatırladı. Aşkın karlı bir gecede, dolunay varken onarılabileceğini söylemişti.

Bir an için dünya durdu. Gökyüzünde bir martı uçuyordu ama kanatları neredeyse hiç hareket etmiyordu. Kaldırımdaki çift sonsuz bir kucaklaşmada donup kalmıştı. Kar taneleri bile havada asılı kalmıştı. Jane de öyle. Taksi hareket etmeye başlamıştı ki onu durdurmak için ağzını açtı ama dudakları işe yaramıyordu. Sesi kısılmıştı. Ama şoför onu her nasılsa gördü ve arabayı durdurdu. Jane taksiye bindi ve epostalarını karıştırmaya başladı. Jane Hawaii'deyken Cam'in ona attığı ve kira sözleşmesi bittiği için Wallingford'daki bir eve taşındığını yazdığı epostayı arıyordu. Jane tabii ki ona cevap yazmamıştı ama şimdi buna pişmandı. Nefes nefese bir halde, "Birini görmem lazım," dedi. "Beni Wallingford'a götürebilir misiniz? 4634 Densmore. Acele edin, lütfen."

Şehrin öteki kısmında Cam yeni kiraladığı evinin önünde taksiden iniyordu. Ev, o eski Craftsmans tarzı evlerdendi. Her şeyiyle Seattle'da yapıldığı belliydi. Jane bu evi severdi. Bundan emindi. Tabii ki havaalanından eve gelirken radyoda o eski Dusty Springfield şarkısı çalacaktı. Jane onun aklından çıkmıyordu. Belki de hiç çıkmayacaktı.

Cam ücreti ödeyip çantasının sapını omzuna geçirirken iç geçirdi. New York'tayken her dakika Jane'i düşünmüştü. Yanağında bir kar tanesi hissetti. Kafasını kaldırıp sokak lambasına baktı. *Kar mı yağıyordu?*

Rüzgâr başlamış, sonbahardan kalma yapraklar bir o tarafa bir bu tarafa savruluyordu. Kışa gireli haftalar olmuştu ancak otoparktaki yaşlı akçaağacın yukarıdaki bir dalında tek bir yaprak hâlâ yerinde duruyordu. Dolu, kar ve rüzgâr vardı ancak o direnmeye devam ediyordu. Onların aşkı da direnebilir miydi? Bir dakika daha sürebilir miydi?

Cam soğuk havanın yanağına çarptığını hissetti. Kuzeyden gelen soğuk bir rüzgârdı bu. Uzakta bir köpek havladı. Yakındaki bir ön verandadan bir çocuğun güldüğünü duydu. Üniversite çağındaki bir genç bisikletle geçti ve tekerlerinin altındaki yapraklar hışırdadı. Sonra Cam ayı gördü. Büyük, parlak ve dolunay halindeki ayı. Üstündeki bulutların arasından kendine yer açmıştı.

Onu görmek zorunda olduğunu biliyordu. O yeşil gözleri. Son bir kez.

Taksiye, "Bekle," diye bağırdı. Ama taksi çoktan sokakta yola koyulmuştu. Çantasını bırakıp kollarını sallayarak, "Dur," dedi. Ama şoför onu görmedi. Uzaklaşmaya devam etti. Her dakikanın önemli olduğu bu aşk hikâyesinde oynadığı rolden bihaberdi.

Cam ayaklarına baktı. Kar şimdi daha çok yağıyordu. Cam çantasını kaldırdı ve evine doğru yürüdü. Verandada durdu, dakikalarca kara baktı. Sonra araba farları bu karlı geceyi güneş ışıkları gibi aydınlattı.

Jane'in taksisi Densmore'a ulaştı. Jane buharlanan camı montunun koluyla sildi. Kalbi boğazında atıyordu. Hayatındaki her yıl, her gün, her saniye onu bu ana getirmişti. Taksi durdu. Jane kapı koluna uzandı. Kalbi o kadar doluydu ki patlayacakmış gibi hissetti. Bugün 19 Ocak'tı. Jane bu günün hayatının geri kalanının ilk günü olduğunu biliyordu. Cam uzaktaydı, verandada oturuyordu. Ve Jane hayatında ilk kez net bir şekilde görebiliyordu.

Son

2042 yılı Noel Arifesi
Pike Place Pazarı

Cam yatak odamızda yanımda duruyordu. Smokinin içinde, altmış yedi yaşındaki bir adama göre çok şıktı. Ama ben onun çok güzel yaşlandığını biliyordum. Burnunu boynumla omzumun arasındaki yere bastırdı. Bu hareket, onca yıl sonra bile hâlâ sırtımdan aşağı değişik bir his gönderiyordu. "Giyinsen iyi olur," dedi. "Tören bir saat içinde başlıyor. Çocukların hepsi geldi."

Beyaz kombinezonumun sağ ipliğini iyice sıktım ve yatak odamızdaki aynada kendime baktım. Geçen sene elli yedi yaşıma girmiştim. Artık gözlerimin kenarlarında kırışıklıklar vardı ve saçlarım parıltısını kaybetmişti. Ama kendimi güzel hissediyordum. Çünkü Cam'e göre güzeldim.

Kocama, "Hadi kış kış," dedim. "Düğünden önce damadın gelini elbisesiyle görmesi kötü şans getirir."

Elimi ellerinin arasına aldı. "Asla evlenmeyeceğini düşünen biri olarak, beni seninle evlenmeye ikna etmekle kalmadın, bir de beni mihrapta tekrar yürütüyorsun. Ya sen bu işte çok iyisin ya da ben seni çok seviyorum."

Sırıttım. "Her ikisi de."

Başımın üstünü öptü ve çenesini kafama dayadı. Birlikte aynaya baktık. "Tatlım, yapabilseydim yeminlerimi her gün tekrarlardım. Ama şimdi giyin! Herkes bekliyor!"

Gülümsedim. "Giyineceğim. Sen kiliseye git. Yarım saat içinde kilisede olacağım, söz veriyorum. Önce yapmam gereken bir şey var."

"Tamam," dedi. "Beni mihrapta yalnız bırakma."

Göz kırparak, "Bırakmam söz veriyorum," dedim.

Cam odadan çıkıp kapıyı kapattıktan sonra, beyaz ve yere kadar uzanan ipek elbisemi giyip kendime aynada son bir kez baktım. Sonra gözüm aynanın yanındaki masada duran çerçevelenmiş aile fotoğrafımıza kaydı. Cam ve iki oğlumuz. Darby fizyoterapi uzmanıydı. Landon avukattı. İkisiyle de gurur duyuyordum.

Sağımdaki çekmecedeki eski kitaba uzanırken gülümsedim. Elimi kitabın kapağında gezdirdim. Kitabı elime aldığım ilk gün yaptığım gibi deri kapaktaki yazıları inceledim. O zaman nasıl bir kadın olduğumu hatırladım. Biraz bezgin, kayıp ve güvensiz. Ama bu kitap beni bir keşif yolculuğuna çıkarmıştı. Bana aşkı öğreten bir yolculuğa. Başımı salladım ve geçen hafta satın aldığım doğum günü kartını elime aldım. Pembe bir zarfın içinde duruyordu. Kalemimi aldım ve yazmaya başladım:

Sevgili Grace,

Mutlu yıllar. Ben annenin eski bir arkadaşıyım. Senin çocukluğunu biliyorum. Annenle baban Kaliforniya'ya taşınmadan öncesinden söz ediyorum. Sen dünyaya geldiğinde ben de oradaydım. Senin de konu aşka geldiğinde benim gibi güvensiz olduğunu biliyorum. Otuzuncu doğum günümden önceki yıl, bir yabancı bana bir doğum günü kartı gönderdi. Bana hayatımı sonsuza kadar değiştirecek bir şey söyledi. Benim de sana aynısını yapmam gerekiyor. Grace, senin bir yeteneğin var. Çok özel bir yetenek bu. Güzel bir yetenek. Kartımı da gönderiyorum. Lütfen bunu aldığın zaman beni ara. Sana anlatmam gereken pek çok şey var. Bunlar hayatını sonsuza kadar ve iyi yönde değiştirecek şeyler. Eğer benim yaptığım gibi kalbine güvenirsen tabii. Seçim yapman gerekiyor. Aşkın her zaman en iyi seçim olduğunu söylemem gerek. Cesur olmalısın. Konuşmaya hazır olduğunda ben burada olacağım. Konuşacak çok şeyimiz var.

Sevgilerle,
Jane Williams

Kartı zarfın içine koydum ve babası Luca'nın memleketi olan İtalya'da üniversite okuduğu adresi yazdım. Bir mektubun bu kadar uzun yolu gitmesi için gereken posta ücretini buldum ve pulları yapıştırdım. Saat bir buçuktu. Tören bir saat içinde başlayacaktı. Bu da kiliseye yürümek için yeterli bir süreydi.

Kazağımı aldım ve caddeye çıktım. Pike Place her zamanki gibi mükemmel görünüyordu. Eski arnavutkaldırımlı sokaklarda yürürken yolculuğumu ve insanları düşündüm. Bir zamanlar eski bir gazete büfesinin olduğu köşede şimdi güvercinler vardı. Mel'i ve onun sevgili Vivian'ını düşünerek gülümsedim. Ruhları şad olsun, diye düşündüm. Artık Meriwether'ı Elaine'ın kızı Ellie işletiyordu. Bazen uğrayıp çikolatalı kruvasan alıyordum. Ama çok sık değil. Flynn ve kedisi Cezanne III bir blok uzakta bir dairede yaşıyorlardı. O da törende olacaktı. Tıpkı ilk torunlarını yeni kucaklarına alan Katie ve Josh gibi.

Flower Lady'de durdum ve kafamı içeri uzattım. Asistanım Alise şaşkınlık içinde kafasını salladı. "Burada ne işin var senin? Katılman gereken bir düğün yok mu? Mesela *kendi düğünün?*"

Sırıttım. "Gelin olmadan başlayamazlar. Ayrıca buketimi almayı unutmuşum." Tezgâhın arkasındaki dolaba uzandım ve buketi aldım. "Bu arada harika bir iş çıkarmışsın, Alise."

"Teşekkür ederim," dedi. "Öğretmenim çok iyi." Bir vazo beyaz nergisi aldı ve irileşmiş gözlerle bana döndü. "Dükkâna kimin geldiğine inanamayacaksın."

"Kim, Brad Pitt mi?"

Sırıtarak, "Iyy, o çok yaşlandı," dedi. "Hayır. Lo Hemsworth. Çok satan yazar." Kafasını salladı. "Eskiden burada seninle çalıştığına inanamıyorum."

Gülümsedim. Lo aşk ve flört üzerine çok beğeni toplayan dört kitap yazmıştı. İlki Oprah Winfrey'den çok cömert (ve hayat değiştiren) bir onay almıştı. Onu daha sonra törende görürdüm.

Alise, "Kendine bir buket gül aldı," dedi.

Bilmiş bir gülümsemeyle, "Hımm," dedim. "Evet." En sonunda kendisine çiçek alınması için bir erkeğe ihtiyacı olmadığını fark ettiğinde Lo'nun hayatı değişmişti. Bu işi kendisi de yapabilirdi.

"Tamam, tatlım, ben artık düğünüme gidiyorum."

Alise sırıttı. "Burada işleri bitirir bitirmez gelip arka sıraya oturacağım."

"Acele et," dedim. "Senin de orada olmanı istiyorum." Bir elimle buketi, diğeriyle pembe zarfı tuttum. Bir sonraki blokta durdum, derin bir nefes aldım ve doğum günü kartını Birinci Cadde'deki posta kutusunun karanlığına bıraktım.

Kafamın üstünde martılar ciyaklarken gülümsedim. Böylece bir kadının yolculuğu daha başlıyordu. Aşk, bütün biçimleriyle, keşfedilmeye, tadına varılmaya, hissedilmeye ve her açıdan görülmeye hazır bir halde bekliyordu: ham ve güzeldi, eğlenceli ve hüzünlüydü, geçici ve sonsuzdu. Bunların arasındaki bütün tonlara da sahipti. Onu arayacak ve en sonunda görecek kadar cesareti olursa aşk onun olabilirdi.

Beğeneceğinizi düşündüğümüz diğer kitap...

ZITLIKLAR TEORİSİ
ALLISON WINN SCOTCH

Hayat aslında üzerinde çok düşünmezsen mükemmeldir...

Willa Chandler-Golden'ın babası yazdığı kitapla dünyayı değiştirir. Milyonlarca hayranı, 'olan her şeyin bir nedeni vardır' fikriyle teselli bulur. Her ne kadar Willa babasının teorilerine inanmasa da kendisine yoğun bir hayat bahşedildiğini kabul eder: Güvenilir bir koca ve kariyerinde hızlı bir yükseliş. Sonra sahip olduğu her şeyin birden elinden gidişini görür. Bir karar vermek zorundadır: Bunun bir nedeni vardır deyip geçecek midir yoksa hayata zıt mı gidecektir?

Değerli Okuyucumuz,

Pena Yayınları'nı seçtiğiniz için teşekkür ederiz. Elinizde tuttuğunuz kitabın beklentinizi karşıladığını umarız. Pena'da, bir kitap kapandığında, yeni bir iletişim başlar.

Bize **www.penayayinlari.com** ve **www.facebook.com/penayayinlari** sayfalarımızdan ulaşarak bu okuma deneyiminizi geliştirebilirsiniz:

- Kendiniz ve arkadaşlarınız için kitap önerilerine göz gezdirebilir,
- Kitap videolarını izleyebilir,
- Kitaplarımızın ilk bölümlerini okuyabilir ve kendiniz için en uygun olanı seçebilir,
- En sevdiğiniz yazarların imzalı kitaplarına ulaşabilir,
- Yarışmalarımıza katılabilir ve hediyeler kazanabilir,
- Yazarlarla iletişime geçebilir,
- Görüşlerinizi paylaşabilirsiniz.

Aşağıdaki bilgilerinizi **okuyucu@penayayinlari.com** adresine gönderdiğiniz takdirde bu fırsatlardan her zaman yararlanabilirsiniz.

Ad:
Soyad:
E-posta:
Doğum tarihi:
Cinsiyet:
Adres (Kataloğumuzun adresinize gelmesini istiyorsanız):

*Yeni! İletişim bilgilerinizi doldurduktan sonra bu sayfanın fotoğrafını çekip yukarıdaki e-posta adresimize gönderin, bu fırsatları kaçırmayın.

Sevgilerimizle,
PENA YAYINLARI